CB014166

THE MERMAID OF BLACK CONCH
Copyright © Monique Roffey, 2020
Todos os direitos reservados.

Imagem da Capa © Sophie Bass
Imagens de Miolo © Adobe Stock, © Freepik

Tradução para a língua portuguesa
© Marcela Filizola, 2023

Diretor Editorial
Christiano Menezes

Diretor Comercial
Chico de Assis

Diretor de Novos Negócios
Marcel Souto Maior

Diretor de MKT e Operações
Mike Ribera

Diretora de Estratégia Editorial
Raquel Moritz

Gerente Comercial
Fernando Madeira

Coordenadora de Supply Chain
Janaina Ferreira

Gerente de Marca
Arthur Moraes

Gerente Editorial
Marcia Heloisa

Editora
Nilsen Silva

Capa e Proj. Gráfico
Retina 78

Coordenador de Arte
Eldon Oliveira

Coordenador de Diagramação
Sergio Chaves

Finalização
Roberto Geronimo
Sandro Tagliamento

Preparação
Fernanda Lizardo

Revisão
Francylene Silva
Retina Conteúdo

Impressão e Acabamento
Ipsis Gráfica

DADOS INTERNACIONAIS DE CATALOGAÇÃO NA PUBLICAÇÃO (CIP)
Jéssica de Oliveira Molinari - CRB-8/9852

Roffrey, Monique
  A sereia de concha negra / Monique Roffey; tradução de
Marcela Filizola. — Rio de Janeiro : DarkSide Books, 2023.
  304 p.

  ISBN: 978-65-5598-342-5
  Título original: The Mermaid of Black Conch

  1. Ficção norte-americana 2. Literatura fantástica
  I. Título II. Filizola, Marcela

23-6003   CDD 813

            Índice para catálogo sistemático:
              1. Ficção norte-americana

[2023]
Todos os direitos desta edição reservados à
DarkSide® *Entretenimento LTDA.*
Rua General Roca, 935/504 — Tijuca
20521-071 — Rio de Janeiro — RJ — Brasil
www.darksidebooks.com

a SEREIA de CONCHA NEGRA
Monique Roffey

Tradução
Marcela Filizola

DARKSIDE

Para Irma, Laure e Yvette, e
a comunidade ancestral antes delas,
para aquelxs mulherxs das quais nasci.
Pisa, Porto Saíde, Porto da Espanha.
Para a Deusa, a musa, as lendas das
profundezas que vocês são para mim.

No dia anterior [8 de janeiro de 1493], quando o almirante foi ao Rio del Oro [no Haiti], ele disse ter visto claramente três sereias, bem evidentes acima do mar; mas não eram tão belas quanto pintam, pois seus rostos tinham traços masculinos. Diz tê-las visto outras vezes, na costa da Guiné, pela Malagueta.

Estranha às lágrimas, ela não chorou.
Estranha às roupas, ela não se vestiu.
Marcaram-na com pontas de cigarro e rolhas queimadas,
E rolaram pelo chão da taberna, entre risadas estridentes.

Pablo Neruda, "Fábula da Sereia e dos Bêbados"

1

Simplicidade

Os *dreadlocks* de David Baptiste estão grisalhos e seu corpo encarquilhou até se transformar em corais pretos e retorcidos, mas ainda há pessoas por Santa Constança que se lembram do jovem que ele um dia foi e de sua participação nos eventos de 1976, quando aqueles homens brancos da Flórida vieram para pescar marlim e, em vez disso, içaram uma sereia do mar. Aconteceu em abril, depois que as tartarugas-de-couro começaram a migrar. Alguns disseram que ela chegou com as tartarugas. Outros, aqueles que costumavam pescar em mar aberto, afirmavam que a tinham visto em outras ocasiões. Mas a maioria das pessoas concorda que ela jamais teria sido capturada se não estivesse rolando algum tipo de flerte entre os dois.

As águas de Concha Negra abundavam ao alvorecer. David Baptiste costumava sair o mais cedo possível, tentando vencer os outros pescadores na captura de uma boa cavala-verdadeira ou um bom luciano-do-golfo. Ele seguia rumo às rochas denteadas, a cerca de um quilômetro e meio da Baía da Desgraça, levando consigo os apetrechos habituais para lhe fazer companhia enquanto jogava as linhas — um baseado da melhor maconha local e seu violão, o qual ele não tocava lá muito bem, um presente velho e surrado dado por seu primo, Nicer Country. Ele soltava a âncora perto das rochas, prendia o leme, acendia o baseado e dedilhava para si enquanto o disco branco e néon do sol aparecia no horizonte, elevando-se, subindo bem devagar, devagarzinho, onipotente no céu azul-prateado.

David dedilhava o violão e cantava quando ela ergueu pela primeira vez a cabeça coberta de algas e cracas do mar plano e cinzento, seus tons intensos de turquesa ainda calmos. Simples assim, a sereia apareceu e o observou por algum tempo antes de ele olhar ao redor e enfim flagrá-la.

"Santa Mãe do Santo Deus na terra", exclamou ele. Ela mergulhou de volta no mar. Rapidinho, David largou o violão e olhou com mais afinco. Ainda não era dia claro. Esfregou os olhos, como se para obrigá-los a enxergar melhor.

"Eiii!", gritou para a água. "*Dou dou*. Vem. Mami Wata! Vem. Vem cá."

Botou uma das mãos no coração, porque ele estava aos pulos no peito. As entranhas tremelicavam de desejo, medo e espanto, porque ele sabia o que tinha visto. Uma mulher. Bem ali, na água. Uma mulher de pele vermelha, não negra, não africana. Nem amarela, também não era uma mulher chinesa, ou uma mulher de cabelos dourados de Amsterdã. Nem uma mulher azul, azul feito a desgraça de um peixe. Vermelha. Era uma mulher vermelha, como uma indígena. Ou, pelo menos, a metade superior era dessa cor. Ele tinha visto ombros, cabeça, seios e longos cabelos pretos como cordas, cheios de musgo do mar e salpicados de anêmonas e conchas. Uma sereia. O homem observou o local de sua aparição por algum tempo. Deu uma boa olhada para o baseado; tinha fumado alguma coisa assim tão forte naquela manhã? Sacudiu a cabeça e olhou fixamente para o mar, à espera que ela surgisse de novo.

"Volta!", gritou para o cinza profundo. A sereia havia erguido a cabeça bem acima das ondas, e David identificara uma certa expressão no rosto dela, como se o estudasse.

Ele esperou.

Mas nada aconteceu. Não naquele dia. Sentou-se na piroga e, por algum motivo, lágrimas caíram por sua mãe, sem mais nem menos. Para Lavinia Baptiste, a mãe gente boa, a padeira da aldeia, falecida há menos de dois anos. Mais tarde, vasculhando a própria mente, lembrou-se de todas aquelas histórias ouvidas desde a infância, contos de criaturas metade marinhas, só que eram histórias de tritões. A lenda de Concha Negra falava de homens-sereia que viviam no fundo do mar e vinham para a terra de vez em quando a fim de acasalar com donzelas ribeirinhas — histórias antigas, da época colonial. Os pescadores mais velhos gostavam de conversar no bar de Ci-Ci na orla, às vezes até tarde da noite, depois de inúmeras doses de rum e muita maconha. Os tritões de Concha Negra eram apenas isso: histórias.

Era abril, época da migração das tartarugas-de-couro para o sul, para as águas de Concha Negra, época da estiagem, dos ipês explodindo nas colinas, amarelos e cor-de-rosa, tais como bombas de enxofre, a época em que o flamboyant começa a florescer em sua indecência. A partir daquele momento, quando a mulher de pele vermelha se levantou e desapareceu como se quisesse provocá-lo, David ansiou por vê-la de novo. Sentiu uma melancolia agridoce, uma carícia suave no espírito. Nada relacionado ao que ele havia fumado. Naquele dia, parte dele se acendeu, uma parte que ele sequer sabia ser capaz de acender. Uma pontada aguda bem ali na parte achatada entre as costelas, no plexo solar.

"Volta aqui", sussurrou ele, todo cavalheiresco depois que as lágrimas derramadas pela mãe secaram, transformando a pele em um tamborim de sal. Alguma coisa tinha acontecido. Ela havia surgido das ondas, escolhendo-o, um humilde pescador.

"Vem cá, *dou dou*", implorou ele, desta vez ainda mais baixinho, como se quisesse seduzi-la. Mas a água estava plana outra vez.

Na manhã seguinte, David foi exatamente ao mesmo local perto daquelas rochas chanfradas da Baía da Desgraça e, mesmo esperando por várias horas, não viu nada. Nesse dia ele não fumou. No seguinte, a mesma coisa. Por quatro dias, ele tomou a piroga rumo às rochas. Desligou o motor, lançou a âncora e aguardou. Não havia contado a ninguém o que tinha visto. Evitou o bar da Ci-Ci, a propriedade de sua tia gentil e falastrona. Evitou primos e camaradas em Santa Constança. Voltou para a casinha na colina, a que ele mesmo construíra, cercada de bananeiras, onde morava com Harvey, seu vira-lata. Ele estava à flor da pele. Ia para a cama cedo para acordar cedo. Precisava ver a sereia de novo para ter a convicção de que seus olhos não o haviam enganado. Precisava apaziguar aquela inflamação que se formara em seu coração, acalmar o zumbido que se iniciara em seu sistema nervoso. David nunca sentira nada parecido, com certeza não por uma mulher mortal.

Então, no quinto dia, por volta das seis horas, ele estava dedilhando o violão, cantarolando um hino, quando a sereia apareceu novamente.

Desta vez, ela espirrou água com uma das mãos e fez um som parecido com o pio de um pássaro. Quando ele olhou para cima, não se assustou tanto, embora sua barriga estivesse totalmente contraída e cada fibra do corpo, congelada. David ficou parado e a observou bem. Ela estava flutuando a bombordo do barco, tranquila, tranquila, como uma mulher normal em uma jangada, só que não havia jangada. A sereia, que tinha longos cabelos pretos e olhos grandes e brilhantes, lhe lançou um longo olhar desconfiado. Ela inclinou a cabeça, e foi só então que David percebeu que ela estava observando o violão. Devagar, devagar, para não fazer com que ela desaparecesse de novo, ele pegou o instrumento e começou a dedilhá-lo e a cantarolar baixinho. Ela ficou ali, flutuando, olhando para ele, acariciando a água, lentamente, com os braços e a cauda enorme.

A música a levou até ele, não o som do motor, embora ela também conhecesse isso. Era a magia que a música cria, a canção que vive dentro de cada criatura na terra, incluindo as sereias. Fazia muito tempo que ela não ouvia música, talvez mil anos, e assim ela fora irresistivelmente atraída para a superfície, bem indolente e interessada.

Naquela manhã, David tocou canções suaves que havia aprendido quando menino, louvores a Deus. Entoou para ela canções sagradas, canções que o fizeram chorar, e ali ambos ficaram, nesse segundo encontro, separados por um pedacinho de mar, olhando-se — um jovem pescador de Concha Negra de olhos marejados com um violão velho, e uma sereia que tinha chegado pelas correntes das águas cubanas, onde outrora se referiam a ela pelo nome de Aycayia.

❦

Desapareço uma noite, numa grande tempestade
há muito, muito tempo
Ilha onde um dia viveram os taínos
e as pessoas antes deles
Pro norte nesse conjunto de ilhas e pro oeste também
A ilha que eu lembro
tinha forma de lagarto
Vi o mar
Vi sua glória
Vi seu poder
o poder do seu reino

Nadei suas raivas
Nadei sua angústia
Nadei seu chão de veludo
os corais
as cidades submersas
Nadei sob ilhas
Nadei pela costa em ondas rasas
e vi crianças brincando
Nadei com canoa de aço
Nadei em todos os lugares nesse arquipélago
Nadei com um grande GRUPO de golfinhos
Nadei com um CARDUME de peixes
grande como o tamanho de um ser humano inteiro
Mergulhei em paredes de oceano
Teria morrido muito cedo como mulher
Quarenta ciclos? Filhos, marido
vida da terra e vida do nascer e morrer
Em vez disso, vivi por mais de mil ciclos
dentro do mar
Eu não estava sozinha no ato da minha maldição
uma idosa também foi amaldiçoada
e desapareceu na mesma noite
muito, muito tempo, tanto que não sei quanto
só que chamaram um furacão
pra me levar pra longe
selar minhas pernas dentro de uma cauda

Diário de David Baptiste, março de 2015

Quando vejo chegarem as primeiras tartarugas-de-couro, sempre fico feliz. Sei que ela, minha sereia, logo vai aparecer, feliz também, pra me ver. Eu costumava procurar ela todas as noites de abril em diante. Ela sempre sabia onde me encontrar, perto das mesmas rochas denteadas onde a gente se viu pela primeira vez, a um quilômetro e meio da Baía da Desgraça. Ainda é um lugar privado, mesmo agora, já que todos os malditos peixes terminam fisgados. Procuro por Aycayia por mais da metade da minha miserável vida. Estive com muitas mulheres desde aqueles dias há muito passados, de todo tipo — amiga, mãe, amante —, mas ninguém como ela.

Ela era algo mais.

Eu sou um velho agora, e doente, doente de um jeito que num posso me mexer muito, doente, então num posso trabalhar, sair pro mar, assim só me resta escrever a minha história. Sento e bebo uma dose ou duas de rum pra afogar a tristeza, afogar a porra do meu coração nesta garrafa. Depois do furacão Rosamund, tudo mudou, cara, cada maldita coisa que havia foi pelos ares e então, um ano depois da gente se conhecer, é, ela voltou!

A srta. Rain a ensinou palavras na época em que ela veio até mim, depois que tiraram ela do mar naquele dia fatídico. Ela tem uma linguagem própria e algumas dessas palavras surgiram quando a gente transava. Mas era uma língua antiga e a memória dela não era boa. Ela não falava tinha muito tempo. Enquanto moramos juntos, aprendemos o nome de todos os peixes, ela e eu, na mesma enciclopédia que é da srta. Rain. Eu levava ela no meu barco. Aycayia gosta de aprender, e queria saber o nome de cada peixe em todo o maldito oceano, tudo no mar e ao longo da costa. Eu mesmo aprendi metade desses nomes — e todos os peixes também têm um nome em latim. Então agora ela é uma sereia que sabe os nomes de todos os peixes do mar em duas línguas, e alguns ela sabe dizer na própria língua dela.

A sereia me assusta como o diabo quando a vejo pela primeira vez. A metade superior salta do mar. Era vermelha, como uma mulher indígena, e toda escamosa e brilhante, como se ela mesma tivesse se polido com primor. Do nada ela veio, cara. Ouvi um jato de água e depois *vush*.

Ela sobe. Gostou das canções que eu tava cantando naquele dia. Pareceu que o som da minha voz a agradou, do jeito como emanava pela água. Mais tarde vim saber que ela chegou na nossa costa pelas águas cubanas. Só muito depois ela me contou sua notável história e o seu nome. Ela desceu de lá nas correntes com uma velha, Guanayoa. Lembro como ela ficou curiosa sobre a enciclopédia. Que nome eu tenho, perguntou. Como é que não tenho uma foto lá?

Nas semanas seguintes, acho que a vi todos os dias. Ela passou a reconhecer o som do motor do meu barco. Como se estivesse esperando. Eu tinha o cuidado de não mijar na água. E, para isso, levava uma lata velha. Resolvi ter paciência, então eu sentava e ficava esperando ela, longas horas. E aí eu via uma grande barbatana caudal, grande como uma baleia-piloto. Meu coração ficava quentinho.

Ela abriu o meu coração, uma vez, aquela sereia, Deus do céu. Ela o fez inflar no peito, simples assim. Abriu ainda a minha mente, pra outros animais e peixes que a gente não conhece. Ela costumava nadar no mar triste, triste, ou assim ela me disse, antes da gente se conhecer. Num sei como ela sobreviveu todos aqueles anos naquele oceano enorme, sozinha. Precisava ser corajosa pra isso, por mais que no começo tivesse medo de mim, do que eu poderia fazer se a capturasse. Ela e eu travamos olhares muitas vezes, maravilhados um com o outro, antes dos americanos pegarem ela.

Uma vez, logo depois que nos conhecemos, ela nadou perto do meu barco. Vi muito bem ela nessa vez. A cabeça era lisinha, delicada, olhos pequenos, rosto pequeno. Parecia uma mulher de muito tempo atrás, como os antigos taínos que vi num livro de história na escola. O rosto era jovem e nada bonito, e reconheço algo antigo ali também. Vi o rosto de uma mulher humana que viveu séculos antes, reluzindo pra mim. Vi os seios, embaixo da delicada camada escamosa. Vi os dedos palmados e como algas de sargaço escorriam deles. O cabelo estava cheio de algas marinhas também, preto, preto, e longo, e vivo com criaturas que picam — semelhante a carregar uma coroa de fios elétricos na cabeça. Toda vez que ela levantava a cabeça, eu via o cabelo dela voar, como se tivesse um coral-de-fogo dentro dele.

E aí tinha a cauda dela. Ah, Senhor. As coisas que um homem vê nessa vida, especialmente se ele se conecta com a natureza e vive perto do mar.

Vi essa parte da criatura ainda de dentro do meu barco. Metros e metros de um prateado bolorento. Dava uma aparência de poder, como se ela saísse da própria cauda. Então penso que essa mulher-peixe deve ser pesada como uma mula. Uns cento e tantos ou duzentos quilos, fácil. Quando a vejo pela primeira vez, imagino que veio de algum semiespaço na grande ordem de Deus, como se fosse de uma época em que todas as criaturas tavam sendo criadas. Ela era de quando os peixes estavam deixando o mar, crescendo pernas, se transformando em répteis. Era uma criatura que nunca tinha chegado na terra. Era o que eu tava pensando antes de ouvir a história dela. Acredito que tanto ela quanto a espécie dela acabaram interrompidos em algum lugar no meio do ato da criação de Deus.

Eu era um cara jovem. Nunca havia parado pra pensar que podia criar problemas para ela. Homens a desgraçam, mulheres a amaldiçoam: foi assim que ela acabou como uma sereia no mar, condenada à solidão e com o sexo selado dentro de uma grande cauda. Era isso o que aquelas mulheres queriam, pra mantê-la longe dos seus homens. Depois que a resgatei, nunca mais pensei que ela pudesse se machucar de novo, fosse por homens ou por mim. Por vezes canto e toco meu violão pra ela naquelas rochas na Baía da Desgraça. Nunca mais me dei ao trabalho de jogar as linhas de pesca depois de nosso segundo encontro, por medo de fisgá-la. Mas foi minha culpa eles a terem capturado, os homens ianques. Minha culpa. Ela achava que tinha ouvido o som do motor da minha piroga, *Simplicidade*. Eu tava lá com eles, então ela seguiu o outro barco por acidente.

2

Destemor

Quando o grande barco de pesca da Boston Whaler, de nome *Destemor*, chegou da Flórida no final de abril de 1976, a tempo para a competição anual de pesca de Concha Negra, seus proprietários, dois sujeitos brancos, Thomas e Hank Clayson, estavam contratando a tripulação. Nicer Country lhes foi recomendado como especialista local nas correntes ao redor da ilha. Era um pescador relativamente conhecido. Apenas um ano antes, havia trazido um marlim de mais de duzentos quilos e aquele peixe bestial, com barbatana e tudo, figurara em uma fotografia na primeira página do *Gazette*. Então os americanos o contrataram como capitão. Nicer, por sua vez, recrutou dois meninos locais como tripulantes, Perna Curta e Nicholas, irmãos de pais diferentes, cuja mãe, uma gostosona chamada Priscilla, era vizinha de David na colina atrás da aldeia.

Nos dias subsequentes começaram a chegar mais e mais barcos de pesca: *Fada do Mar*, *Pilar*, *Lua de Agosto*, *Voo Divino*, *Tabanca*, *Jouvay*, *Sonho de Marinheiro*. A maioria descera à cadeia de ilhas de regiões tão longínquas quanto Bimini e Bahamas. Outros vieram de Granada, São Cristóvão, Névis e Martinica. Havia gente de Florida Keys também, além da Venezuela e de Trindade e Tobago. Até da Colômbia veio um barco. Todos ávidos por fisgar algum marlim-azul, peixe-espada, peixe-vela, camurupim e tubarão. Cada barco era como uma equipe desde o dono até abaixo — com capitão e tripulação que ou haviam sido trazidos consigo ou contratados no local. Todas as pessoas em Santa Constança queriam ganhar dinheiro. Alguns dos moradores adaptaram suas embarcações com estabilizadores e caixas de isca. Outros compraram motores maiores. Por volta da última semana de abril, quarenta ou cinquenta barcos haviam aportado na Baía da Desgraça.

Na noite de sexta-feira, antes do primeiro dia de pesca, o bar da Ci-Ci fervilhava. Dos alto-falantes do teto, tocava Chalkdust e The Mighty Sparrow. Todo mundo estava curtindo, bebendo, conversando, comendo peixe-voador e salgadinhos, bolinhos de bacalhau e batata frita. Todos os pescadores e meninos de Concha Negra estavam lá para bisbilhotar os outros barcos na baía. A própria Ci-Ci tinha passado o dia todo na cozinha com ajudantes, fazendo cabra ao curry e roti. Com sua gargalhada alta e rouca e quadris tão largos que sempre precisava passar de lado pelas portas, ela disse ter certeza de que teríamos boa pescaria e que iria servir peixe frito durante todo o mês seguinte.

Os dois homens brancos eram pai e filho. Thomas Clayson, o pai, vestia bermuda cáqui e galochas de pescador. Usava um quepe de capitão manchado sobre o restolho de cabelo e resfolegava com um charuto velho. Ele já estava com o rosto muito vermelho da viagem de Miami. Hank, o filho, usava chapéu de safári e uma camiseta amarela com as palavras *A Sorte Favorece os Destemidos*. As meias brancas conferiam aconchego sob as sandálias de couro e suas pernas eram magricelas e pálidas. Uma seleção de canivetes pendia de seu cinto.

Sábado, alvorecer, 24 de abril de 1976, o baleeiro *Destemor* partiu à frente dos outros. As condições estavam perfeitas para uma competição de pesca. O mar, calmo, estava turquesa nas partes rasas e roxo nas profundezas. Nenhum vento era esperado; estiagem, início da época de mangas, início da estação de incêndios nas colinas. Nada de chuva por semanas.

Simplicidade, a piroga de David, seguia atrás do baleeiro, o motor fazendo um *chugchug* alto enquanto a proa cortava a água. Ele resolvera acompanhá-los, por um curto período, por curiosidade, mas também por medo do que pudessem pescar. Não via a amiga sereia havia alguns dias e presumia, e esperava, sinceramente, que ela tivesse nadado para longe.

A bordo do baleeiro, havia cinco homens: Thomas, o capitão, Hank, o filho, Nicer, Perna Curta e seu meio-irmão, Nicholas. A isca dos estabilizadores eram duas lulas suculentas, arrastando-se, mergulhando e enrolando-se sob as ondas; ambas frescas e tentadoras para qualquer criatura lá embaixo com apetite. Os dois homens brancos estavam sentados nas cadeiras, olhando fixamente para o mar. O que estavam pensando naquele dia, só Deus sabe. Alguns dizem que estavam com medo. Outros, que estavam confiantes. Todos concordam que eles não conheciam as águas de Concha Negra, muito menos o comportamento delas. O velho, dizem, tinha falhado em tudo que tentara na vida.

Ao lado do barco, um cardume de peixes-voadores ergueu-se e acelerou as nadadeiras, sinal de que algo maior os perseguia. Nicer estava no convés, os olhos atentos, as mãos na alavanca de câmbio. Havia uma sensação de desconforto geral. Os homens brancos deixaram claro que não dispunham de tempo para conversinhas cordiais, que não tinham nada a dizer um ao outro, muito menos à tripulação. Não estavam confiantes nem seguros do que podia acontecer. Assim, cada um dos homens a bordo olhava para o mar e sentia-se sozinho e ensimesmado. O mar, essa imensidão de nada, podia refletir um homem para si mesmo. Tinha tal efeito. Era tão interminável e se deslocava sob o barco. Não era equivalente a estar em qualquer extensão da terra. O mar mudava. O mar podia engolir o barco inteiro. O mar era a mulher gigante do planeta, fluido e obstinado. Todos os homens estremeciam ao contemplar sua superfície. Mesmo Nicer sentia as bolas encolherem e as cismas aumentarem. Mar aberto azul, intitulavam. Nicer não gostava nem um pouco da fuça daqueles sujeitos brancos. Hank, o mais jovem, começou a cantar e o pai grunhiu, o cortando. Eles não confiavam um no outro, muito menos se gostavam. O céu estava transparente, nenhuma nuvem, nenhuma formação de anjo à vista. O sol pingava em cima deles, feito ácido. Nenhuma ave marinha cantava, nenhum outro barco para olhar. Isso deixava os homens para baixo. O mar refletia suas próprias almas.

Uma hora se passou, talvez mais. O mar disse: *Cuidado com o que pedem. Sou maior do que vocês. Levem apenas o necessário.* Os homens ficaram, com toda franqueza, hipnotizados quando tudo aconteceu.

Todos viram, ao mesmo tempo — uma vasta movimentação de água sob a superfície; algo grande havia mordido a isca a estibordo. A linha caiu do estabilizador em uma longa volta lenta que retesou no minuto em que atingiu a água.

"Peixe!", gritou Thomas Clayson. "Cacete."

Ambos os homens brancos tinham as pontas das varas nos cintos de pesca. Toda a tripulação sentia o puxão, mas não conseguia ver o peixe. A linha agora estava correndo inclinada, cortando a água. Uma imensa criatura tinha mordido a isca e estava nadando para longe com ela, rápido. A linha, presa à vara do Clayson mais jovem, descia. A vara de pesca se curvou e os homens de Concha Negra correram para ajudá-lo a colocar o arnês. Hank Clayson apoiou os pés contra a popa, as mãos tremiam, e gritou: "Pai, está na minha. Está na minha vara". A vara estava tão inclinada para o mar que parecia prestes a quebrar ou voar para fora do cinto.

Nicer Country sabia o que fazer: manter o peixe à popa, a todo custo, ou a linha arrebentaria. Então acelerou os motores, de modo que eles agora mal conseguiam virar. A vara de Hank Clayson estava curvada e a linha ainda desenrolava rapidamente. O jovem se inclinava para trás. Nicer virou o barco em um pequeno círculo para fazer com que o peixe ficasse à popa. Enquanto isso, todos viam a linha se estender e se enfiar no mar, como se houvesse um cavalo correndo com ela, todos cientes de que tinham dado sorte; haviam conseguido o que tinham vindo buscar.

"Acho que é um agulhão", disse Hank, que, na verdade, não sabia nada sobre peixes; essa era sua primeira viagem.

"É um marlim-azul, com certeza, uma fêmea, pelo peso", comentou o pai.

A tripulação ficou parada no convés, observando a linha correr e correr, todos assustadíssimos. Ali era apenas o ataque; a batalha ainda estava por vir. O jovem Hank segurou a vara e observou enquanto a linha continuava a se estender cada vez mais, fazendo um ângulo em relação ao barco.

"Puxe!", berrou Thomas Clayson. "Agora, com tudo."

O rapaz então ficou afobado e começou a puxar, no entanto, não fez qualquer diferença na linha. O peixe só fazia se afastar mais.

"E se ele simplesmente estiver com a isca na boca?", perguntou Hank. "E se estiver só puxando a gente, brincando, não tendo fisgado coisa nenhuma?"

"Peixes não são tão espertos assim", disse o pai. "Com certeza, fisgou."

"E se o peixe cuspir a isca?"

"Não vai."

Hank Clayson firmou os pés e puxou a vara ainda mais, forçando contra o peso do peixe. A linha continuava a se retesar. Era um fiasco total. Gotas de suor escorriam pelo rosto. Ele havia se esquecido de passar protetor solar e estava ficando da cor de um tomate.

"Bote pressão nele de novo", instruiu o pai. "Vai, coloque força no cotovelo e puxe para trás."

Os homens da tripulação assistiam, horrorizados. Os esforços do jovem não surtiam efeito algum. A linha só fazia afundar mais e mais. Hank Clayson curvou-se para trás outra vez e a linha zuniu, a vara agora tão inclinada para o mar que ele mal conseguia segurá-la. Nicer foi virando o barco lentamente, ainda mantendo o peixe junto à popa. Ele percebeu que o filho era um iniciante e que havia fisgado uma criatura grande demais para um novato. Perna Curta e Nicholas também perceberam isso.

Nicer notou que a tarefa ia tomar algum tempo.

David vinha um pouco mais atrás em sua piroga. Fumava um baseado e ainda não percebera que tinham pescado algo.

Durante uma hora eles lutaram com o peixe. Todos os homens queriam tomar o lugar de Hank; queriam ser aquele com a vara, no entanto seria errado interferir. A linha continuava a se desenrolar.

"Bote pressão nele, Hank", disse o pai, irritando o filho.

O peixe não estava cansado; continuava a levar a linha. Hank baixava e erguia a vara, dando seu melhor. Na verdade, ele queria muito poder entregá-la para outro homem no barco; aquela viagem não se enquadrava em seu conceito de diversão. Tinha sido uma espécie de presente, uma ideia de seu pai para fortalecer os laços entre os dois. Agora que ele havia fisgado alguma coisa, seu estômago estava um nó.

"Não solte", disse o pai. O peixe estava descendo agora, mergulhando fundo, assustado, e fazendo uma tentativa desesperada de mudar de direção. Nicer recuou o barco bem devagar para aliviar a pressão na linha.

"Jesus, ele está praticamente rebocando o barco", observou Hank.

❧

Uma suculenta lula me pega
Quem acreditaria que uma lula
    poderia ser assim tão cruel?
Minha boca tava pegando fogo do nada
Sinto ficar mais apertado e puxo pra trás
Acho que ouvi o *chugchug* do *Simplicidade*
Nado pra longe rápido, rápido, mas
    o anzol me pega de jeito

Nado bem fundo por muito tempo
Lá, lá no fundo do oceano
Não era *Simplicidade*, mas
Um barco dos ianques no fim da linha
No começo acho que consigo
    arrastar o barco

pro fundo do oceano
mas os ianques têm
um barco bem, bem grande

Nado muito assustada lá pra baixo
pra segurança do oceano
às regiões sombrias do mar profundo
Uma coisa forte na superfície me puxando de volta
Minha garganta queimando de dor
Eu tava me estrangulando
Tava me afogando no mar
Pulo alto pra mostrar que eles me pegaram

Eu, um peixe humano
Me deixa ir
Vocês cometeram um erro
Nado nas profundezas por muito tempo
Eu sabia que não tinha esperança
nem sobrevivência
Nadei na direção da minha morte

David, ah, aqueles ianques me pegaram
quando pensei que fosse você
Me pegaram de surpresa
David, cadê você?
Não tá mais lá
Por favor, encontra esta carta que
    coloquei numa garrafa

Hank Clayson estava ficando roxo ao sol.

"O bicho tá se cansando", disse Thomas Clayson. "Pegue um pouco d'água para a cabeça dele, ou ele vai morrer de insolação pegando esse peixe."

Perna Curta foi até a caixa de iscas, que estava cheia de gelo, mergulhou um balde, trouxe de volta um pouco da água gelada e a derramou na cabeça do filho. Era um fato que homens brancos podiam morrer de queimaduras solares; Perna Curta tinha ouvido as histórias. Eles não tinham medo de nada exceto muito sol; o excesso podia acabar dando cabo à vida deles. Eles podiam desmaiar, ter um ataque cardíaco. Perna Curta encharcou bem a cabeça do jovem com a água gelada do balde. E achou engraçado quando o outro estremeceu de frio.

O peixe estava se extenuando, mas tinha puxado praticamente toda a linha, e Hank estava todo dolorido de segurar a vara. Os ombros e braços doíam demais.

"Logo mais o peixe vai ter que aparecer", disse Thomas Clayson, mordendo o charuto. Era um homem que já tinha visto boas aventuras no mar. Havia trazido o filho ali para fazer dele um homem. Mas Hank não parecia dar muita trela para essa coisa de se tornar homem. Era uma porra de um mariquinhas, lendo livros. De vez em quando até escrevia "poemas". Clayson o enviara a uma faculdade de direito cara, mas o menino o decepcionara até nisso, dizendo que ia defender os pobres, as mães solo, os imigrantes. Os planos para o filho se mostraram um tiro pela culatra. Ele era "sensível", dissera a esposa. Como uma porcaria de uma planta. Agora o filho tinha fisgado um peixe que talvez pesasse uns quinhentos quilos. Thomas Clayson queria que fosse ele a ter o peixe na ponta da vara; o filho não ia dar conta quando o danado começasse a lutar. Ele só estava segurando as pontas enquanto o bicho se movia no mar. Muito em breve teria que começar a puxar. E, mesmo assim, ele queria que ele pegasse o peixe, queria isso mais do que qualquer outra coisa no mundo; seria ótimo. Imagine o orgulho de ter um filho capaz de tamanha conquista.

A essa altura, *Destemor* estava tão longe no mar que David havia virado *Simplicidade* para retornar para casa. Ele voltou e foi tomar uma dose no bar de Ci-Ci, tentando aplacar seus temores.

No baleeiro, Hank Clayson, na cadeira de pesca, apoiou os pés na popa e puxou a vara usando todo o peso do corpo. Baixou a vara e então enrolou, baixou e enrolou. De forma constante, a linha estava voltando, dois centímetros, depois cinco centímetros de cada vez, mais e mais linha retornava.

"Isto é um puta peixe", disse ele. "Mal posso esperar para ver."

Os meninos de Concha Negra jogaram água gelada em sua cabeça de novo.

"Está mais fácil agora, segurar firme."

"Não vá mais rápido do que você consegue", instruiu Thomas Clayson.

Naquele momento, todos os cinco homens estavam cheios de expectativa. Mais de uma hora havia se passado. O peixe estava fatigado. Eles estavam vencendo. Agora só precisavam manter o barco reto e trazer o peixe aos poucos.

"Você pode me trazer uma Coca-Cola?", pediu Hank. "Estou com muita sede."

A linha começava a se inclinar para o fundo da água.

"Cuidado, Hank", disse o pai. "Vai subir a qualquer minuto."

Hank Clayson também sentia isso, que o peixe estava prestes a saltar. Nicer começou a recuar o barco.

"A coisa está prestes a subir!", gritou o pai. "A porra do filho da puta está chegando. Mantenha a vara erguida!"

O mar plano e escuro se abriu. A sereia ergueu-se e emergiu da água, os cabelos esvoaçando como um ninho de cabos, os braços lançados para trás no salto, o corpo brilhando com as escamas e a cauda balançando, enorme e tonificada, como a de uma criatura das profundezas do oceano. Ela se lançou para cima e para fora, arqueando no ar para virar de costas. Os homens viram a cabeça, os seios, a barriga, o osso púbico de uma mulher bem na junção com a cauda de um peixe reluzente.

"Jesus Cristo!", exclamou Thomas Clayson.

Nicer fez o sinal da cruz.

Os meninos de Concha Negra arquejaram.

"Corta a linha!", gritou Nicer Country. "Corta a porra da linha."

Todos os cinco homens ficaram horrorizados quando ela atingiu água, se debatendo. A boca estava sangrando, e esse era só o começo de sua luta. Na ponta da vara de Hank Clayson havia uma criatura selvagem, furiosa por ter sido capturada.

Nicer sabia que tinham fisgado algo que não deveriam. Ele pulou do convés com a faca. A sereia, ou o que quer que fosse, merecia ficar no mar. Ele não tinha nada que se meter com ela. A coisa parecia grande demais para o barco. Poderia afundá-lo, até.

"Não faça isso!", gritou Thomas Clayson quando Nicer se inclinou para cortar a linha. "NÃO FAÇA isso. Ela vale milhões. Milhões. Vamos trazer pra dentro, porra. Vamos trazer pra dentro."

Ela estava na superfície agora, debatendo-se como um tubarão-mako, lutando contra a linha com os braços, tossindo sangue e cuspindo e gritando uma canção aguda e lamentosa.

"Meu Deus", gaguejou Hank. "Viu isso?" Suas mãos tremiam na vara de pescar.

O pai queria tirá-la dele. Os homens de Concha Negra, Nicholas e Perna Curta afastaram-se da popa. Como Nicer, eles sabiam que aquilo era errado. Tinham medo de que a assombração fosse pega. Não queriam ajudar. Estavam sem palavras e sem saber o que fazer. Os homens brancos queriam tirar a criatura do mar. Mas aquele peixe era metade mulher, estava nítido. Todo mundo tinha ouvido falar dos tritões nas águas de Concha Negra, mas uma tritã? Não. Ela carregava má sorte, na melhor das hipóteses, e seu cabelo os assustava — como se ela fosse capaz de matá-los todos com apenas uma chicotada daqueles tentáculos. Ela poderia envená-los. Tinham visto espinhos nas costas dela, espinhos dorsais. Espinhos de peixe-escorpião. Tinham visto uma mulher ensanguentada e furiosa na ponta da linha de pesca e agora esses homens brancos queriam trazê-la para o barco. *Não, cara*, disseram todos a si mesmos.

A sereia estava agora sob a superfície outra vez. O rosto do jovem Clayson estava tomado de pavor e empolgação.

"Segure-a!", gritou o pai.

"O que parece que estou fazendo?", retrucou o filho.

"Continue puxando!", gritou Thomas Clayson para Nicer.

Nicer começou a ver cifrões. Se estivesse sozinho, ele a teria jogado de volta ao mar, mas a conversa o fez perceber que aquilo poderia lhe render dinheiro suficiente para outro barco, um carro novo, um pequeno negócio próprio. Imagine só. Ele colocou o acelerador em marcha à ré e diminuiu a velocidade do barco. O motor zumbiu. Nicer agora sentia a própria curiosidade crescer. Quanto ela renderia? Ele recuou o barco lentamente até o peixe. A linha tinha parado de correr. O Clayson mais jovem estava erguendo e baixando a vara, erguendo e baixando, e a linha agora estava voltando para o carretel na maior velocidade que ele era capaz de girar. A sereia tinha voltado para baixo, por enquanto.

"Esta coisa deve pesar mais de duzentos quilos", disse Thomas Clayson. O oceano estava plano e vazio de novo. Era só silêncio afora o som do carretel retraindo.

"Você a viu?", perguntou Hank Clayson.

"Porra, sim", disse o pai.

"Você viu os peitos dela?", disse o filho. Estava tão hipnotizado pelo que havia pegado que até soltara a língua.

"Diabo, sim."

"Você viu o rosto dela?"

"Sim."

"Você viu os braços dela?"

"Sim."

"Você viu... o osso da boceta dela?"

Todos os homens assentiram.

"Poderíamos vendê-la para o Smithsonian", sugeriu Thomas Clayson. "Ou para o Fundação Rockefeller. Para pesquisa."

A linha retornava devagar. Pelos vinte minutos seguintes, os homens ficaram olhando fixamente para a popa, cada um calculando o que poderia acontecer se a pegassem, e cada um sentindo uma intensa sensação de fervura na virilha. Eles não sabiam o que esperar. Mantinham os olhos no mar e se atentavam ao barulho do carretel. Ela estava chegando, mas iria lutar outra vez.

"Cuidado para não acabarmos em cima dela", disse Thomas.

Nicer, sabendo que isso podia acontecer, acelerou o motor de novo.

"Faça mais pressão, um pouco", disse o pai.

Hank Clayson já vinha segurando a vara e o peso da sereia por quase duas horas e todo o seu corpo estava em chamas com a tensão.

A linha começou a desenrolar outra vez.

"Deixe o motor parado."

Nicer o desligou.

Então o barco começou a se deslocar para trás. Hank Clayson estava tentando içar a sereia, mas quanto mais a linha encurtava, mais a criatura puxava. Houve um rangido em algum lugar do casco do barco. Ela estava puxando a linha. Devia pesar o mesmo que um barco pequeno, pensou Nicer. Se entrasse sob o casco, poderia afundar o *Destemor*.

Minutos se passaram. O oceano estava quieto. Azul metálico. *Levem apenas o necessário*, sussurrou ele.

"Merda", soltou Thomas Clayson. "Ela está embaixo do barco."

Eles esperaram e observaram. Lentamente, uma grande sombra passou por baixo deles, algo grande. Uma sacudida das costas e eles poderiam ser lançados para cima, em pleno ar. Thomas Clayson desamarrou-se do arnês, levantou-se, analisou as profundezas e assobiou.

O mar se abriu de novo.

Ela saltou, a bombordo.

Desta vez, era mais peixe do que mulher e seu poder estava evidente. Ela deu um salto alto e largo, a cauda brilhando como metros de uma longa fita prateada. Em seguida, irrompeu da água e a massa de *dreads* unidos voou, a boca ensanguentada se contorcendo com a linha. Ela caiu pesadamente na água, deixando um grande rasto ao atingi-la com a cauda. O barco foi uns bons cinco centímetros a bombordo. Ela então se pôs a nadar com força, levando o barco consigo. Os homens de Concha Negra gritavam para que cortassem a linha. Thomas Clayson também entrou em pânico, pois religar o motor significaria partir a linha e perder a sereia.

Ela mergulhou fundo, o barco inclinou e os homens caíram uns sobre os outros, exceto Hank, que estava amarrado na cadeira.

"Lute com ela!", gritou o pai. "Traga essa vadia para dentro."

O barco balançou outra vez. Então virou como se o casco tivesse sido puxado, como se a sereia pudesse arrancar o convés de voo, ou o convés de popa, como se pudesse desmontar o barco.

O carretel zuniu.

A vara de Hank Clayson foi dobrada rumo ao mar. Estava evidente que ele não seria capaz de segurá-la. Estava exausto e sua vontade havia arrefecido. Agora estava com medo do que havia fisgado. O barco seguia de ré, muito inclinado. Eles estavam em mar aberto, sem sinal de terra.

O pai tomou a vara das mãos do filho e começou a mostrar sua habilidade como pescador. Já havia fisgado peixes grandes; não estava com medo. Sabia que ainda gastaria uma ou duas horas. A batalha estava só começando. A sereia estava cansada, mas também era forte.

"Traga uma bebida para mim", disse Thomas Clayson para ninguém em particular. "Tem um cantil de rum na mochila. Traz para mim."

Nicer começou a ver o curso dos acontecimentos. Homem contra a captura até o triste fim; homem contra criatura e a criatura era metade mulher. O homem branco velho trocou de lugar com o filho e amarrou-se no arnês. Perna Curta lhe entregou o cantil de rum. O barco pertencia àquele homem; ele tinha ido lá para mostrar ao filho maricas como pescar. Agora tinha intervindo.

"Acelere o motor apenas um tiquinho", ordenou ele a Nicer.

Meus pulmões se enchem d'água
mas conheço o mar melhor que
    os homens ianque
Mulher me pôs no mar
Chamou um furacão
Agora homem quer me tirar
Sinto uma dor nova
Próximo homem puxando a linha
O anzol na minha garganta
Quero descer pra morrer

Ou eu poderia tombar a canoa deles
e lançar os homens pra fora
Eu era um peixe muito grande
Eu era pesada
Eu nadaria com a corrente
Corrente forte o suficiente
Aí eu ia conseguir fazer isso

Nadei pra longe, então mergulhei fundo
Meu pavor era ENORME
Nadei mas continuo fisgada
Quero descer pra morrer

Basta de vergonha na minha cabeça
Eu já fui mulher humana
alguns milhares de ciclos atrás

Amaldiçoada a ser solitária
sem amor
Me amaldiçoaram pra valer
Deusa Jagua era a deusa de sua maldição
Ela me manteve solitária todos aqueles anos

Sinto falta da minha vida em Concha Negra
Voltei a ser mulher humana
depois que me pegaram forte

Thomas Clayson tomou um gole caprichado do cantil. Nicholas e Perna Curta se revezavam derramando água gelada na cabeça do camarada. O Clayson mais jovem estava totalmente queimado de sol e havia perdido toda a coragem, embora tivesse feito a maior parte do trabalho. Ele molhara as mãos esfoladas, que sangravam, com um pouco do rum do cantil. Eles estavam na terceira hora de batalha. Thomas Clayson começou a operar a vara de pescar. Pôs os pés na popa, sem dizer palavra, economizando fôlego enquanto trabalhava, bombeando, baixando, erguendo e enrolando a linha. No convés, Nicer mantinha o motor ligado, avançando aos poucos. A linha estava no ápice de sua resistência.

"Ela é forte pra cacete", disse Thomas Clayson. "Forte como seis homens."

Então a linha começou a se desenrolar outra vez. Clayson fechou os olhos, firmou os pés e fez força na vara. A criatura estava contornando o barco. Muito embora eles tivessem ganhado bastante linha, ela deixava o carretel outra vez, de forma constante. Estava descendo de novo; havia chegado perto da superfície e depois se aprofundado.

"Talvez esteja indo fundo pra tentar morrer", disse Nicholas. Essas foram suas primeiras palavras durante todo o dia. O jovem de Concha Negra havia ficado profundamente perturbado com o que vira. O primo, Nicer Country, o colocara naquela competição de pesca. Ele tinha imaginado que isso podia lhe render algum dinheiro para poder levar a namorada para assistir a um filme na Cidade Inglesa.

"Acho que tá indo fundo pra morrer. Tá tentando se afogar."

"Cala a boca", disse Thomas Clayson.

Todos os homens estavam afastados, observando. A linha estava desenrolando de novo, agora mais devagar.

O velho começou a apertar e retrair, apertar e retrair. Sabia que ia capturar a coisa; sabia que ia vencer. Já havia pescado muitos peixões e entendia, lá no fundo, a natureza daquele jogo: que essa era sempre uma luta injusta. Embora carecesse de destreza para fisgar espécies típicas da pesca esportiva, não havia necessidade de destreza naquela disputa. Um peixe-espada lutaria contra seu peso. Mas não teria chance, ainda que isso não viesse ao caso. Era o jogo que ele amava. A paciência, a emoção, a visão da captura. Dane-se a destreza. Ele nunca havia perdido um peixe. Mas isto era diferente. Isto lhe daria fama, daria fama à sua família. Mal podia esperar para vê-la pendurada no cais. Imagine a fotografia na capa da revista *LIFE*, da *National Geographic*; a notícia daria a volta ao mundo. Ele poderia encabeçar um leilão. Essa era a jogada derradeira, dinheiro suficiente para se aposentar.

A linha ficou tensa outra vez e ele baixou a vara. Ela envergou-se tanto que formou um arco-íris, e sim, sim, ele voltou a ver o topo da sereia. Ela estava nadando rápido agora, em direção à embarcação, contra a própria vontade, completa e verdadeiramente fisgada; bastava a ele retrair e baixar, retrair e baixar. Logo seria hora de colocá-la no barco.

"Preparem o arpão", ordenou ele, mas nenhum dos homens se moveu. Seriam necessários todos eles e ela resistiria. E também havia aquele cabelo, letal, os *dreadlocks* de caravela-portuguesa.

Em algum momento eles conseguiram posicionar a sereia junto à lateral do barco, ensanguentada e cansada, e aparentemente quase do comprimento do *Destemor*. Assim de pertinho ela era assustadora, uma pessoa ali, sem dúvida; uma mulher presa e moribunda sob a água, a longa cauda se movimentando devagar, as nadadeiras funcionando como hélices suaves, uma nuvem de sangue brotando da boca. Os homens locais ficaram olhando. Tomados por uma sensação de blasfêmia; não deveriam estar fazendo aquilo. Deveriam retirar o anzol da boca da criatura e soltá-la de volta às profundezas. Eles enxergavam sua natureza rara, os longos *dreadlocks* fluindo ao redor e a água como partículas de corrente elétrica prateada ao longo da cauda.

"Tragam-na para cima", ordenou Thomas Clayson.

Eles conseguiram amarrar uma corda em volta da barbatana caudal e o próprio velho estendeu a mão com o arpão e a apunhalou profundamente. A sereia latejou e se contorceu.

Quatro deles a puxaram pelo arpão e pela corda e, no final, ela veio junto a galões de água e outros peixes, um *vush* gigante e o convés do barco transbordou sereia. Ela já estava semimorta devido às horas resistindo com o anzol na garganta e agora o arpão de aço no flanco. Estava sangrando muito, atordoada, grunhindo, os olhos de papel-alumínio observando-os.

Seu cabelo era a pior parte, uma confusão de fulgor e cordame, disso e daquilo. Águas-vivas vieram com ela, cardumes de longas veias azuladas. Musgo marinho vertia pelos ombros como fios de barba. Cracas salpicavam a curva dos quadris. O torso, robusto e musculoso, era escamado com precisão, como se ela usasse uma túnica de pele de tubarão. Estava cheia de piolhos do mar. Eles notaram que, quando o diafragma dela subia, revelavam-se fendas largas, guelras, que pareciam afiadas o suficiente para cortar um dedo. Todos os homens recuaram. As pontas de sua espinha eram planas, como a estrutura de um guarda-chuva dobrado, mas quando se dilatavam e se espalhavam, revelavam uma poderosa dorsal.

"Santo Deus", sussurrou Nicer.

A sereia permaneceu ali, arfando e sangrando. Seus arquejos muito audíveis. Os homens só ficaram olhando. Todos sentiam a tristeza de sua existência, uma mulher que estivera solitária no mar. Haveria pulado de um barco? Sua mãe acasalara com um peixe? Todos os homens sentiam o coração martelando, com medo e uma sensação de admiração devido àquele ser meio a meio. Os olhos dela passearam rapidamente por eles, repletos de puro desprezo. Ela havia lutado muito para permanecer no oceano. Cada homem sentia um puxão intenso na virilha. O velho queria tirar o pau e mijar em cima dela. Os homens mais jovens lutavam para impedir que a ereção transparecesse sob as calças. Ela era como um ímã. Uma mulher fisgada, espancada, semimorta, seminua e de uma juventude virginal. Cada homem ali daria conta dela, sem dúvida. Ela estava cuspindo água do mar; parecia estar saindo do fundo da garganta. A água escorria das guelras. Ela era um peixe fora d'água e, no entanto, não iria morrer como um peixe comum. Estava respirando rápido como uma criança sedenta, tentando se manter viva. O cabelo se movimentava, espalhando-se pelo convés. Inúmeros peixes-piloto estavam morrendo no entorno. Ela já parecia menor do que quando estava no mar.

"Põe um pouco de rum nas guelras dela", disse Perna Curta.

"Não. Isso pode matá-la" disse o velho. "Amarre os braços dela."

Os jovens de Concha Negra estremeceram e recuaram. Nenhum dos dois queria se aproximar e, no entanto, lá estava ela ali dentro da embarcação, a cauda ribombando no convés. Era um peixe e uma mulher unidos por solda. E a eles só restava admirar, em estado de choque. A cauda era curvilínea e forte, repleta das cores brilhosas do arco-íris. As mãos eram pregueadas com membranas, as quais gotejavam pulseiras de madrepérola. Quando ela abriu as mãos, os dedos revelaram-se ossudos e finos; as membranas brilhavam cor-de-rosa e opalescente.

"Te quero", sussurrou Perna Curta, com repulsa. Ele tocou a própria boca.

Nicer sabia que eles estavam muito longe da terra firme, que tinham a exata quantidade de combustível para retornar, mas aquele não era o tipo de coisa interessante de se levar para casa. Imagine o *picong*, o mau comportamento de seus companheiros ao ver aquilo metade-peixe, meta-de-mulher, imagine a confusão que ela ia causar.

Hank e Thomas Clayson haviam amarrado as mãos dela e amordaçado a boca. Bebiam cervejas geladas. Hank tirou fotos dela com sua Kodak Polaroid. Cada um deles se abaixou ao lado da sereia, sorrindo, próximo ao rosto taciturno. Os dentes dela cravados na corda. Ela estava assustada. Seu choque era palpável e, mesmo assim, não extraía nenhum remorso dos homens americanos. Não do pai, em todo caso. Os olhos dele estavam arregalados e era impossível não ficar boquiaberto ante a captura. Que coisa para se tirar do mar. Que aberração. Ele a manteria viva em um tanque, a levaria para casa. Ele se vangloriou com o filho. O jovem Hank Clayson ainda era virgem, verdade seja dita. Não tinha aprendido as competências masculinas necessárias para laçar uma mulher em um jantar, quanto mais para conseguir se casar. Ele conhecera aqueles rapazes que sequer precisavam se esforçar, os atletas do ensino médio, e, com o tempo, desistira. Ele era um esteta. Lia os clássicos, embora traduzidos. Um dia, haveria um tipo diferente de mulher em sua vida, uma que o entenderia. E agora isto. Eles haviam tirado uma mulher do mar. Assim como ocorreu com os outros homens, aquilo lhe gerou uma enorme excitação em seu pau. Talvez a pesca esportiva fosse emocionante, no fim das contas; quem sabe ele até tentasse de novo. Pela primeira vez, havia fisgado uma mulher. Escreveria poemas sobre a sereia que acabaram de capturar, ou uma coroa de sonetos. Faria o possível para homageá-la, sua primeira mulher, sua Helena de Atlântida, sua donzela aquática.

Eles derramaram rum no cabelo dela a fim de acalmá-lo. Então lhe cobriram o rosto com um pedaço de lona velha, para que ela não pudesse encará-los com aqueles olhos preto-prateados e cheios de ódio.

A viagem de volta foi silenciosa em grande parte. O sol iria se pôr na próxima hora. A sereia havia começado a emanar um gemido incessante. Seu corpo revirava e se debatia para a frente e para trás, e eles começaram a temer que ela pudesse até pular do barco. Thomas Clayson a atingiu com força na cabeça usando a caixa de isca de metal e a nocauteou.

"Nos leve para casa", pedira ele a Nicer.

O mar estava calmo na volta; as nuvens baixas estavam amontoadas, iluminadas por trás pelo sol poente, as bordas rosadas. Todos os homens mergulharam profundamente nos próprios pensamentos. Nicer estava pensando na cama, na mulher, na casa e na vida, e em como estivera contente naquela manhã. Até tinha passado a gostar do casebre de madeira que há muitos anos alugava junto à esposa com a srta. Arcadia Rain. Agora, parecia que tudo estava diferente, como se ele tivesse cometido um crime. Nunca deveria ter aceitado o trabalho de um homem branco de quem não havia gostado à primeira vista. Tinha sido um pescador a vida inteira. Desde os 17 anos trabalhava no mar, saindo antes do amanhecer e voltando antes do meio-dia. Uma rotina diária e um meio de subsistência. Ele havia presenciado algumas coisas. Uma vez pescara uma rara garoupa malhada do tamanho de um bezerro pequeno; foram necessários três homens para tirá-la do barco e colocá-la na traseira de uma caminhonete com destino à Cidade Inglesa. O peixe levara mais de uma hora para morrer. Por fim, foi cortado em grossos bifes borrachudos no cais e vendido para um dos grandes hotéis. Ele também pescara tubarões, e apanhara tartarugas-de-couro, além de todos os tipos de arraias, quase tudo que havia para pescar — e um grande marlim no ano anterior. Desde suas mais tenras memórias, tinha acompanhado pescadores saindo e voltando duas vezes ao dia. Na praia havia um armazém de pedra, e ele tinha crescido em seus arredores, menino e homem. Seu pai pescava. Quase todos os homens no norte de Concha Negra eram pescadores. Mas mesmo tendo ouvido as histórias dos tritões, ele nunca tinha visto nada parecido com aquela coisa meio a meio que eles tinham 'cabado de capturar. Ele não gostava do fato de ela estar seminua e ser metade mulher. Não lhe agradava os olhos brilhantes e duros, nem o fato de ela tê-lo visto. Os grunhidos — soavam como se o grupo tivesse capturado uma espécie de fêmea, como a mãe, a irmã ou uma tia deles mesmos, como se ela fosse verbalizar alguma coisa tão logo recuperasse o fôlego.

※

Quando eles rebocaram a pesca para o cais, ela ainda estava amordaçada, amarrada e inconsciente. Respirava, mas apenas de forma superficial. Sua cor estava diferente. O brilho havia sumido da cauda, agora chegando a um tom de marrom. Parecia que o corpo estava agora coberto por um papel de parede úmido e descascado. Talvez fosse morrer. Talvez estivesse morrendo. Ela certamente havia diminuído de tamanho. Havia dois marlins-azuis pendurados pelas caudas já no cais, grandes como costelas de carne. Muitos barcos se encontravam ancorados. Os homens circulavam; estavam no bar, tomando uma ou três doses de rum na Ci-Ci. O sol se punha.

Eles a amarraram ao lado dos dois marlins para que todos a vissem, a cabeça pendendo para baixo, o cabelo letal em direção ao chão, os braços atados com corda atrás das costas, os seios nus. Muitos homens se aglomeraram ao redor e todos queriam tocá-la, e alguns deles chegaram a fazê-lo. Cutucaram e beliscaram a cauda, a analisando. Um estendeu os dedos e tocou a pele áspera da barriga.

"Ei, gracinha", disse ele, nervoso.

Os homens riram.

Um outro foi mais longe e beliscou os mamilos dela, que estavam duros como nacos de pedra.

Ela se contorceu ao toque.

Embora tivesse encolhido, ainda era maior do que o marlim. Ninguém sabia o que dizer aos Clayson. Muitos dos homens ao redor apenas olhavam, chocados. Alguns começaram a se lembrar de histórias confusas sobre terem visto um tritão nas águas de Concha Negra, embora ninguém tivesse ouvido falar de uma sereia naquelas regiões e, com certeza, nenhum outro pescador jamais tivesse de fato capturado uma. Não havia telefone por perto para ligar para alguém importante, como um repórter de jornal. Alguém teria de fazê-lo no dia seguinte. Alguns dos pescadores estrangeiros tiraram fotos. Luzes de flash dispararam. A sereia estremeceu, como se sentisse dor com os lampejos. A suave luz amarela do dia se esvaía do céu, e a notícia chegava aos homens no bar. E assim, bem devagarzinho, o cais começava a lotar de pescadores cansados, bêbados e de pele salgada.

Nicer, Perna Curta e Nicholas desapareceram. Nicer partiu rumo a um panelão de pelau, uma cerveja gelada e cama; os outros dois seguiram o caminho para a aldeia atrás do bar. Nenhum deles estava orgulhoso. Pegariam o dinheiro na manhã seguinte.

Ficou evidente pela conversa, apostas e conjecturas dos pescadores que havia um problema. Os peixes grandes seriam pesados e as cabeças e o espadim seriam extirpados como troféus. O peixe iria para o armazém; seria eviscerado, escamado, fatiado e vendido. Mas e esse meio a meio? O que fariam com ela?

Ela era peixe ou carne?

Homens riam ante a ideia de cortá-la.

Quanto ela renderia por quilo?

Aycayia, a sereia, pendia de cabeça para baixo, a boca amarrada com corda. De seus olhos vazavam uma espécie de gordura salgada. Ela não conseguia entender o que eles diziam, mas pelo tom zombeteiro sabia que era ameaçador. Lembrou-se dos homens, aqueles que a tinham visitado com tanta frequência, os maridos, os homens solteiros, tudo isso muito tempo atrás. Lembrou-se de como eles vinham para ouvir suas canções, para vê-la dançar, lembrou-se de como era difícil repeli-los; e de como as mulheres da aldeia não gostavam nada disso.

O filho, Hank Clayson, era um poço de tristeza. Havia bebido cervejas demais, depressa demais, e agora estava sobrecarregado pela luta, excitação e emoção da captura. Todo o corpo doía devido às horas segurando a vara de pescar. Ele não gostava de vê-la nua sendo observado por tantos outros homens. Queria cobri-la. Agora desejava que não tivessem concluído a fisgada, que não a tivessem puxado d'água. Já a chamava de Helena. Não sabia o que fazer em relação ao assunto. Ela estava gemendo, possivelmente recuperando-se do golpe na cabeça. Era nítido que ninguém mais tinha ideia do que fazer com sua nudez. Homens olhavam. Ela era uma mutação do mundo natural e estava morrendo.

Pôs-se a chover discretamente.

Um homem arrotou alto e voltou para o bar.

Outros o seguiram.

Hank Clayson se perguntava se algum dia voltaria a ser o mesmo. Como poderia encontrar uma esposa depois disso tudo? A sereia deveria ser uma "história" da antiguidade. Ele queria tirá-la dali; queria tirá-la de seu campo de visão. Seguiu os homens até o bar, com o intuito de ficar bêbado pra cacete, o mais bêbado possível.

A chuva caía na sereia conforme anoitecia. A luz no final do cais havia acendido e brilhava alaranjada. A chuva a banhava. Ela começou a tremer, voltando à vida. Um homem fora destacado para ficar de guarda. Thomas Clayson metera cem dólares nas mãos dele, dizendo que pagaria mais cem quando voltasse. O guarda era um baixote de bigode grosso, mas bem aparado, e um boné de beisebol que caía sobre os olhos. Ele era de Miami e ficara observando a cena de detrás dos outros. Também havia bebido rum carta ouro e Coca-Cola com gelo. Depois que os outros saíram, ele tirou o cigarro da boca e apagou na barriga da sereia. Então desafivelou o cinto e abriu o zíper da bermuda, sacou o pau mole e cor-de-rosa e lhe mostrou, perguntando se ela gostaria de chupá-lo. Ele nunca havia tido o pau chupado por uma sereia. Balançou a coisa gordinha na frente do rosto dela como se fosse um verme suculento. "Viu", disse. "Vai querer?" Então passou o pau no rosto dela e riu, dizendo ser o único homem na terra a foder com uma sereia, e a agarrou e tentou trepar com ela por trás. Ia foder com ela ali mesmo se pudesse. Ele mesmo disse isso em alto e bom som na calada da noite, para a sereia que fora abordada muitas vezes, em seus momentos derradeiros, por homens que queriam trepar e foder.

Aí ele mijou copiosamente nos flancos dela, acenando com sua coisica como se fosse uma mangueira. A urina, quente, fedia a amônia e rum.

A sereia o olhou com ódio absoluto.

"Vá se foder", disse ele em seu ianque arrastado e então cambaleou, bêbado, de volta para o cais, ziguezagueando enquanto caminhava em direção ao bar de Ci-Ci, esquecendo que precisava ficar de vigia. O bar estava cheio de homens, todos ainda falando sobre a sereia. Muitas histórias foram contadas naquela noite, muitos tinham coisas a dizer: que sereias davam sorte, que davam azar, que podiam comer um barco inteiro, que haviam acasalado com orcas, que tinham de fato um clitóris, uma pequena ostra envolta em algum lugar secreto na cauda, e todos riram disso. Os homens beberam a sereia goela abaixo. Thomas Clayson pagou algumas rodadas. Estava imerso em um turbilhão de deslumbramento, felicidade e fadiga, além da sensação de que, enfim, havia feito algo importante perto do fim de seu fiasco de vida. Talvez até se divorciasse da esposa, finalmente. Ele compraria um barco maior, com certeza.

a SEREIA de CONCHA NEGRA
Monique Roffey

3

De volta à terra firme

Diário de David Baptiste, abril de 2015

Bem, quando eu a vi pendurada de cabeça para baixo, como crucificada invertida, meu coração parou e meu sangue gelou, frio, frio, frio. Então pegaram ela. Meu pior medo. Acompanhei o barco deles por mais ou menos uma hora, mas fui embora antes que realmente a fisgassem. Eles tavam indo pra longe. Virei de volta; já com um mau pressentimento de que o motor do meu barco podia atrair ela pra eles. Daí voltei, mas foi tarde demais. Era a porra da minha culpa eles tirarem ela do mar, trazerem de volta quase morta. Pensei que não tinha resistido quando a vi pendurada assim, de cabeça pra baixo, a boca e as mãos amarradas, como um caranguejo pronto pro mercado. Senti vergonha, cara, de ver a sereia daquele jeito, e pensei rapidinho num jeito de soltar ela. Eu tava com medo de que uma coisa ruim fosse acabar acontecendo. Por essas bandas, com fartura de bebida, os homens podem ser realmente ruins com algo assim. A srta. Rain não ia gostar nada daquilo. Eu sabia. Ela era muito específica sobre o jeito que as mulheres deviam ser tratadas.

Catei um carrinho de mão no quintal do vizinho, o coloquei na traseira da minha caminhonete e dirigi devagar, devagarinho. O bar da Ci-Ci tava lotado de homens curtindo e bebendo e, quando passei de carro, reconheci metade deles. Foi sorte a chuva que caiu. Isso obrigou eles a ficarem do lado de dentro. Dirigi até o final do cais e vi a sereia ali, pendurada do lado do grande marlim. Pensei em todas as vezes que a vi no mar perto das rochas da Baía da Desgraça, me observando. Todas as vezes que a gente se encarou. Todas essas vezes que me perguntei como Deus a fez e por quê. A quantidade de vezes que chamei: "Vem, *dou dou*. Vem cá". Desci rápido o cais com o carrinho de mão e meu facão.

A chuva tava caindo ainda mais forte naquela hora. O corpo dela estava frio e opaco na luz do cais. Os olhos, fechados. Mas noto o peito dela subir e descer. Coloquei o carrinho de mão embaixo e, com dois golpes fortes na corda, ela caiu, mais ou menos dentro dele. Caiu pesado, feito uma cobra gigante. Eu sabia que tinha apenas uns minutos pra levar ela embora. Cobri o corpo dela com uma lona e a levei pra minha caminhonete. Foi uma luta — usando todas as minhas forças pra pôr ela depressa na traseira.

Quando cheguei em casa, trouxe a mangueira pra dentro e tirei todas as coisas que estavam na banheiro: motor de barco velho, peça de barco, todo tipo de coisa desovada lá. Nessas horas, eu tomava banho nos fundos, usando um balde. É a mesma casa onde ainda moro. Eu mesmo a construí trinta anos atrás, em um terreno que a srta. Rain disse que eu podia comprar dela depois de um tempo. Construí o lugar com madeira e concreto que pedi e peguei emprestado — esse tipo de coisa, sobras das casas que os meus primos construíram. Na época, já tinha dois andares, e um lugar pra cozinhar num fogão pequeno de duas bocas. Tem uma mesa, duas cadeiras, uma cama grande no andar de cima. Nada de eletricidade. Eu usava lampião à noite. A banheira nem era encanada. Achei no quintal de outra pessoa. Imaginei que talvez fosse ter utilidade um dia, e eu tava certo. Claro, Rosamund veio e destruiu a maior parte da casa naquele ano. Pouco a pouco, fui reconstruindo.

Enchi a banheira até a borda. Esvaziei uma caixa inteira de sal marinho nela. Só então comecei a entrar em pânico. Quando libertei a sereia do cais, ela ainda tava viva. Eu só tinha uma coisa na cabeça: mantê-la assim durante a noite. Só Deus sabia o que aqueles homens ianques iam fazer com ela, vender prum museu, ou pior, pro *Sea World*. Eu queria ajudar ela a voltar ao mar. Sabia que não ia conseguir colocá-la no meu barco naquela mesma noite. Eu ia precisar de ajuda. Ela era muito pesada pra eu a carregar sozinho de casa e depois pro barco. Tem que começar do começo. Tirar ela do cais. Então planejei levar ela no meu barco na noite seguinte, pra bem longe, e soltar de volta; ia pedir pro Nicer me ajudar. Levar ela de volta pro mar, libertar ela de novo. Nunca imaginei que ela pudesse ficar. Tudo isso tava por vir. Quando a trouxe de volta pela primeira vez, tomei um couro só pra tirar ela da caçamba da caminhonete e botar na banheira. Ela também tava acordando, na chuva, e fiquei com medo de começar a se debater.

Carreguei ela como um tapete velho enrolado, sobre um ombro, e a coloquei na banheira. Então ela se assustou e percebeu o que tava acontecendo. A boca ainda tava vedada e as mãos amarradas, atrás das costas, mas os olhos se arregalaram e ela começou a fazer barulhos altos. Coloquei a minha mão na boca dela e disse: "Shhh, *dou dou*. Silêncio, tá. Sou eu, sou eu, você tá segura. Segura. Silêncio".

Mas ela tava realmente assustada. Levei o resto da noite e metade do dia seguinte pra acomodar o corpo dela naquela banheira e não desamarrei as mãos ou a boca até a tarde seguinte, e só quando tive certeza que ela sabia quem eu era, o cara rasta do violão que fez ela aparecer nas ondas, aquele que tinha cantado as canções pro universo.

Enfim, desamarrei a boca e ela não gritou.

"Lembra de mim?", perguntei.

Mas ela não deu nenhum sinal de que me conhecia. Só bebeu a água da banheira e se deitou como se estivesse se escondendo, mesmo com a cauda pra fora.

Ela me observou o dia inteiro. Como se a gente nunca tivesse se conhecido. Eu não tava seguro, mas sabia que teria que colocar ela de volta no mar. No dia seguinte, desamarrei as mãos dela e ela continuou deitada, na banheira, me observando, e me pergunto em que diabos tava pensando. Já tava vendo o rabo dela secando e parecendo menor. Derramei um pouco de rum em uma ferida profunda do anzol perto do topo da cauda, na esperança que sarasse.

Quando descobriram que a sereia não estava mais pendurada lá, um motim irrompeu no litoral. Thomas Clayson, que ainda estava meio embriagado de tanto comemorar, pôs-se a berrar *ladrão*! e logo declarou uma recompensa de cinquenta mil dólares americanos para recuperá-la. Os pescadores locais sabiam o que havia acontecido: o peixe assombrado já tava de volta no mar, há muito tempo. Nenhum homem de Concha Negra queria o dinheiro da gratificação; todos tavam com medo, mesmo antes dela desaparecer. A sereia regressou ao oceano; tinha conseguido voltar sozinha. Foi se juntar aos tritões. Isso era óbvio. Só os homens brancos da cidade procuravam o ladrão. Os homens de Concha Negra sabiam que nenhum deles tinha roubado ela, era tudo primo e parente ali. Como alguém ia roubar uma sereia e nenhum deles ia ficar sabendo? Como qualquer um deles vai esconder a porra de uma sereia enorme em uma aldeia pequena como Santa Constança? Ela era pesada feito um cavalo. Como um homem só ia ser grande o suficiente pra cortar e levar ela embora? Onde alguém ia esconder uma coisa daquelas? Ninguém tem aquário nenhum em casa, não; ninguém tem onde botar ela. Ela voltou pro mar, se juntou às comadres; ou isso, ou foi roubada por um daqueles hotéis enormes que mandaram um dos barcos grandes pro cais enquanto todo mundo tava bêbado dentro do bar da Ci-Ci. Já tavam servindo a sereia no Mount Earnest Bay Hotel — era essa a fofoca. Uma grande embarcação veio e levou ela durante a noite.

De todo modo, o aparecimento e desaparecimento dela perturbou todo mundo. Quando eles desamarraram os dois marlins e os levaram para o armazém e cortaram as cabeças deles, aconteceu uma coisa que deixou toda a aldeia inquieta. Arnold, o desvairado, comportou-se de forma mais louca do que de costume. Ele roubou a cabeça de um dos marlins e enfiou na própria cabeça, como se estivesse brincando de mascarado do Carnaval. Então saiu dançando pela aldeia usando a cabeça de peixe. Correndo e assustando as pessoas, aos gritos, agindo como se também tivesse sido pego. Ficou dizendo que era um tritão de Concha Negra, que era meio-homem, meio-peixe, e que viera transar com as lindas moças. Imagine só uma coisa dessas. Um homem com um longo bico de espadim na cabeça. O sangue da cabeça do marlim escorreu do pescoço por toda a camisa e ele correu a manhã inteira com as mãos vermelhas e sangrentas, ameaçando manchar quem se aproximasse mais do que devia. Com a ponta na cabeça, parecia um unicórnio. Todos ficaram nauseados. E desejaram que a porcaria da sereia jamais tivesse sido capturada e levada para Santa Constança. Quando amanheceu, muitos homens estavam de ressaca e, por uma razão ou outra, ninguém estava se sentindo nada bem.

Com o tempo, a notícia chegou à srta. Arcadia Rain colina acima. Sua prima Ci-Ci lhe telefonou para contar da zona no litoral, sobre a sereia que apareceu e desapareceu e a recompensa por sua devolução, e então sobre o novo tritão, Arnold. A srta. Rain chegou em seu velho jipe Land Rover com o filho Reggie ao lado. Ele usava seus óculos escuros de aviador favoritos e o cabelo estava modelado com cera. A srta. Rain só descia até a costa de Santa Constança quando era obrigada. Em geral, vivia sozinha, lá em cima na casa grande, onde tocava piano e lia livros. Muitos dos barcos de pesca já haviam saído para o segundo dia da competição. Alguns, entusiasmados, na esperança de recapturar a sereia. O velho, Thomas Clayson, voltou ao mar, mas com uma tripulação diferente, pagando o dobro. Desta vez, jurou que a traria de volta, morta. O filho, Hank, recusara-se a sair de novo. Estava arrastando um bonde pela sereia, a primeira mulher que fisgara de verdade, mesmo, e agora ela foi embora, desaparecido, tão magicamente quanto surgira. Ele sabia que tinha fotos dela em sua câmera; isso era a prova real, embora não estivessem tão bem focadas. Suas mãos deviam estar tremendo. Mas, naquela manhã, era como se a verdade da existência dela já estivesse sendo questionada. Uma sereia que estava lá e depois sumira dificilmente era convincente. A tripulação do *Destemor* a tinha visto, mas agora eles mesmos haviam desaparecido. Os homens do bar também a viram, mas se embriagaram rápido e a maioria ainda dormia. E, de qualquer forma, quem acreditaria em um grupo de pescadores bêbados que dizia ter testemunhado uma sereia pendurada pela cauda no cais? Ci-Ci não a tinha visto. Nem sua prima Priscilla, nem nenhuma das mulheres da aldeia. Será que um bando de bêbados tinha inventado tudo aquilo?

Então Hank ficou aliviado ao ver a mulher branca. Fez sinal para o jipe da srta. Rain com uma espécie de fervor, como se ela pudesse chamar a sereia de volta. Talvez ela a tivesse levado, ou soubesse quem o fez. Ele ansiava para lhe contar sua história. Ainda usava a camiseta amarela do dia anterior, manchada de suor e ensanguentada, embora mesmo assim fosse possível ler a inscrição *A Sorte Favorece os Destemidos*. Naquela distante aldeia litorânea caribenha, Hank Clayson sentia-se ridicularizado, sem saber como lidar com essa situação. Queria fazer as malas, largar o barco e voar de volta para Miami. O pai havia perdido o juízo. Era uma vergonha, na melhor das hipóteses. Era para ter sido um mero passeio, e agora isso.

A srta. Rain estacionou e saiu do jipe. Caminhou em direção ao jovem americano, com os olhos semicerrados, lendo os dizeres em sua camiseta.

"Olá, senhora", disse ele com o sotaque arrastado da Flórida, "estou muito feliz em conhecê-la."

A srta. Rain lhe lançou um olhar que evidenciava que ele precisava de um bom banho e fazer a barba, e ainda de uma boa surra por tirá-la da cama tão cedo em uma manhã de domingo.

"Que merda tá acontecendo aqui?", perguntou ela, ignorando a mão estendida e seguindo em direção ao cais. Ela não estava com humor para isso — um jovem pescador ianque com cara de idiota, toda essa tal história de sereia e Arnold com o espadim de marlim enfiado na cabeça.

Hank logo descobriu que a srta. Rain era uma mulher difícil de entender. Para começar, ela falava exatamente como os pescadores locais, no mesmo idioma lento, rítmico, quebrado e errado. Muito embora Hank Clayson tivesse descoberto que ela era dona do lugar, pelo menos de todas as terras da região, estava evidente que não tivera acesso a educação formal. Ela era branca, branca como leite, na verdade, e sardas explodiam no rosto e nos braços, de forma que ela parecia um pouco com um pônei appaloosa. Era difícil não ficar olhando pra ela fixamente. Mas seus duros olhos verdes costumavam reluzir um *Nem se atreva*. A srta. Rain era pequenina, com cabelos loiros encaracolados curtos como os de um menino. Também estava óbvio que era respeitada como uma espécie de prefeita. Mas quando ela abriu a boca e a mesma linguagem local saiu, foi um choque. Ela era como o povo de Concha Negra, só que branca. Hank Clayson seguiu caminhando atrás dela, para o cais, e até Arnold, que estava sentado na ponta dele, ainda usando o espadim de marlim.

"Arnold", falou ela, alto. "Que diabos tá acontecendo, hein?"

Arnold não respondeu. Estava olhando para o mar, as pernas penduradas no cais. Visto de trás, parecia um tritão, só que com as metades trocadas.

"Arnold, tira essa porcaria da cabeça."

Arnold não respondeu.

"Arnold", repetiu ela, aproximando-se. "Tira essa cabeça de peixe nojenta agora mesmo. Vai te causar um caso grave de infecção bacteriana."

Arnold não conseguia ouvi-la. A cabeça de peixe lhe bloqueava os ouvidos.

A srta. Rain então se assomou diante dele. Usava sandálias rasteirinha e um vestido florido. O homem ainda estava olhando para o mar, em devaneio. Desta vez, ela não perguntou. Puxou a cabeça com agulhão, que saiu com um som molhado. Arnold a olhou, como se perguntasse por que diabos ela fizera aquilo. A srta. Rain conhecia o espertinho do Arnold; eles já tinham se visto muitas vezes, e a verdade é que ele provavelmente era um primo, de terceiro grau. Ela se agachou nas rasteirinhas e disse: "Olha aqui, cara. Vai te lavar, tá. E para de incomodar as pessoas".

Arnold deu de ombros. Não precisava moldar seu comportamento por ninguém. Ele estava entediado. Dizia-se que em uma época ele queria ir à universidade e estudar para ser um cientista político na ilha maior. Agora estava um pouco desnorteado de tanto fumar maconha e de tédio. Gostava de assustar as pessoas. A srta. Rain o tinha decifrado há muito tempo. Até sugerira que ele fosse estudar e lhe oferecera dinheiro para ajudar. Mas ele não fora por causa do vício em maconha e por conta de sua coleção de pássaros engaiolados.

"Arnold", disse ela. "Eu te conheço. Cê sabe disso. Num desperdice toda a merda da sua vida criando problema, tá? Uma coisa é guardar os problemas pra você mesmo. Outra totalmente diferente é fazer barulho e confusão pra todo mundo. Tá? Também tenho trabalho pra você, se você quiser. Vem me ver um dia desses, viu?"

Arnold assentiu, mas ela sabia que ele era indiferente ao suborno. Trabalho. O homem era esperto demais para isso.

"Tudo bem, srta. Rain, vou subir qualquer dia desses."
Ele estava mentindo; nunca subiria. Estava cuidando de uma plantação de erva considerável nas colinas; muitos caras ganhavam a vida da mesma maneira. Os homens de Santa Constança plantavam maconha ou pescavam no mar. Tanto as colinas quanto o mar eram abundantes em suas doações.

"É você que vai se meter em confusão", disse Arnold.

"Quê?"

"Tem problema vindo aí pra você."

"Arnold", e ela parou. "O que tá dizendo?"

"Eu a vi, sabia?"

"Viu quem?"

"A mulher-peixe."

"Ah, que bom."

"Eles amarraram ela. Um cara turista veio e se comportou como um bruto."

A srta. Rain o encarou.

"Mami Wata. Parece que tiraram algum tipo de princesa do mar. Deviam ter colocado ela de volta. Não tava lá pra ser pega. Não me surpreende que tenha desaparecido tão rapidinho."

A srta. Rain não queria ouvir mais nada daquilo, não agora, não tão cedo.

"É você que é a dona dessas partes, e vai se meter em uma enorme confusão se aquela mulher-peixe ainda estiver por aqui, sabe? Ela pertence ao mar."

"Tá bem, então", disse a srta. Rain. Mas tinha um mau pressentimento agora. Ela se levantou e olhou para a baía tranquila, do mesmo jeito que tinha feito todos os dias de sua vida. Baía esta que ela amaldiçoava e adorava. A família Rain era dona de quase toda Santa Constança, desde 1865, uma geração após o período de escravização. A propriedade era composta principalmente pela floresta tropical no alto das colinas, mas descia até Santa Constança e a baía. Seus antepassados foram clérigos anglicanos que chegaram de Granada, e houvera uma longa linhagem de homens e mulheres ingleses que plantaram nesta terra e com o tempo vieram a se tornar parte dela. Portanto, esta baía fazia parte de sua herança, seu destino, sua responsabilidade, seu mundo, seu lugar de arrebatamento — às vezes — e um fardo que ela carregava. Ela crescera ouvindo muitas lendas populares sobre a terra e as águas por ali. A história de uma sereia capturada era exatamente isso. As pessoas estavam bebendo; homens bêbados enxergavam qualquer coisa. Ao retornar pelo cais, segurando a cabeça de um marlim-azul em uma das mãos, ela viu que o jovem americano ainda estava por perto.

O segundo choque de Hank foi que, afora o cabelo curto e os olhos maldosos com seu "nem se atreva" e a grande extensão de sardas, a srta. Rain era quase bonita. Hank Clayson supôs que, se ela não tivesse ficado aqui em Concha Negra, poderia ter se tornado uma mulher muito atraente. O sol estragara a pele, é claro. O ambiente incontestavelmente estranho arruinara o temperamento e a fala era totalmente errada. E a boca também era problemática. Tinha lábios carnudos e largos, como a boca de um africano. Hank Clayson achava que a pessoa supervisionando a ilha fosse um homem europeu. Em vez disso, estava tendo que lidar com essa mulher brusca e sardenta que falava igual a todo mundo da região. Sentiu a estranheza da aldeia recair em cima dele outra vez, como se eles soubessem algo que ele desconhecia. Todos se comportavam da mesma forma, calados e ausentes. Sua única esperança era relatar a captura da sereia para a srta. Rain. Então a seguiu quando ela deixou o cais.

"Senhorita", soltou ele. "Senhorita Rain." Mas ele lutava para acompanhá-la. Para uma mulher tão pequenina, ela andava depressa.

"Tenho que voltar para Reginald", disse ela.

"Reginald?"

"Meu filho. Ele está no jipe."

Hank Clayson não dava a mínima para filho nenhum. Ele a perseguiu pelo cais, depois pela rua litorânea.

"Preciso te contar... o que aconteceu. Ontem...", mas o vento ficou preso em sua garganta quando ele tentou dizer o que precisava. "Me refiro a ontem à noite. Não, me refiro a ontem."

Ele notou que a srta. Rain parecia assentir ou fazer algum tipo de leve gesto facial para cada pessoa por quem ela passava. Parecia algum tipo de código. Homens, mulheres, todos assentiam de volta. Um ou dois disseram "Bom dia, dona".

"Olha", disse a srta. Rain, "não tenho muito tempo."

Ela continuou andando, sem nenhuma intenção de esperar.

Eles estavam se aproximando do armazém. Ela colocou a cabeça do marlim no balcão de pedra e deu um olhar de compreensão aos homens que se puseram a lavá-lo. Ainda era de manhã cedo. A aldeia estava apenas começando a ganhar vida.

"Dá isso pra quem quer que seja o dono."

"Olhe", disse Hank, com a voz embargada. "Pare. Por favor, pare. Por um momento." Era como se a sereia, sua Helena, estivesse escapulindo, como se ela não tivesse acontecido. Ele se esforçava ao máximo para não agarrar a srta. Rain pelos pulsos, mas o rosto da mulher estava tão severo que ele não ousou fazê-lo.

"Tudo bem, senhor..."

"Clayson. Hank. Me chame de Hank."

"Ok, Hank, o que diabos aconteceu aqui ontem?"

Ele parou, tirou o chapéu safári e se recompôs.

"Pegamos uma sereia."

A srta. Rain recebeu a notícia com um vazio estudado.

Hank Clayson sentiu os nervos latejando no seu pescoço. Queria chorar, atirar-se nela, contar que seu pai tinha perdido a cabeça, e até que esperava que ele morresse lá, nas profundezas, aquele filho da puta. Eles haviam pegado uma sereia. Por acidente.

O rosto da srta. Rain estava plácido. Aquilo era sacanagem de homem estrangeiro. Uma mentira descarada. Arnold também estava mentindo ou inventando um bando de besteiras. Pescadores americanos. Chegavam e partiam; tiravam muitas fotos de pirogas, do pôr do sol, de homens rasta curtindo, com uma perna apoiada na parede; pescavam e trepavam com as mulheres locais, fumavam maconha local, bebiam a pinga local; e, de vez em quando, alegavam pegar todo tipo de coisa: baleias, grandes tubarões-brancos, marlim de bico duplo e até mesmo um tritão uma vez, algum tempo atrás. Um velhote, da época colonial, tinha inventado essa história — holandês, inglês, francês, ninguém sabia.

"Tudo bem", disse ela.

Hank Clayson começou a tagarelar e a recontar a história com a maior coerência possível, até a última vez que a viu, pendurada de cabeça para baixo, amordaçada e amarrada, nua, indefesa. E ainda viva.

A srta. Rain ouviu e ficou assentindo, o tempo todo observando o filho no jipe.

Quando Hank terminou, ela o encarou, esfregando os restos da cabeça de marlim na saia.

"Vou te contar uma coisa, Hank." E ela olhou para ele com frieza. "Olha, é bem sabido aqui em Concha Negra, especialmente por estas bandas, que a gente tem tritão no mar. Tá bem?"

Hank Clayson assentiu.

"Pois é tudo história."

"Ah."

"Tritões não existem. Tá? E nem triTÃS. Não existem. São histórias. Histórias de antigamente. Que sobraram de tempos atrás. Cê sabe: contos de fadas. Talvez você tenha pegado alguma coisa. Legal. Mas, por favor... o que quer que tenha sido, se foi. Não tá mais aqui. Sugiro que esqueça tudo isso. Bebe um rum de café da manhã. Seu pai já voltou pra lá... sabe?"

Hank ficou só olhando, incrédulo, ante a descrença dela.

"Mas..."

A srta. Rain lhe deu um olhar que dizia *não, já era*. Daí sorriu de forma rígida, assentiu de novo e foi até o filho, Reginald, o filho birracial e surdo que esperava pacientemente todo esse tempo.

⁓

Essas mulheres acharam fácil se livrar de mim
Selar meu sexo dentro duma cauda
Boa piada selar aquela parte de mim
    que os homens gostam

A velha ao menos foi gentil comigo
Já era exilada por conta da idade
O nome dela era Guanayoa
Deusa Jagua nos transforma em novos seres
tartaruga e sereia
nós duas desaparecemos na mesma noite
da ilha em forma de lagarto

David, meu verdadeiro amor
deve estar morto também ou assim imagino
porque ele nunca veio me encontrar num ano
e no ano seguinte
quando vim pras águas de Concha Negra
nas correntes com as tartarugas-de-couro
com a minha amiga Guanayoa
Cinco anos fui ao encontro e ele nunca veio

Acho um lápis flutuando de um barco
que bateu em umas pedras
Encontro papel naqueles destroços
Eventos de longa data passados
e ainda consigo me lembrar de tudo

O velho, Thomas Clayson, passou um segundo dia no mar. Tinha levado um rifle consigo, desta vez, e alguns sinalizadores de fuzileiros navais para o caso de se meterem em problemas, e ainda um machado e um facão como armas sobressalentes. Atiraria nela se necessário; seria o fim da coisa toda. Ele já havia atirado em capturas grandes. Atirara em um leão na África do Sul, uma vez. A cabeça foi empalhada e montada, e agora estava acima de sua mesa no escritório de casa. Matara um búfalo no Yukon, uma fêmea, ainda por cima; até já tinha atirado em um urso-pardo certa vez, nas Montanhas Rochosas. Atiraria na vagabunda, sem brincadeira, e a capturaria. Nada de cerveja no cais; ele a levaria direto, de caminhonete, até o outro lado da ilha, até o porto na Cidade Inglesa, onde ela seria marcada com uma identificação, fotografada, embalada em gelo e levada para a ilha maior. Lá, seria levada de avião de volta para a Flórida. Desta vez, ele sabia o que estava enfrentando; uma boa de uma filha da puta de uma sereia. Ele pagou o dobro à tripulação. Estava furioso com o roubo da pescaria, com a incompetência dos aldeões e, principalmente, com o filho mariquinhas e cabeça fraca.

Mas o dia acabara se provando difícil. Estava nublado, as nuvens baixas e cinzentas ameaçavam estourar, e isso mantinha o calor concentrado no mar. Clayson teve de se encharcar várias vezes com água gelada. O novo capitão não era tão eficiente ou experiente quanto aquele que chamavam de Nicer, e a tripulação era apenas um bando de rapazes mal-humorados. Clayson se sentia sozinho e abandonado na merda do próprio barco. Isso não era nada parecido com a viagem que ele havia imaginado, aquela que o ajudaria a se reconectar com o filho, que ensinaria ao moleque uma ou duas coisas sobre a vida, a natureza e até as mulheres, quando estivessem bêbados. Tinha medo de que o menino não gostasse de mulheres. Com o passar do dia sem avistar a criatura, Clayson começou a sentir-se solitário, isolado e rejeitado, praguejando a sereia, desejando nunca ter posto os olhos nela. Passou o dia olhando o horizonte, mascando a ponta do charuto e amaldiçoando o mar ao norte da Ilha Concha Negra.

Quando Thomas Clayson voltou ao cais em Santa Constança, estava gravemente queimado de sol. O filho não estava à vista. O litoral estava silencioso. Outros pescadores tinham trazido peixes — camurupim e um grande tubarão-galha-preta. Os homens o fitavam com olhos insondáveis. O que estariam pensando? Que ele era idiota? Que tinha pegado uma coisa grande e perdera? Que de algum modo ele havia quebrado um código de conduta local? Era difícil entender os pescadores dessas redondezas ou decifrar os locais, mas ora, que se danem, um bando de caipiras analfabetos e provincianos. Ele entrou no bar de Ci-Ci e pediu uma dose dupla de rum com gelo. Ela não costumava servir ao balcão, mas desta vez o fez, com uma atenção silenciosa que reservava para ocasiões como aquela, quando brancos insultavam sua equipe ou estavam prestes a fazê-lo.

Clayson queria discutir, mas o comportamento de Ci-Ci dizia *nem se atreva*. Ele virou o copo e pediu mais bebida. Engoliu esta dose também. O bar estava sob a quietude típica das noites de domingo. Nenhum dos outros homens se aproximou dele ou pretendia se aproximar, ao que parecia. No final, ele disse a Ci-Ci: "Quem é o chefe aqui?". Ela o olhou como se o mandasse se foder, dizendo que ele já estava falando com a chefe, e todo mundo sabia disso. A verdade era que Ci-Ci e a srta. Rain eram parentes, primas de quarto grau, e administravam a aldeia juntas. Ci-Ci comandava a baía e a srta. Rain, a colina; tudo que acontecia na aldeia passava por ambas, ou uma delas, mas principalmente por Ci-Ci, porque a srta. Rain, antes de tudo, queria sossego.

"Tenta lá em cima", Ci-Ci sorriu, apontando para o topo da colina. "Procura a srta. Arcadia Rain."

E então, na penumbra, Thomas Clayson subiu a colina íngreme e sinuosa de Concha Negra. Estava sóbrio quando chegou ao portão dela e à placa no pilar de pedra que dizia Casa de Temperança. Pequenos vira-latas latiram para ele por trás da grade e correram em ziguezague pela longa entrada para cumprimentá-lo. O homem entrou e os cães se aproximaram, baixando e contorcendo os corpos para serem acariciados, mas Clayson ignorou um e chutou o outro, dizendo "Passa fora", com severidade, mostrando quem era o alfa. Os cães reagiram trotando alegremente atrás dele; eram bem alimentados e amados por Reggie; eram animais de estimação, nunca tinham sido cães de guarda.

Foi o pavão albino, empoleirado no alto da varanda, que fez Clayson parar. Um calafrio o percorreu; estaria vendo um fantasma? Primeiro uma sereia e agora aquele pássaro macabro. Se estivesse com seu rifle, teria matado o bicho. A coisa o encarava com desdém, enquanto Clayson permanecia ali à luz fraca da varanda, em seu short cáqui e galochas. O bicho grasnou para alertar sua dona, duas ou três grasnadas longas, altas e roucas, que a atraíram até a varanda.

Ela fumava um cigarro e usava um robe leve. Na outra mão trazia um livro fino, verde e de capa dura. A casa era estupendamente grandiosa; as paredes eram pálidas na penumbra e o telhado parecia enfeitado com rendas que pendiam dos beirais, dos pórticos, dos cantos das varandas. Buganvília jorrava do alpendre em tumultuosos fluxos de magenta e vermelho vivo. Havia uma entrada circular na frente da casa com uma árvore monstruosa que pairava como uma nuvem. Quando olhou para a direita, viu que o jardim havia sido recortado na colina e descia em degraus em direção a um penhasco. Uma fileira de palmeiras magras acenava para o mar da beirada dele.

"Jesus, Senhor", soltou ela, irritada, só de ver o velho americano. "Já disse pro seu filho pra ir embora. Agora você? Vai vir aqui com a mesma história de sereia ou o quê?"

Clayson perdeu o chão apenas por um breve momento. O pavão começou a abanar e a sacudir as longas penas da retaguarda, como se fosse mostrar o traseiro. O animal era o cão de guarda, ao que parecia. De repente, Thomas Clayson sentiu-se atingido pela estranheza de tudo aquilo. A srta. Rain em suas roupas de dormir, o esplendor tranquilo e antigo da casa ali na colina. Ficou pasmado por alguns instantes, feito um menino, por aquela presença robusta e ainda assim feminina. Fez lembrar-lhe de outra mulher, talvez sua mãe, sim, talvez ela, quando ele era um menino e fora até ela em busca de consolo. De repente, sentiu-se enxotado ou pego em flagrante. Sentia-se arrependido e triste, além de cansado. Se essa srta. Arcadia Rain era a chefe da aldeia, então ele tinha entendido tudo errado. Não precisava ou queria falar com ela. Era uma mulher. Talvez até simpática, ainda que meio esquisita, mas uma leitora, com um livro na mão, igualzinho ao filho dele.

Thomas Clayson tirou o chapéu.

A srta. Rain poderia tê-lo abatido a tiros de tão irritada que estava por ele ter ido lá sem ser convidado.

"Então. Qual é a história?", exigiu ela.

"Pegamos uma sereia, ontem." Ele tentou soar direto, autoritário, mas soou fraco.

"Foi o que ouvi."

"Foi roubada de nós."

"Por quem?"

"Não sei. É por isso que estou aqui."

"Então quem cê acha que roubou essa sereia de você e do seu filho?"

"Talvez um morador daqui, alguém na aldeia?"

A srta. Rain bufou. Ela queria jogar a porcaria do livro na cabeça dele, só que era uma primeira edição de *In a Green Night*, de Derek Walcott.

"Olha só. Nenhum homem por aqui tá escondendo merda nenhuma de sereia em casa. Tá?"

Thomas Clayson se manteve firme. Queria a sereia de volta. Mesmo que não desse para ganhar milhões, ou um leilão para um museu, queria aquela merda empalhada e montada em sua parede. Ele a tinha capturado de forma justa. Tinha documentos, uma licença para ficar com os frutas de suas pescarias.

O pavão, por vontade própria, lançou-se no ar, uma nuvem arredondada de branco e de garras. Bateu as enormes asas, guinchou, grasnou e as abriu, conseguindo se erguer de seu poleiro no ar, mirando no homem à entrada da casa.

Thomas Clayson se abaixou. Aí se levantou de novo, com raiva e um pouco assustado.

"Você tá na minha terra", disse a srta. Arcadia Rain. "Cai fora."

Thomas Clayson enfiou o chapéu de volta na cabeça. Sentia o cheiro de pavão em seu cabelo.

"De tudo. Cai fora. Vai. Quero que você e seu filho vão embora pela manhã. Cê não é mais bem-vindo." E com isso ela voltou para casa e telefonou para Ci-Ci, lhe dizendo para se certificar de que os homens americanos partissem, por mar, *bon voyage*, ao amanhecer — e assim eles fizeram, com o velho reclamando amargamente que o mar ao redor da ponta norte de Concha Negra era amaldiçoado e que o povo de Santa Constança era atrasado, desconfiado e estúpido.

Diário de David Baptiste, abril de 2015

Ela ficou três dias naquela banheira, me observando. Comecei a achar que era uma ideia ruim tentar salvar ela. O corpo dela começou a mudar de volta, bem rápido, talvez desde o momento em que foi capturada pela primeira vez ou pendurada naquele cais. Uma coisa começou a acontecer. Ela passou a reverter e daí entendi que ela não era um dos meio-desígnios de Deus. Era outra coisa. A sereia voltava a ser mulher, e uma mulher de outra época. Não sei de quanto tempo atrás, mas bastante. Tinha marcas nos ombros. Tatuagens. Pareciam espirais, e as espirais pareciam a lua e o sol. Imaginei ser uma mulher dos povos que viviam nestas ilhas quando tudo ainda era mato. Vi a enorme cauda prateada começar a se desfazer. Parecia muito velha e escura. Tive medo de que caísse, a ponta pelo menos. Ela me observou por três dias seguidos. Tentei de tudo pra que ela se sentisse segura. Meu cachorro Harvey também me ajudou. Normalmente, ele não gostava de ninguém além de mim. Era pra ter ficado com ciúmes dela; em vez disso, parecia saber que ela precisava de proteção. Ficou sentado cuidando dela dia e noite. Eles se observavam como se estivessem conversando.

O gancho continuava preso na garganta dela, mas ela não me deixava chegar perto do seu rosto. Carregava um olhar mau. Sua metade superior, de pele de tubarão escamosa, estava despelando em camadas finas. Era como se ela estivesse saindo de um esconderijo, como aquelas múmias do Egito. Dava pra ver que ela tava com medo, que não sabia o que tava acontecendo. Acho que não esperava essa mudança outra vez. Ela não comia. Tentei de tudo: camarão, cabeça de peixe, alface. Nada. Seus olhos ficavam úmidos o tempo todo. A linha de pesca ainda dependurada na boca. Fiquei achando que tinha cometido um erro daqueles. Àquela altura, eu não conseguia colocar ela de volta no mar mais, não naquelas condições, e me perguntava o que faria com ela agora que tava lá na minha casa. À noite, ela soltava um lamento, um som longo e triste, como alguém morrendo de forma solitária. Durante o dia, ficava sentada na banheira e me observava. Tentei de tudo que consegui pensar. Lavei ela com mangueira, coloquei mais sal na banheira. Tentei cantar pra ela, com meu violão. Ela não gostou de nada. Dessa vez, não queria saber de música nenhuma, não. Nada de um homem gente boa nem de *dreads* entoando canções pra ela. Nada disso.

Então, um dia, eu tava comendo uma banana figo e peguei ela me olhando sem parar, mostrando interesse pela primeira vez.

Ofereci pra ela. Ela olhou pra banana.

Cheguei perto e falei: "Aqui, *dou dou*. Fruta fresca e doce pra você, senhorita".

Ela pegou da minha mão e mordeu com cuidado, pra não machucar a garganta. Ficou me observando enquanto devorava a coisa todinha. Então limpou a boca com as mãos. E ficou me olhando de novo. Peguei o cacho todo e me ajoelhei ao lado da banheira, parti uma e dei pra ela. Ela aceitou esta também. Descascou e comeu. Eu conseguia ver o anzol preso na garganta, o pedaço de linha pendurado no canto da boca. Mas ela não me deixava tocar no seu rosto. Me perguntei o que ela tava pensando, como tava lidando. Como eu podia ajudar esse ser meio a meio, porque era isso que ela era. Eu percebia que ela já tinha sido só mulher antes, e isso era o que tava voltando. As mãos foram as primeiras a mudar; as membranas caíram em pedaços, como gelatina rosa-acinzentada, no chão. Eu limpei. As mãos, por baixo, eram marrons e delicadas. Achei que ela devia estar voltando ao que era.

Depois desse sucesso, tentei mais frutas. Era época de manga, então trouxe uma pilha de mangas do quintal do vizinho, e estas ela comeu em uma tacada só. Também gostou de sapoti. E alimentei ela com meia melancia em fatias grossas. Logo, ao redor da banheira, havia um bando de cascas de frutas e pedaços do seu antigo eu. O ninho de algas no cabelo começou a cair em tufos e por baixo havia *dreadlocks* longos e pretos. As orelhas pingavam água do mar e pequenos insetos marinhos saíam de lá. As narinas sangravam todo tipo de molusco e minúsculos caranguejos. Ela havia sido um lar pra todo tipo de pequena criatura marinha, que, lentamente, ao longo dos dias, abandonavam o corpo dela, se mudando. Pequenas pilhas, ativas, se formavam ao lado da banheira. Caranguejos fugiam, de lado. Tive que espantar o gato do vizinho que foi farejar por lá.

Eu dava água pra ela também, todos os dias, muita água da torneira, num jarro. Ela virava aquilo, ávida por água doce. Era como um jogo de "experimentação", pra ver do que ela ia gostar. Eu sabia que a garganta dela em breve ia ficar ruim, infeccionada, se o anzol não fosse retirado. Só que eu ainda não conseguia me aproximar muito. Quem diabos era ela? Qual era seu nome, ela ao menos tinha um nome? Quem tinha sido e de onde tinha vindo? Me perguntava se ela ia fugir assim que pudesse. Ou se ia tentar nadar pra casa, dessa vez como mulher.

Um dia, acordei cedo e encontrei a cauda dela no chão. Tinha saído, completamente. Grande e caindo aos pedaços e com um cheiro não muito agradável. Olhei pra ela e ela olhou pra mim e juro que vi que ela tava chateada e talvez até triste por perder a cauda. Tipo quando as cobras trocam de pele. Ela tava trocando de pele, ou se desfazendo da parte dela que era peixe. Coloquei a cauda de peixe em um saco de lixo preto e o joguei na lixeira nos fundos da casa, embrulhando bem pros gatos não pegarem.

Depois disso, fiquei vigiando. A barbatana dorsal saiu em seguida, os espinhos nas costas se dissolvendo. Saíram no dia seguinte, todos enfileirados, tipo uma longa espinha nas costas de um dinossauro, tudo de uma só vez — seu velame. Tinha começado a apodrecer e ficar gelatinosa.

Sete dias depois de ter sido resgatada do cais, ela parecia muito diferente. Ainda sem dizer uma palavra humana, não mais do que os gemidos noturnos, e uma ou duas vezes ouvi tipo um ronco, leve e fungado, enquanto ela dormia. Ainda com aquele anzol grande preso na garganta.

Os pés e as pernas tavam aparecendo, mas ainda tavam grudados num só pedaço longo e duro. Continuei dando frutas pra ela e enchendo a banheira de água. Eu sabia que aquilo não estava sendo fácil. Quando resgatei ela daquele cais, foi o instinto que me guiou. Eu achava que ia colocar um peixe de volta no mar. Daí, quando dei por mim, tinha uma jovem se transformando, sentada em uma banheira, comendo, respirando e dormindo. Só então vi melhor as tatuagens no corpo dela, diferente de tudo que já vi: peixes, pássaros e símbolos como estrelas no céu; eram grossas e pareciam ter sido desenhadas à mão com carvão.

Eu mantinha as venezianas abertas, e a porta e outras janelas fechadas. Nos primeiros dias fiquei na minha. Os homens americanos já tinham ido embora fazia tempo; a srta. Rain, acho, mandou eles irem. Dentro de uma semana mais ou menos, as pessoas na aldeia esqueceram a sereia. Poucos tinham realmente visto ela e os que viram tavam bêbados. Ninguém tava preparado pra falar muito sobre o assunto. Foi uma época estranha. Eu cozinhava pra mim, mas percebi que o cheiro de cebola frita e alho não faziam bem pra ela. Comia na minha mesinha, afastado, arroz com ervilha e banana frita e outras coisas. Perdi o apetite por peixe. Nunca mais consegui comer nada assim — desde então. Ela me observava o tempo todo. E eu observava ela também. Era como o começo do nosso caso, mesmo naquela época; tantas vezes a gente só ficava sentado, olhando um pro outro maravilhado. Talvez tenha sido atração à primeira vista desde aquela época na Baía da

Desgraça, quando ela se ergueu em meio às ondas. Não sei, cara. Mesmo agora num sei, enquanto escrevo isso, muito tempo depois. Ela me enfeitiçou pra valer.

Outro dia, calmo assim, coloquei uma cadeira do lado da banheira, apontei pro gancho e fiz sinal com a cabeça. Tinha que sair.

Ela levou as mãos à garganta e olhou pra mim com olhos tão sérios e tristes que tive dificuldade pra sustentar o olhar. Assenti em resposta à indignação silenciosa dela. Eu precisava pôr minha mão ali. Seus dentes eram pequenos e afiados; colocar a mão dentro daquela boca parecia perigoso. Então, mantendo o olhar reto, bem, bem devagarinho, ela abriu a boca. Um mau cheiro exalou. Um cheiro forte de oceano, de sal e peixe morto, junto a todas as frutas que ela tava comendo. Nossa, os dentes dela precisavam de uma boa escova. Sua garganta era de uma cor roxo-rosada intensa e esquisita. Eu não queria mostrar que tava enojado. Então ela arreganhou a boca, e o cheiro ruim diminuiu. Ela soltou um grunhido, os olhos pareciam severos e prontos. Do próprio jeito, ela tava dizendo *Ok, pode tirar*.

Com um pequeno alicate, mergulhei dentro da garganta e girei o anzol. Tava enterrado na lateral. A garganta retesou e contraiu e os olhos dela encheram d'água. O gancho tava bem preso, então o anzol tava aparente por fora. Teria que ser virado. Derramei rum na parte externa do pescoço e aí, com firmeza, puxei. Fiquei de olho nela, dizendo: "Ok, *dou dou*, ok. Aguenta firme". As mãos dela seguravam a lateral da banheira. Nunca antes havia chegado tão perto. Ela tava seminua na banheira e eu sem camisa. Nossos corpos eram jovens. Já naquela época, acho, sentíamos desejo um pelo outro. Desde aquelas primeiras horas, já naquele momento tava no ar, essa confiança que foi crescendo com o tempo entre a gente. Puxei o anzol com muito cuidado e acabou saindo, finalmente. Um pouco de sangue escorreu fora e dentro da garganta dela. Quando mostrei o anzol, o rosto dela tava sereno, porém não agradecido.

"Viu?"

Ela fez uma careta e olhou pra mim. Eu ainda não conhecia a história dela. Não sabia por que tinha ficado assim. Uma mulher tava vivendo dentro de um peixe. Um milagre. Agora ela tava se transformando de novo. Eu não sabia o tamanho da solidão dela, não naquela época. Não conhecia nada sobre seu passado. Fiz um curativo na ferida no pescoço. Parecia que tinha sido atacada por um morcego vampiro, e não por um barco cheio de pescadores. Na minha cabeça, xinguei os americanos por terem feito aquilo. Com um ou dois dias, a ferida começou a cicatrizar, assim como a do arpão, e a troca de pele continuou. Fiz o melhor possível pra limpar os restos em volta da banheira. Ela foi perdendo o velho traje de peixe em pedaços de escama que pareciam moedas de prata enferrujadas. Notei as mesmas espirais nos seios. Fiquei excitado. Tinha seios de moça, sazonados e empinados e, de repente, tive um palpite sobre o que tinha acontecido com ela. Ofereci-lhe uma das minhas camisetas velhas pra cobrir a nudez. Ela não quis. Deduzi que ela vinha de uma época anterior às roupas. Seria ela algo que o passado deixara? Eu não sabia como ou por quê. Ela olhava pra tudo como se estivesse lendo cada coisa: o ar, as sombras, o piso, a luz. Ela observou o teto de madeira com curiosidade e isso fez minhas entranhas pularem de felicidade. Ela esticou o pescoço pra ver pelas janelas. Severa e quieta, ela me observava fumando meus cigarros, como se entendesse de fumaça. Supus que o povo dela já devia viver uma vida ital e com o tempo aprendi que ela tava acolhendo tudo de novo. Ela via significado em toda coisa natural que vivia. Tava dizendo "olá" outra vez. Deixei a camiseta em uma cadeira. No fim, ela aceitou, meneando a cabeça.

≈

Os dias passam na banheira d'água
bebendo dela e o gosto ruim
Não tem sal suficiente
Minha cauda apodrecendo e isso
    acontece rápido rápido
Velhas pernas vejo de novo
Mas eu sou uma criatura amaldiçoada
Mulheres invejosas invejosas da minha figura jovem
Me colocam no mar
mil ciclos atrás
Sou uma criatura amaldiçoada
amaldiçoada a ser infeliz
O que acontece comigo então?

Escamas de peixe caem
Peitos como jovens de novo
Volto a mulher
Minha nova velha pessoa começa a voltar
Eu era mulher de novo e tava assustada demais

Homem me observa muito
David que me resgata
Mami do mar ele me chama
Mami Wata
Por muito tempo não andei em terra firme
Um dia minha cauda caiu no chão
tudo em uma só peça uma grande parte de mim
Como eu ia nadar pra ir embora?
Agora até o reino do mar tá morrendo
cheio de plástico

Venho de pessoas vermelhas
pessoas boas
Eu tava no sul
onde também vivia o povo karib
gente que mata e faz guerra
Povo vermelho era meu povo
todos mortos de doenças
e pelo almirante assassino
Senhorita Rain me contou disso
quando voltei a ser mulher

A senhorita Rain estava escrevendo em seu diário, o que era um hábito. Na semana seguinte, seria o décimo aniversário do filho. Como iriam comemorar? Logo ela o enviaria para os Estados Unidos, e lá ele conheceria outras crianças surdas de sua idade. Reggie, em homenagem ao bisavô, gostava de escrever seu nome completo: Reginald Horatio Baptiste Rain. Por enquanto, o mundo de Reggie era maravilhoso, porém limitado. Pavões e cães pequeninos e leais, sua enorme biblioteca de livros e, claro, o reggae, porque a linha de baixo grave era superestrondosa, quase mais sentida do que ouvida. Reggie era apaixonado pela música de Bob Marley e Toots & the Maytals pois nelas podia sentir o baixo. A srta. Rain lhe comprara fones de ouvido porque ele queria ouvir a música tão alto que assustava os pavões. Era comum vê-lo dançando perto da vitrola no grande salão com piso de madeira, ouvindo reggae.

Ambos aprenderam a Língua de Sinais Americana com uma tutora da Califórnia, Geraldine Pike, contratada de forma intermitente durante os primeiros seis anos da vida de Reggie. Ela era hippie e poeta e estimulara nele amor-próprio e autoestima; contara a ele sobre a comunidade surda mundo afora. Ela o apresentara à poesia surda e a histórias com língua de sinais; ela o libertara, muito jovem, no tumulto de todo o seu potencial. Ele sabia ler, escrever e conversar usando gestos e expressões corporais. Dançava, fazia poemas com as mãos e construía esculturas com objetos encontrados no jardim ou na casa. Reggie sabia de um jeito ou de outro que seria um poeta de Concha Negra, usando a língua de sinais e palavras. Ele tinha certeza de que um dia iria embora, deixaria Santa Constança, assim como o pai havia feito — mais ou menos pelo mesmo motivo. Viveria uma vida boa; isso já havia planejado.

Vida, o único parceiro de Arcadia, sabia da existência de Reggie, mas meio que fugira antes de o menino nascer. A partida dele fora um choque e, então, um gatilho para um sofrimento duradouro que ela fazia o possível para encobrir. Será que um de seus irmãos o mandara embora? Teria existido um jeito de eles viverem como pais ali naquela casa? Ela o amava demais; ela também o odiava. Arcadia dissera a Vida que jamais sairia daquela casa, mas depois percebeu que ele simplesmente se fartara da zombaria, de ser chamado de "preto doméstico" na aldeia, a consequência de amar a moça branca no alto da colina, amantes desde a infância. Conforme Vida foi se tornando um homem, o caso de amor deles passou a cambalear. Ele não estava feliz e ela não conseguia agradá-lo tal como fazia quando eram jovens. Vida queria mais do que Concha Negra e se importava com o fato de ela ser rica. Eles discutiam muito. Os pais dela não aprovavam o relacionamento. Houve duas gestações que terminaram em aborto espontâneo. Mas então, uma terceira gravidez pegou, Reggie.

Contudo Vida deu um pé na bunda de Arcadia, e do menininho também. Ele fora bem específico em suas justificativas, e tudo foi uma provação. Arcadia acabou contraindo sarampo e Reggie nasceu surdo. Ela ainda se considerava jovem quando Vida partiu. Agora era mais velha, uma década de maturidade vivida de forma solitária e confinada em seu castelo na colina, lidando com a humilhação, a mulher traída em meio ao luxo de uma vista do topo do penhasco. Ninguém sentia um pingo de dor por ela, em sua casa desbotada e descascada e os hectares de floresta que a acompanhavam. À espera e depois não mais. A tristeza a transformara em outra mulher; algo que a extenuara, mas também a levara a florescer.

❉

Diário de David Baptiste, abril de 2015

Por volta do décimo dia, as pernas começaram a se separar. Um longo trecho se separou em dois. Ela olhou maravilhada pras novas pernas — na verdade, as antigas. Eu ainda era cauteloso perto dela. Um dos problemas era a merda. Ela começou a cagar a fruta que comia e o negócio boiava na banheira. Nós dois sabíamos que ela precisava sair dali. Então, assim como fiz com o anzol, dei o primeiro passo. Ofereci os braços estendidos, mas ela se recusou a vir. "Por favor, *dou dou*, vou lavar você com a mangueira", falei.

Mas ela não entendia. Só olhava pra mim com medo, como se eu fosse machucar ela, assim como os homens americanos. Ainda nada de palavras, só uns gemidos. Me preocupava o fato de que a gente ter atingido uma espécie de linha de chegada. Mas tinha o problema prático a resolver; como tirar ela da banheira?

Ela tentou se erguer apoiando os braços e depois tentou fazer as pernas funcionarem, mas não deu. Foi confuso e estranho. Minha camiseta velha estava coberta de merda e ela tirou a roupa. De alguma forma, ela tentou e escorregou, então subiu na lateral e saiu nua da banheira. Ajudei a puxar ela pra fora e aí ela tava no chão, numa poça, agachada de joelhos, se escondendo com os longos *dreads*. Depressa, enxaguei ela, dizendo: "Ok, querida, ok, tá, não se preocupa, não se assusta". Então cobri ela com uma toalha grande e velha. No começou, ela não se mexeu, só ficou agachada, se escondendo.

Ela num era mais o que costumava ser, isso com certeza. Tava assustada, como se tivesse sido libertada de uma prisão e ganhado liberdade. Eu também tava com medo dela, e por ela, ainda sem saber o que fazer a seguir. A situação não era diferente de tudo que eu conhecia. Eu não tinha tentado capturar uma mulher, muito menos planejado esconder ou cuidar de uma. Então eu tava sempre com o pé atrás. Todo dia tinha uma novidade. Se eu deixasse ela sozinha por muito tempo, tinha medo do que podia acontecer a seguir, de qual nova mudança poderia exigir minha atenção.

Ela não conseguia usar as pernas. Ainda tavam moles como gelatina, então, com muito, muito cuidado, sequei ela com uma toalha, enrolei e carreguei escada acima, pro quarto onde eu dormia. Minha cama era só um colchão de casal sobre paletes, mas era confortável e seca, e eu tava pronto pra permitir a ela dividir a cama comigo. Mas foi uma piada. Ela num ia deixar eu ficar tão pertinho. De repente, achei que ela poderia se lembrar do que era uma cama. Mas ela, de fato, rosnou pra mim e me deu um olhar tão ameaçador que recuei. Ela não ia dividir cama nenhuma.

Observei ela se cobrir com a toalha. Catei algumas das minhas roupas pra ela vestir, uma camisa velha e uma calça de corrida. Joguei pra ela, que retribuiu o olhar como se entendesse que devia se cobrir. Precisava se cobrir agora, não tinha mais pele de tubarão ou cauda de peixe pra esconder quem era. Sim, agora era uma mulher jovem na minha cama; e não era nem um pouco amigável, não, nada disso. Desci as escadas e comecei a preparar uma refeição simples pra mim. Ouvi resmungos no andar de cima. Me perguntei então se ela ia tentar fugir. E, embora eu quisesse ajudar, por um tempo, verdade seja dita, eu também queria que ela fosse embora. Eu tava com medo do que eu tinha trazido pra casa. Sabia que ela era de tempos antigos, de uma época em que as pessoas sabiam magia, de quando viam deuses em todos os lugares e conversavam com as plantas, os animais e até os peixes do mar.

Só fui ver como tava tudo no início da manhã seguinte e, quando fui lá, encontrei ela dormindo profundamente, usando minhas roupas velhas, encolhida debaixo dos lençóis como uma criança no útero.

≈

Saio da banheira um dia
Me pergunto se a maldição se foi agora
Eu não conseguia andar
A perna mole, mole
David me deu roupas pra cobrir meu corpo
Eu não queria elas

Meu povo não usava roupa
Ele me deu a cama dele
Eu ia matar ele se chegasse perto de mim
Não saí daquela cama por muitos dias
Não tinha dormido por muito, muito tempo
E então adormeci
Sonho com as minhas irmãs
Sonho a minha mãe
Durmo e durmo e sonho com muito tempo atrás
Sinto que eu tava no meu sonho
O que era real?
O que era sonho?

4

Pernas

As chuvas vieram fortes em maio daquele ano — cedo para a estação chuvosa. Toda vez que a chuva caía, parecia milhares de mãos enluvadas aplaudindo. A chuva diária era uma bênção contraditória. Com ela, todos os homens e as mulheres sentiam uma culpa por pecados passados, antiga, persistente e difícil de se dissolver. A chuva trazia tanto lembranças estranhas, como acarinhava.

Todas as manhãs, a sereia, Aycayia, meio que dormia e ouvia a chuva, e se lembrava cada vez mais do que era ser mulher. Ela gostava do som da suavidade pesada da água caindo do céu. Isso a lembrava seu antigo eu, de muito tempo atrás, quando ela morava em uma aldeia na ilha em forma de lagarto, era filha de uma das esposas de um cacique corajoso, tinha seis irmãs. Ela tentou se lembrar do nome e depois do rosto de cada homem que a visitara e a observara dançar; então tentou esquecê-los todos de novo. A solidão ecoava na alma, os séculos nadando no mar, metade-peixe. Perguntava-se o que teria acontecido com a mulher mais velha com quem havia chegado — Guanayoa. Depois do furacão, Guanayoa, uma idosa sábia que contava verdades incômodas, também fora amaldiçoada, transformada em tartaruga-de-couro, e foi assim que ela acabou tão longe do litoral que conhecia. Escolhera acompanhar os instintos migratórios de Guanayoa. Deitada sob os lençóis finos da cama de David, ela se perguntava como e por que havia se retransformado em mulher. Aycayia mexeu os antigos dedos do pé, que agora eram novos. Encolheu-se como um C e ficou escutando a musicalidade da chuva no metal, se sentindo confortada por saber que partes do mundo não haviam mudado. Ainda havia chuva. Isso significava que ainda havia nuvens, céu, pássaros — um mundo que ela conseguia decifrar.

A terra desmatada bebeu toda a chuva. A grama branca e dura ficou verde. As manhãs eram geladas e enevoadas. A névoa pairava sobre o topo das montanhas, onde a temperatura era fria. Grandes cobras jiboias matronais, carregadas de ovos, desenrolaram-se e viajaram lentamente pela densa floresta tropical, buscando a água cristalina que se juntava em poças nas fendas das raízes das árvores.

A chuva prendeu David do lado de dentro. Ele não saiu para pescar. *Simplicidade* estava ancorada na baía, enchendo de água. Ele teria que resgatá-la em breve, cobri-la com lona.

A sereia, que voltara a ser mulher, tinha passado três dias na cama. Ele dormira no andar de baixo, em um catre, um pedaço de espuma. Não era ruim, mas ele estava profundamente inquieto com a nova habitante. David sonhou com rios e cavernas, sonhou com seu pai, Leonardo Baptiste, que desaparecera junto ao tio, Christophe Vida Baptiste, tempos atrás, rumo à ilha maior, e ele se perguntava como eles estariam vivendo agora, se alguma vez chegaram a olhar para trás e pensar em Santa Constança. Ambos desejavam para além da vida de um pescador. Concha Negra era pequena demais, e então eles se foram, e poucos tiveram notícias deles desde então. A revolução Black Power tinha acontecido em Porto Isabella, e há muito o primeiro-ministro dissera que os tempos coloniais tinham acabado mas, no entanto, pouca coisa mudara em Concha Negra depois. O mesmo de sempre. A srta. Rain e sua família jamais pereceriam por completo; os Rain e os Baptiste eram todos primos ali, afinal de contas. As famílias brancas ainda eram donas de terra como antigamente e homens negros como ele chegavam e partiam, em busca da prometida liberdade de uma vida independente. Além disso, chegar e partir era o costume de todas aquelas ilhas. Chegar e partir. Misturar-se, seguir em frente. Deixar sementes na forma de vida humana, crianças forasteiras. A maioria dos homens que ele conhecia tinha muitos filhos; seu avô, Darcus Baptiste, fizera 52. David perdera a conta de todos os irmãos e meios-irmãos. O pai e o tio de David tinham morrido havia muito tempo, embora tantos outros tios e tias ainda estivessem por ali, como Ci-Ci. O pai lhe deixara a piroga, pelo menos um meio de subsistência.

E então essa mulher-sereia. Em sua cama, muda, apenas gemidos, grunhidos e roncos. Cabelo comprido embaraçado, coberta de tatuagens, e ela não gostava de usar roupas. Havia começado a comer carboidrato — milho e batata-doce, tudo cru, como se soubesse o que eram. Ela comia o que ele trazia e mijava e defecava em um baldinho coberto no canto. Era muito jovem, 20 anos no máximo, e era única de se ver. Eram os olhos dela — prateados na parte branca, que o fitavam com tanta ferocidade e, com o tempo, com tamanha gentileza, que era difícil suportar o olhar dela. Ele sentia que aqueles olhares vinham de uma época diferente da consciência humana. Os olhos da sereia lhe examinavam a alma. Quem é você, queriam saber. As mãos dela ainda estavam estranhas, com restos de membranas. As orelhas haviam sido furadas e os lóbulos estavam um pouco pendurados. Tudo nela era um mistério e sugeria antiguidade. A pele era marrom-avermelhada, como das pessoas da Amazônia. Com exceção da Guiana e de Porto Rico, ele sabia que não havia quase mais nada do povo dela no Caribe — exceto em pequenas áreas e misturado com outros grupos. Ela estava ciente disso? Ainda assim, sequer uma palavra em qualquer idioma.

Então, certa manhã, uma surpresa. Ela apareceu, de quatro, atrás dele; havia rastejado da cama e descido a escada estreita. David saltou para trás quando a viu, ajoelhada, encarando-o através dos longos *dreadlocks*. Carregava uma expressão de esperança. Ela tentou se levantar, mas ficou evidente que as pernas ainda estavam muito fracas.

"Eiiii", disse ele, em saudação e alívio. Queria que ela se acostumasse com ele.

Ela não falou, nem mesmo então. Apenas o observava, do mesmo jeito que vinha fazendo há dias. Então ergueu as mãos para ele, pedindo ajuda.

"Vem cá." De mãos dadas, depois com os antebraços se equilibrando nos dele, os dois passaram a manhã caminhando juntos, com dificuldade, coxos, desajeitados e lentos, as pernas dela se dobrando em todos os lugares errados enquanto ela se deslocava pelo cômodo em ziguezagues. Um pé, depois dois, dedos no calcanhar, um na frente do outro. Não foi fácil, mas finalmente David começou a se sentir confortável em estar com ela. Aycayia estava se transformando, como diziam, em quem era antes. E quem ela era? Uma princesa de linhagem nobre, ou apenas uma garota comum, como qualquer outra? Mãe ou virgem (com aqueles seios pontudos)? Que conhecimento deteria, e o que seria inédito para ele? Ele apenas se maravilhava. Uma coisa estava nítida: ela viajara no tempo; era jovem e era velha. O ano 1976 foi de grandes mudanças no Novo Mundo. Nos jornais, ele lera sobre a luta das mulheres na universidade e as marchas de pessoas negras pelo poder, então ela havia escolhido uma boa hora, se é que havia uma, para voltar.

Diário de David Baptiste, abril de 2015

Passei toda aquela manhã ajudando ela. Ela andava pra todo canto, como um bebê recém-nascido tropeçando nas próprias pernas e pés. Tinha ficado com as pernas presas dentro de uma cauda por tanto tempo que eram inúteis. Mas ela não queria desistir, mesmo parecendo temerosa por estar de volta a terra firme, e quem poderia culpar ela? Esta ilha não era a mesma que ela tinha nascido. Mas ela queria andar de novo. Me veio a ideia de que devia ter algum lugar pra onde ela ia querer ir imediatamente, assim que pudesse andar, pra onde ia tentar correr. Durante toda a manhã, a firmei pelos braços enquanto ela tentava se levantar e atravessar a sala. Pensei que ela poderia usar um andador, daqueles que os velhos usam. No dia seguinte, fiz um pra ela com pedaços de madeira velha. Depois disso, ela passou a treinar todos os dias, botando um pé na frente do outro. Precisava do exercício pra reconstruir os músculos que tinha perdido, pra aumentar a força e aí, quando chegasse lá, talvez as pernas recuperassem a memória. Quando a vi pela primeira vez, perto das rochas da Baía da Desgraça, era como se ela estivesse andando com perna de pau, mas era a cauda que mantinha ela "em pé". Isso parecia ter sido há muito tempo, a época em que vi a cabeça dela aparecer nas ondas, mas fazia apenas algumas semanas. Quando me dei conta, ela tava morando do meu lado, dormindo na minha cama, aprendendo a andar, e eu tava bobo por ela.

Na verdade, eu já tinha sido cativado desde a primeira manhã que entoei minhas canções pra ela. Hoje, muitos anos depois, tenho consciência disso. Ela se levantou das ondas e me observou, e quando olhei de volta, sabia que tava olhando pro passado dessas ilhas e pra minha própria história como homem; ela tava me mostrando a droga do meu próprio eu. Ela veio pra me reivindicar e me ensinar sobre a doação do meu coração, e do meu sexo, a ser mais completo do que eu tinha sido até então. Fiquei enrabichado por ela e com medo também, porque ela não virou sereia por acaso.

Então, um dia, talvez duas, três semanas depois de resgatar ela, alguém bateu na porta. E foi aberta antes que eu pudesse mandar entrar. Aycayia estava sentada à mesa, com um prato de fatias de manga e batata-doce ralada. Ela parecia ter alguma memória do que era seguro comer cru — inhame ela não tocava. Quando a batida veio, ela pulou da cadeira. Minha vizinha, Priscilla, entrou, tranquila, a tempo de ver uma jovem de pele vermelha com a minha camisa e calça rastejar de quatro pela sala, rapidinho, e subir as escadas.

Fiquei irritado pra cacete com Priscilla por ter entrado daquele jeito. Ela era a mulher mais cruel da aldeia, de todo o norte de Concha Negra, talvez até de toda a ilha por causa da sua maldade e comportamento mesquinho. E, por acaso, morava só cinco casas do outro lado da rua. Priscilla tava vestindo short e sandália de salto alto com o sutiã preto à mostra — decotada pra expor ainda mais os peitos. Priscilla era pura malícia, sempre falando sobre o quanto odiava a srta. Rain e *o idiota do filho surdo-mudo dela*. Ela já tentou me ferrar muitas vezes; tava sempre atrás de mim querendo transar e nunca fiquei a fim dela; a todo momento me provocando. Tinha os dentes grandes como os de um rato, mas ela achava que era a beleza em pessoa. Num tenho tempo nenhum pra ela e ainda assim gosta de me perseguir. É por causa dela que fico tão quieto quando a sereia chega, com todas as portas fechadas.

Priscilla ficou furiosa e surpresa de uma só vez quando viu minha nova amiga.

"Opa, opa!", soltou. "Desde quando cê tem uma mulher morando aqui?"

"Desde quando tá tudo bem você sair entrando assim?"

Ela me deu uma olhada, bem direta. "Eu bati, você não ouviu, não?"

"Cê me ouviu dizer pra entrar?"

"Que merda de mulher é essa aí?"

"Que merda você acha que é pra me perguntar?"

"Qual o problema com as pernas dela?"

"Priscilla, tô ocupado. Por que cê tá aqui?"

Ela olhou ao redor e notou o andador que eu tinha construído pra Aycayia.

"Ela é uma prima", expliquei.

Ela deu uma olhada lá pra cima, pro meu quarto, onde Aycayia tava se escondendo. "Parece mesmo."

"Então por que você tá aqui?"

Mas nada passa batido por Priscilla.

"Ela também tem uns olhos engraçados. De onde ela é?"

"Jamaica."

"Ah, bem, a Dona Jamaica tem olhos engraçados e vesgos e num sabe andar. Ela é síria?"

"Umas pessoas têm deficiência, tá? Ela tá passando um tempo comigo. Agora, por que cê tá aqui?"

"Nadinha, não. Só tem tempo que num vejo ocê por aí."

Priscilla dá um grande sorriso sexual e me olha da cabeça aos pés. O gesto faz meu sangue congelar. "Por que você tá tão irritado comigo, *chunkaloonks*?"

Ah, pronto. "Priscilla, sai da porcaria da minha casa agora, tá?"

"Eiiiii! Cadê sua educação?"

"Não, cadê a sua. Tô ocupado. Tenho visita. Vai embora. Isso aqui não é a casa da mãe Joana pra você entrar a hora que quer."

Abro a porta e digo, com firmeza: "Adeus".

Ela olha na direção do quarto lá em cima e então me encara com um olhar que sei que é o pior de todos, que diz: *Isso aqui ainda não acabou.*

"Tá bem", diz Priscilla. "Boa tarde."

Aquilo não era um bom sinal. Priscilla era a mãe de Perna Curta e Nicholas, ambos tinham estado no *Destemor* quando pegaram ela. Fico sabendo que os dois meninos tão assustados pra cacete com a sereia e me preocupo muito com o que eles vão fazer se descobrirem que ela voltou a ser mulher e que tá morando tão perto. Tudo isso já me preocupava desde que comecei a esconder ela. Não só Priscilla. Como eu ia manter essa nova "amiga" quieta, hein? Quanto tempo ela poderia permanecer comigo antes que as pessoas ficassem sabendo? As pessoas em Concha Negra eram muito desconfiadas, *oui*, e eu sabia que Priscilla tinha um caso com Porthos John, o superintendente da aldeia vizinha, Pedra Pequena. Pelo menos um dos filhos dela, Perna Curta, era filho dele. Se ela contou pro Porthos sobre a sereia, o que podia rolar? Longe de mim querer um policial de três metros de altura na minha casa. Não com essa mulher-sereia ali, tão inocente e linda.

Exílio = ficar longe de casa
Exílio = ser rejeitada de casa
Banida, bandida
Minha vida o exílio de casa

Conheço a música de Bob Marley em Concha Negra
Get Up Stand Up Duppy Conqueror
Bob Marley era parte branco
era meio a meio também
Metade preto, metade branco fantasma
Uma boa mistureba como eu
Aprendo com Reggie
Ele me conta que Bob Marley
ama uma mulher branca
e odeia o pai branco
Bob Marley é meio a meio
Reggie é meio a meio
Ele tem mãe branca
e ele é meio a meio também
Nenhum deles é metade peixe

Dancei sozinha no penhasco
morei numa casa com a velha Guanayoa
Homens ainda vêm
maridos vêm me assistir
Vivo quieta, quieta, numa casinha
    com uma mulher mais velha

As mulheres dizem que transformo os
    homens delas em prisioneiros
tiro a liberdade de escolha deles
Os homens não conseguem deixar de me amar
eu era muito, muito bonita
As mulheres me amaldiçoam
eu e a velha
viramos sereia e tartaruga velha e feia
Eu ainda jovem
solitária como Reggie
Ninguém pra conversar
Vivi no reino do mar por muito, muito tempo
Mundo de silêncio
mas eles falam lá embaixo do jeito deles
Falar de radar diz Reggie
e assim aprendo um novo jeito de falar
Minha velha amiga polvo, sinto falta dela
Nunca mais vi
Por muitos anos vivi com os peixes
Não sabia quantos séculos tinham passado
Vejo canoas com motores muito grandes
    barulhento, barulhento
Fico longe deles
Vejo nas canoas pessoas que usam roupas
Acho melhor me manter longe
O reino do mar é grande, grande, e tem jeito próprio
E assim a vida de sereia é a vida de uma visitante
Observo e fico na minha
Fique longe do peixe-leão

Fique longe dos tubarões grandes, grandes
Aycayia é o meu nome desde muito tempo atrás
Voz Doce
Tenho medo de homem, mas medo pior de mulher

Dias após o aparecimento e a expulsão de Priscilla, Aycayia voltou a treinar o caminhar. À tarde, ela arrastava os pés usando o andador de madeira. Se David a observava, ela o ignorava. Com a cabeça evitando-o, ela mantinha o andar lento e penoso, às vezes em pequenos círculos. Muitas vezes acabava no chão, ofegante, de joelhos. Queria voltar a andar, mas o oceano, depois de séculos, destruíra suas pernas. Não foi só andar que ela tentou. Cantar veio em seguida. Cantarolando para si. Na cama, à noite, quando David se deitava no andar de baixo, ela entoava tristes lamentos pelas irmãs e pela ilha em forma de lagarto. A voz dela também estava voltando, e soava como o oceano, embora ainda não fosse forte.

David dormia mal. Muitas vezes acordava duro como pedra, ansiando pela sereia, embora ela fosse um quebra-cabeça além da compreensão. Primeiro era metade peixe e agora era quase toda mulher. Era uma lenda que tinha ganhado vida. Pode ser que pescadores a tivessem visto, assim como à sua espécie, aqui e ali, nos vastos oceanos, ao longo dos séculos, e talvez aquelas histórias fossem baseadas em fatos. Quando ela não estava sendo cautelosa e desconfiada, ele sentia uma quietude nela, uma postura de amabilidade — para com o cachorro dele, por exemplo. Ela havia mudado a compreensão de David do que era ser humano. Ela surgira em março, das ondas, seminua, a verdadeira natureza oculta, sua história desconhecida, sem nome. Nadara tanto no mar que se esquecera de como falar as palavras de seu povo, os taínos, o povo bom. David havia lido a respeito deles em um livro que tinham na escola — sobre os primeiros povos a chegarem ao arquipélago. Ela havia roubado a vida dele. Inflamara seu coração e hipnotizara seus sentidos. À noite, ele sonhava com ela dançando nas falésias de uma ilha vizinha ao arquipélago. O céu estava verde e o sol amarelo sangrava no mar laranja-sangue. Nesses sonhos, ela emergia da terra avermelhada e lhe oferecia punhados de lama. Seu sexo doía de desejo. Uma intuição o importunava, de que eles já haviam se encontrado antes, que ele até estivera procurando por ela, ali, perto daquelas rochas pontiagudas próximas à Baía da Desgraça. Ela parecia ter 20 anos e, no entanto, também era muito velha; parecia doce, inocente, e, ainda assim, havia nadado sozinha nos oceanos, suportado um exílio eterno.

Três semanas depois, ela já estava conseguindo devorar pratos cheios de repolho cru e batata-doce. Comeu uma manga inteira, com casca e tudo; o caroço chupou até ficar careca. Ela ainda se arrastava no andador. Os pés eram enormes e cheios de joanetes; os dedos palmados. Os arcos haviam se desfeito, então os pés cediam para dentro. Ela ainda não gostava de usar roupas.

Às vezes esquecia e andava nua e David temia por ela caso saísse para o quintal com os seios pontudos e as tatuagens à mostra. Os longos cabelos pretos, com *dreadlocks*, ficavam cada vez mais emaranhados. Ela ainda cheirava a oceano, um cheiro forte de sal marinho. David se recordou mais do que tinha aprendido de história na escola, sobre o povo dela e os conquistadores espanhóis, e temeu matá-la com germes comuns.

Então, uma noite, ouviu a voz dela. Não foram palavras, o que ele ouviu soou como uma cantora soprano praticando escalas. Subindo e descendo, e depois longos sons melódicos solenes e opulentos. Soava como uma mulher muito mais velha. Cantava nas profundezas do corpo dele, uma canção lenta sobre recordações. David subiu as escadas e a flagrou sentada na cama, ao luar, os olhos fechados, cantando para si. Pressentindo-o, ela abriu os olhos, porém continuou. Pela primeira vez, não pareceu ter medo dele. Ele começou a se perguntar se a música seria sobre algo que havia acontecido muito tempo atrás, sobre o motivo de ela ter ido parar no mar. Fosse o que fosse, vinha do coração. Ela o deixou assistir. Quando terminou, ele se aproximou e sentou-se na cama, não muito perto, porque ela ainda tinha uma expressão severa.

"Canção", disse David.

Ela assentiu, compreendendo.

***

No dia seguinte, na pálida casa grande com estalactites de renda, quando a chuva parou e a tarde acalmou, Arcadia e Reggie sentaram-se para estudar matemática, as místicas fórmulas gregas de círculos, como πr^2. Desde cedo, Reggie fora educado em casa por Arcadia e Geraldine Pike — com quem ainda mantinha contato por carta. Depois de perceber que o filho era surdo, Arcadia se dedicara a pesquisar o melhor para ele e descobrira sobre a língua de sinais e as escolas para surdos, no entanto, todas as instituições eram nos Estados Unidos, e naquela época não havia nada local adequado, nem mesmo na ilha maior. Ela pagou uma bela grana para atrair Geraldine a Concha Negra, e a mulher salvara Reggie da exclusão social, dando-lhe o poder da linguagem e, mais ainda, das ideias.

Reggie agora era trilíngue — a Língua de Sinais Americana, o idioma de Concha Negra, através de leitura labial, e o idioma padrão dos livros. Ele era uma criança altiva. Não queria usar aparelho auditivo, nada disso de tentar desesperadamente se encaixar no mundo ouvinte sendo que ele era diferenciado de modo tão permanente. Reggie queria ser ele mesmo, um grupo de um, uma minoria composta apenas por ele. Com os fones de ouvido, era capaz de ouvir a linha de baixo de Bob, Toots e Aswad, e isso era o suficiente por enquanto; além disso, raciocinava ele, todos aqueles músicos acabariam surdos um dia também.

Reggie sinalizou que odiava Pitágoras, perguntou quem era o tal sujeito e se tinha sido uma píton muito inteligente.

Arcadia respondeu da mesma forma: Não, Pitágoras era um gênio da matemática. Entendia de círculos.

Reggie reagiu sinalizando: Eu também entendo. Quer estudar as minhas fórmulas?

Arcadia respondeu: Provavelmente não, ou ainda não, e tudo bem, chega de aula por agora. Vamos continuar isto amanhã. Hora de visitar o tio David.

Reggie sinalizou: Legal.

Depois que Arcadia e Reggie Rain bateram na porta de David, precisaram aguardar um pouco. Aycayia tinha tempo de se esconder no andar de cima, mas David estava atabalhoado. Àquela altura, estava dividindo a casa com a ex-sereia já há quase quatro semanas. Estava apaixonado, mas ela era bagunceira. Desleixada, na verdade; não apenas o expulsara do próprio quarto, como cobrira o lugar com mangas meio comidas e cascas de frutas. Ele precisava esvaziar o balde dela todos os dias. E, embora tivesse sido difícil, no início, fazê-la usar roupas, quando finalmente as aceitou, tornou-se difícil convencê-la a trocá-las. Ela inspirava admiração, mas fedia. Cantarolava na cama todas as noites e ele começava a temer que os vizinhos fossem ouvir e ficar curiosos. Devagar, devagarinho, toda a prática de caminhada tinha passado a valer a pena. Ela já conseguia se firmar de pé sem o andador. Em breve, estaria andando. E depois? Para onde iria, e como ele ia explicar a existência dela para os vizinhos, quanto mais para a aldeia? David havia se acostumado com a aparência dela, mas não tinha certeza se ela se passava por humana. Eram os olhos, principalmente, brilhantes além da conta.

"Olá!", gritou Arcadia.

David abriu a porta.

"Olá, srta. Rain", sussurrou ele.

Ela o encarou.

"David, o que diabos aconteceu com você?"

Ele ficou surpreso; afora Priscilla e a ex-sereia, ele não via ninguém há semanas.

"Como assim?"

"Tua cara tá uma merda. Este lugar tá fedendo. O que aconteceu?"

"Nada não."

A srta. Rain deu um passo, revirou os olhos e entrou. Reggie a seguiu. Ele usava uma camiseta de Burning Spear e óculos escuros espelhados. Parecia um membro veterano de uma banda de reggae. Ele saudou David, as mãos de ambos colidindo num soquinho.

"Sério, cara", disse Arcadia. "O que houve?"

Ela puxou uma das duas cadeiras de plástico branco e olhou em volta. "Tá um cheiro estranho aqui, e sua piroga vai afundar já já se não for esvaziar ela. O que tá acontecendo?"

"Ando quieto, dona, só isso. Na minha e fazendo as coisas da casa."

Reggie estava procurando objetos para se distrair. Isso deixou David tenso.

"Deixa eu preparar um chá pra vocês", disse David.

"Tá bem."

"De qualquer forma, vim aqui por um motivo."

David encheu a chaleira com água, riscou um fósforo para acender o gás e o segurou junto à trempe até uma flor violeta surgir dançante.

"Vim te perguntar sobre seu tio."

"Ah, quem, qual?"

"Não me vem com essa. Cê sabe muito bem qual."

Quando se virou, viu que ela estava de fato corando, coisa que ele nunca tinha visto. A srta. Rain não era do tipo que corava. Parecia jovem, mais para 30, embora fosse dez anos mais velha. Sua vida era bem conhecida e, ao mesmo tempo, misteriosa. Ela ficava na dela, mas todos sabiam o que tinha acontecido. Ela tomou um baita chifre. O tio Vida era um homem de fala mansa e traidor, de verdade. Reggie tinha meios-irmãos em Concha Negra, com certeza, mas ninguém sabia ainda quem eram.

"É o aniversário de 10 anos do Reggie em breve", começou ela.

David assentiu.

"Acho que ele merece uma festa ou coisa assim. Então eu tava pensando... sabe."

David assentiu outra vez, e ao mesmo tempo estava de olho em Reggie.

"Acho que podemos convidar algumas pessoas. Quem sabe. Tipo você e... Ci-Ci... e cê sabe..." Ela parecia um pouco ansiosa. "Até me pergunto se..."

A chaleira sibilou. Ele a tirou do fogão com uma luva.

"Ah, Deus, vai, cara, cacete, David, cê sabe o que eu quero dizer."

"Não, dona."

Ela olhou para ele diretamente. Os olhos, um pouco úmidos. "Você tem notícia ou andou vendo seu tio Vida?"

David olhou para ela, desejando que fosse diferente; ela não era uma mulher má. Era boa demais para Vida. Ele a abandonara por uma mulher de pele marrom sexy e de classe alta em Porto Isabella. Isso ele sabia, mas nunca diria uma coisa dessas a ela. Arcadia não precisava saber disso.

"Não, dona. Nunca ouvi nada mais dele. Ou do meu pai. Ninguém tem notícia deles faz muito tempo. Eles estão em Porto Isabella."

"Nada?"

"Não." Era uma mentirinha. Ele tinha ouvido falar que Vida havia feito uma exposição não muito tempo atrás, que tinha começado a sair com o pessoal das artes da cidade. Para ser sincero, David não estava lá muito interessado em Vida ou no próprio pai.

"Senhorita Rain", disse ele, "Vida não vai voltar tão cedo, acho."

Ela assentiu. "Sim, acho isso também. Só quero que Reggie..." e os dois olharam para onde o menino estava, mas ele havia sumido.

Um grito irrompeu do andar de cima.

David congelou.

"Que diabos foi isso?", perguntou a srta. Rain.

David estremeceu e fechou os olhos.

"Ai, Senhor, o que aquela criança tá fazendo lá em cima?"
Arcadia levantou com um salto e subiu correndo as escadas.

David ficou lá embaixo, impotente. Pelo menos era a srta. Rain.

"David, Daaavid, vem aqui *AGORA*."

Aycayia estava sentado na cama, com a camisa e as calças sujas de David, os *dreadlocks* emaranhados, os olhos brilhando como estrelas. Reggie estava ajoelhado perto dela, conversando por sinais, e ela estava balançando a cabeça e tentando imitá-lo. A srta. Rain se pôs a observá-los.

David apareceu e viu a sereia e Reggie gesticulando, percebeu a admiração da srta. Rain.

"Quem diabos é ela?", perguntou a srta. Rain.

"Posso explicar."

"David, ela não parece normal."

Ele mordeu a boca e assentiu.

"Tem os olhos e as mãos estranhos, sabe. Quem ela é?"

"Ela é a sereia, dona."

A srta. Rain virou-se para encará-lo. "O quê?"

"Ela é a sereia que os homens brancos pegaram, três, quatro semanas atrás."

"David, por favor, não me fala isso." Arcadia colocou as mãos sobre as orelhas.

"Dona, é verdade, eu cortei as cordas, resgatei ela. Fui eu que roubei ela de lá."

Arcadia olhou para o filho que estava cedendo à sereia a própria linguagem.

"David, não."

"Sim, dona."

Ela balançou a cabeça e as lágrimas brotaram.

"Aqueles ianques malditos e idiotas vieram me contar disso tudo. Um quase levou uma bitoca na cabeça de um dos meus pavões. Não."

David assentiu. "Sim."

Arcadia olhou fixamente. "Merda, David."

Lágrimas escorreram fartamente pelo rosto de David, quentes, salgadas; ele estava aliviado, tinha morrido de medo, isso sem falar no cansaço. Não vinha dormindo nada bem nas últimas semanas. Tudo transbordou.

"O que diabos aconteceu com ela?"

"A cauda caiu."

"Tô vendo."

"Pois é. Caiu tudo. Ela começou a voltar quase imediatamente."

"Ah." A srta. Rain estava balançando a cabeça.

"Pensei que podia levar ela de volta, como um peixe, colocar ela no mar. Em vez disso, ela começou a mudar de volta..."

"Ah. Minha. Nossa."

"Só agora ela tá aprendendo a andar."

"Ah."

"Eu amo a sereia, srta. Rain."

Arcadia arquejou.

"Sim, aconteceu de pronto assim mesmo."

"Merda."

Ambos ficaram admirando maravilhados a sereia e a criança sentadas na cama, fazendo sinais com as mãos.

Nos primeiros dias com pernas eu
    canto sobre o mar e a solidão
Então conheço Reggie
A srta. Rain se chocou quando me
    viu pela primeira vez
ela gritou NÃO como se visse uma coisa terrível
Reggie fez fala com as mãos
É assim que a gente se juntou
com a nossa língua de mão
Língua do tempo antes do tempo
Quando Reggie foi embora e a srta. Rain foi embora
deitei na cama
Tenho certeza que vão voltar
E depois?
Começo a cantar pra mim mesma
David vem e me assiste cantar
Assim como nos velhos tempos, há muito tempo
Homens gostam de me assistir

Uma noite vou assistir David dormindo na cama dele
Quietinha, quietinha chego perto dele
Observo por muito tempo
sozinha com homem dormindo
Observo o nariz dele
Observo os olhos fechados
Observo o corpo subindo e descendo
    com a respiração

Sobe desce como o mar
Como ondas dentro dele fluindo pra cima e pra baixo
Observo David como observo baleias orcas
Sentindo a vida ao ar livre

Sou uma sereia vigilante
sempre observando pra me manter segura
Observo ele dormindo por muito tempo
Dormindo parece um menino
Ele era meu inimigo também?
Sentimentos vêm que eu não entendi
Uma noite observei ele a noite inteira

Diário de David Baptiste, maio de 2015

Depois que a srta. Rain veio e viu a sereia aquela primeira vez, sentamos no andar de baixo e tivemos uma conversa por um longo tempo. Reggie ficou lá em cima, mas eu e a srta. Rain conversamos pra valer por uma hora ou mais. Ela fumava cigarros sem parar enquanto falava. Quis me contar sobre Vida, sobre como eles se conheceram quando eram crianças, sobre como amou ele desde então, por vinte anos ou mais, desde o primeiro encontro. Isso me deu um arrepio porque era igual pra mim com Aycayia. Vida era o seu "coração gêmeo", a srta. Rain disse, e isso me deixou todo arrepiado. Me sinto mal só de pensar na ideia de um coração gêmeo.

Fico surpreso ao ouvir a srta. Rain falar tão abertamente. Também fico triste, porque acho que Vida nunca confiou muito em si ao lado dela, como se ela fosse coisa demais e os brancos fossem metidos a besta lá no topo, naquela casa. Sempre pensei que Vida não largou ela; fugiu pra se engrandecer, porque se sentia pequeno. "Preto doméstico", eu costumava ouvir as pessoas dizerem. Ninguém levava fé por ele estar com ela, por viverem como iguais. Acho que Vida queria estar de igual pra igual com a srta. Rain lá na colina. Acho que foi por isso que ele largou não só ela, mas Concha Negra. Ele também era um artista e queria se tornar conhecido. Mas a srta. Rain via as coisas de maneira diferente. Só se sentia triste e mal. Ela sentia muitas saudades dele; eles se amavam desde pequenos, ou foi o que ela contou naquele dia. Os dois eram roceiros descalços quando crianças. A srta. Rain nunca enxergou a cena como um todo. Ela é legal, não me entenda mal, tá? Mas ela não conhece o outro lado das coisas, de como vivem os homens negros; especialmente um homem como Vida, com talento, que queria mais. A srta. Rain não vê nada disso; só se sente mal, mal no coração e sente falta dele, como se não se importasse com quem ele não era. Eu falei que Vida foi embora pra se tornar um homem e ela me disse que ele já era um homem aos olhos dela. Ele não precisa melhorar, disse ela. Ela amava ele, e Reggie nunca conheceu o pai. O menino também tem talento, como ele. Reggie sempre quis conhecer o pai. Naquele dia, me senti triste tristinho por ela e pelo menino.

Em seguida, Reggie desceu com um grande sorriso.

Ele e a srta. Rain fizeram um monte de gestos com as mãos e então ela disse que Reggie tinha convidado a mulher do andar de cima pra sua festa de aniversário.

Fiquei olhando pra srta. Rain.

Os dois se puseram a me olhar também. Perguntei se Reggie sabia que ela era uma sereia.

A srta. Rain sinalizou a pergunta e Reggie fez que sim com a cabeça.

Olhei pra mãe e filho e me senti bem, de repente. Às vezes as pessoas sabem tirar o melhor proveito de uma situação ruim. Reggie era um menino legal. Não é idiota, como a Priscilla fala. Não era nada burro; só era surdo.

Reggie fez gestos com as mãos pra mim e a srta. Rain foi a intérprete.

Ele me convidou pra almoçar no próximo domingo, eu e a moça-peixe. Ele explicou que ia ter música. Respondi que tudo bem e Reggie me observou e riu.

"Ficou de quatro pela sereia, garoto", comentei.

A srta. Rain revirou os olhos e me perguntou se eu achava que a mulher-sereia poderia morar ali, em Concha Negra, na casa comigo. Respondi pra ela que não sabia, que tava decidindo de acordo com os acontecimentos. Ela perguntou sobre os vizinhos, Priscilla e os outros, e eu disse pra ela que a Priscilla já tinha visto a sereia.

"Fica de olho naquela vadia", disse a srta. Rain. "Porque ela pode te causar problemas de verdade quando for conveniente."

Respondi que eu sabia disso, e que Perna Curta e o outro filho dela viram a sereia e tavam no barco. Nicer tinha contratado eles.

"Merda", disse ela. "Aquela Priscilla tem uma boca maldita, e pior do que isso. Ela é má de verdade e não gosta de mim."

Concordei com a cabeça e a srta. Rain se levantou e olhou pra cima. Então perguntou se a mulher era surda. Eu disse que não, e ela falou que eu podia ensinar linguagem como Reggie tinha feito. Perguntei como, e ela explicou que tinha livros didáticos em casa. ABC, todo tipo de coisa. Ela que tinha ensinado Reggie a ler e escrever, e não era tão difícil e ela me emprestaria alguns.

Isso me fez sentir mais alegre, e nós dois ficamos assim por alguns momentos. A gente sabia que eu tinha uma coisa e tanto rolando lá em cima. Reggie parecia entender isso também.

A srta. Rain disse "tá bem", como se tivesse tomado algum tipo de decisão, então falou que ia embora e que ia me ver dali a alguns dias.

Reggie veio e me abraçou e eu sufoquei um sentimento jururu por causa da sereia, por causa dele, por causa de tudo basicamente.

"Ok, mano", falei e abracei ele de volta.

Sentei à mesa depois que eles saíram e fiquei ali pensando em como minha vida tinha mudado pra cacete. Eu só não sabia exatamente o quanto, não naquele momento. Tudo que eu sabia era que tudo tava diferente; a vida costumava ser simples, fácil. Agora era o contrário. As mulheres tornam a vida isso, e era essa a razão de eu nunca ter dividido minha casa com uma mulher até então. E ela era bagunceira, camarada, e tinha toda aquela cantoria à noite. Falei pra mim mesmo que ia pedir pra ela tomar banho. Eu tinha que recuperar minha posição de dono da casa. Ela se mudou e ganhou o controle, sem dizer uma palavra. Eu precisava da minha casa de volta. Até Harvey gostava dela. Engraçado isso, né? Vira-lata local, cão de guarda, cão de pescador, companheiro fiel, territorial pra cacete, latia pra qualquer um que se aproximava do quintal, mas parecia considerar ela uma companheira natural pra casa. Teria ela feito mandinga pra ele? Como um homem aceita uma mulher, qualquer mulher, na sua casa? Assim do nada, quanto mais uma sereia. A vida mudou rápido, rapaz. Nunca planejei isso. Mais tarde, vi que essa mudança veio como sempre vem, de uma cadeia de eventos com uma longa história, longa demais para ser vista do começo ao fim, até acontecer.

No dia seguinte, a chuva caía forte, como se o céu tivesse aberto a boca e deixado tudo sair. Caiu bastante pesada nas telhas galvanizadas e, no entanto, isso pareceu deixar Aycayia feliz. Ela sorria para David, parada no centro da sala, apoiada no andador, e ele ficou surpreso com aquele sinal de reconhecimento. Ela havia relaxado desde que Reggie fora lá, chegando até a comer uma batata cozida. Ao redor deles, as persianas fechavam e abriam de novo. E então Aycayia largou o andador e o deixou de lado. David estava fechando uma veneziana quando ela soltou um guincho parecido com o de um morcego ou de um pássaro.

Ele se virou para vê-la, de boca contraída, olhos fixos no chão, dando um grande passo à frente, sem ajuda. David quase foi ajudá-la, mas o rosto de Aycayia disse "não". Outro largo passo e ela o encarou com um sorriso perverso, como se dissesse *tudo bem agora*. Mas ela ficou travada ali, sem o andador. Em seguida, levantou o pé traseiro, como um astronauta espacial, pegou-o e colocou-o no chão na frente do primeiro pé. Então olhou para cima, os olhos brilhando, e o rosto desabrochou em um sorriso.

David quase desmaiou com aquele sorriso. Ficou parado ali, bobo, observando enquanto ela se mantinha empertigada, aquela caminhada lenta como se estivesse no espaço, os braços como asas estabilizando-a. Bastava que lhe dessem um capacete e botas espaciais. Aycayia não andara por séculos, mesmo assim ainda tinha a memória do caminhar e durante um dia ficou parando e recomeçando, equilibrando-se com os braços. Um grande pé, depois o outro. Quando se cansava, sentava-se em uma cadeira e olhava para o chão.

Ao meio-dia, David preparou para ela um prato de feijão-chicote e abóbora crus. Ela sorriu para ele de novo. Ele quase desmaiou pela segunda vez. Mulher bagunceira, mas, no fim das contas, fácil de agradar, pensou ele. David observou os pés grandes dela; ela precisava de sapatos, andar de tênis poderia deixá-la mais estável. Ele tinha uns tênis velhos da Adidas que ela poderia experimentar, então foi procurá-los na caminhonete. Quando voltou, ela estava mastigando a casca da abóbora. Ele levantou o tênis e apontou e ela sinalizou que entendia.

David se abaixou aos pés dela e pegou um deles e o enfiou em um dos tênis. Entrou direitinho. Ele olhou com admiração renovada para os pés dela. Dedos palmados, sem dúvida.

"Tá, empurra", disse ele. As mãos dela estavam equilibradas nas costas dele. Aycayia riu um pouco e David sentiu seu corpo retesar e não ousou olhar para ela, porque aquilo era novidade: uma risada? Quando o sapato estava calçado, ele amarrou os cadarços e olhou para o rosto jovem dela. Aycayia assentiu, séria. Ele conseguiu o mesmo com o outro tênis, evitando olhar com muito afinco os dedos dos pés palmados, amarrando os cadarços com força. Aycayia não tinha vergonha de seus pés. Então, em 1976, seus primeiros sapatos foram um velho par de camurça verde da Adidas com três listras brancas. Ele se permitiu ter esperanças de que ali, no extremo norte da Ilha Concha Negra, ela teria melhor oportunidade de sobrevivência do que em outros lugares do mundo, e talvez até uma chance de se misturar aos locais.

Quando os tênis estavam calçados, ela se levantou. Projetou o queixo quando deu um passo à frente. Desta vez, foi melhor. O tamanho 40 da Adidas tinha solado de borracha e lhe dava mais aderência. Lá se foi ela de novo, um pé, depois o outro. O desajeitado salto espacial tinha cessado. Ela estava se concentrando em dar passos menores. Funcionou, embora tivesse demorado algum tempo até pegar o jeito. David observava enquanto ela caminhava na diagonal pela sala muitas vezes, devagar, devagar, os braços se aproximando. Isso o fez pensar nas coisas que não dava valor; não conseguia se lembrar da época em que aprendeu a andar; era apenas uma daquelas coisas que toda criança faz. Observá-la era como assistir a um pequeno milagre, uma borboleta emergindo de sua pupa de dormir ou um filhote de pato plantando os pés palmados um na frente do outro. Ele se perguntou por um instante sobre seus primeiros passos e quem estivera lá para segurá-lo quando ele caía.

Aycayia passou os três dias seguintes praticando naqueles tênis velhos. Assim como as roupas, uma vez vestidos, ela se recusava a tirá-los; até dormia com eles. Ainda não deixava David se aproximar da cama. Era dela agora. Ele suspeitava que ela estivesse escondendo coisas sob os lençóis; havia uns montinhos aqui e ali. Ainda estaria ela trocando de pele? Então ocorreu-lhe que deveria trazer a banheira de volta e enchê-la com a mangueira. Afinal, a porcaria da casa ainda era dele. Será que sua força de vontade se esvaíra desde que ela chegara? Uma tarde, ele subiu e lhe lançou um olhar que dizia que ela precisava descer. Quando ela viu o banho, pareceu resignada. Começou a tirar as roupas fedorentas e ficou ali, nua, na frente dele, os seios tatuados cobertos pelos cachos, as mãos cobrindo o púbis. Ela entrou, uma perna de cada vez, ainda de tênis, e deitou-se na banheira, observando-o. Ele saiu, catou um pedaço de sabonete e lhe entregou. Aycayia não sabia o que era, então ele lhe mostrou. Depois David a deixou sozinha para tomar banho e se lavar e agradeceu ao Senhor sabe-se lá pelo quê, talvez apenas por ela estar conseguindo andar e que logo estaria limpa outra vez, como uma mulher normal.

Mais tarde, quando ela estava vestindo roupas limpas, uma calça de moletom e uma camiseta, ele lhe entregou uma escova de dentes. Ela olhou para ele e balançou a cabeça, sem entender o que era. Ele demonstrou com a escova e os próprios dentes e ela riu de novo.

Lágrimas brotaram nos olhos dele. Três risadas em um dia. Algo havia mudado. Ele queria mantê-la segura, sempre. Mas também desconfiava que aquilo não fosse necessariamente o que ela queria ou precisava. Na verdade, agora que estava com os tênis, ele esperava que ela desaparecesse algum dia, do mesmo jeito que havia aparecido. Uma manhã ela teria ido embora, largando cascas de manga na cama e levando o coração dele consigo. "Coração gêmeo". Ele não gostava dessas palavras. Entregou-lhe a escova de dentes e apontou para uma bacia de água salgada sobre a mesa. Ela esfregou os dentes com a escova e gargarejou com um copo d'água. Ele colocou a chaleira no fogo para fazer um chá de rooibos para acalmar o estômago, os nervos em pânico desde que a srta. Rain tinha ido lá com o filho. Uma festa de aniversário? Com música? David tinha ido à casa dela apenas duas vezes na vida, ambas por convite específico, para levar uma coisa de que ela precisava — um carrinho de mão, um cortador de grama. Na verdade, a srta. Rain era quase tão difícil de prever quanto a sereia. Se ela quisesse vê-lo, apenas aparecia. Descia para ir até você, você nunca subia.

Mas agora ela sabia sobre a visitante secreta dele; até lhe disse que podia ensiná-la palavras, e talvez até mesmo a ler. Seria mesmo possível que a mulher-sereia estivesse ali para ficar com ele por tempo indeterminado?

E onde diabos estava Vida? E onde diabos seu pai tinha ido, também? De repente, ele os queria em casa. Como é que os homens tinham coragem de ir embora e largar mulheres e filhos? Era o aniversário de Reggie. Ele tinha 10 anos. Uns bons anos de vida já. David tomou um gole da xícara do chá de rooibos.

Aycayia estava olhando o pôr do sol. Lendo as nuvens. Admirando o reino dos pássaros. Bebendo no mundo lá fora, um mundo que ela entendia. Havia passado todo o tempo até agora se reajustando à sua forma antiga.

A casa de David ficava entre um monte de bananeiras na encosta. Havia uma pequena varanda e uma vista para a baía, onde dava para ver o nascer e o pôr do sol todos os dias. Aycayia observava as cores do céu e a dança prateada do mar. Uma lágrima caiu.

"Mar", disse David.

Eles observavam enquanto o sol inundava o céu com tons de ocre, violeta e vermelho. O mar parecia distante e em todos os lugares. Silenciosamente enorme, era um reino em si, um que ambos compreendiam, onde tinham se encontrado. Ele se perguntava se ela sentia falta daquilo tudo ou se para ela fora um purgatório. Estaria Aycayia aliviada por voltar a andar como mulher, podendo continuar a vida no Caribe mais uma vez? Poderia recomeçar? Era jovem o suficiente. Ele a queria, mas também esperava que ela pudesse ter liberdade para ser o que quisesse. Ela sorriu para David e desta vez ele percebeu um olhar discretamente esperançoso ali. E teve a sensação de que, para ela, ou algo estava acabado ou estava apenas começando.

5

Fala

Concha Negra era um lugar infernal, costumava dizer a srta. Rain, e a ponta norte da ilha era um tipo particular de inferno. Sua lembrança mais antiga era de um rugido baixo e incessante durante a noite, como um trovão e uma fome bestial misturados, um rugido que dizia *vou aí para te estraçalhar*, mas eram apenas os macacos-uivadores na floresta atrás da casa. A terra dos Rain incluía algumas das florestas tropicais mais antigas da Terra. Ela havia crescido com essa ameaça iminente e estrondosa de que um dia seria devorada viva. Se os uivadores não a pegassem, então uma jiboia poderia sair da floresta e envolvê-la feito pneus grossos e esmagá-la durante o sono. O inferno tinha um som, e eram os uivadores. Também tinha um cheiro, e era trazido pelos ventos alísios, o aroma do mar que circundava a terra. O inferno também tinha fantasmas sombrios, as almas de milhares de caribes massacrados e de africanos sequestrados, que outrora labutaram no que se tornou a terra dos Rain e lá morreram.

Ao longo de quatrocentos anos, a Ilha Concha Negra trocou de mão 23 vezes. Colonizadores, bucaneiros, marinheiros, malandros e oficiais, todos chegaram e partiram de Santa Constança por séculos. Alguns foram deixados em paz pelos caribes, outros foram atacados e mortos; alguns desistiram, mas não sem antes batizar baías e colinas com o nome de um pedaço da Europa. Cada baía tinha visto uma batalha naval sangrenta e houvera incontáveis assassinatos nas praias. Homens brancos de vários tipos chegavam repetidas vezes, todos com noções exageradas de suas possibilidades. Normalmente eles abocanhavam mais do que davam conta, abandonavam as tentativas de dominação e fugiam, concluindo que melhor não, tudo era difícil demais. Caribes, doenças, outros europeus, furacões e secas os derrotaram. Em sua retirada, os holandeses deixaram uma bateria de dois canhões. Os franceses, uma igreja. Os britânicos abandonaram um armazém de navios a vapor. Muito mais tarde, os americanos deixaram uma estação de radar. Até Barba Negra e o capitão Morgan chegaram ao norte de Concha Negra e, dizem, deixaram tesouros enterrados nas colinas.

O arcebispo Rain, o ancestral de Arcadia, era um sacerdote anglicano. Tinha comprado o terreno 27 anos após a emancipação e construído a casa com mogno da floresta. A pedra fora enviada da Inglaterra. Ele a batizara casa de Temperança. Cento e sessenta escravizados haviam trabalhado na terra até o ano da abolição. Muitos dos homens do Congo tornaram-se pescadores após o fim da escravatura, mas alguns permaneceram no que se tornou a terra dos Rain e, em algum momento, tornaram-se arrendatários e se estabeleceram para cultivar terras que pudessem alimentá-los. Os Rain foram os primeiros fazendeiros a remunerar seus trabalhadores. O governo, por fim, comprou um grande lote e o vendeu aos aldeões. Era uma terra boa, fértil pra diabo naquele lugar infernal. Ao longo dos séculos, a terra rendera noz-moscada, índigo, gengibre, algodão, banana, cacau e cana-de-açúcar. Agora, a grande roda do engenho de açúcar estava no sopé da colina, tão enferrujada que seria possível cortar a mão nela.

O inferno também foi dilacerado pelas intempéries naturais. Dois furacões enormes varreram Concha Negra, com uma diferença de cem anos entre eles, arrasando a terra. O último, em 1961, destruíra oitenta por cento das plantações da ilha e arruinara por completo a produção de cacau, que era então cultivado principalmente por arrendatários. Foi esse furacão que afastou os irmãos de Arcadia, Archie e August; ambos ficaram fartos do lugar e fugiram para a ilha maior a fim de encontrar trabalho na cidade, muito embora tivessem nascido homens do campo. Os filhos deles, todos birraciais, também partiram.

Arcadia era o que restava da família Rain em Santa Constança. Ela meio que ganhara a propriedade em ruínas para administrá-la como quisesse e de certa forma a deixara para os aldeões. A peixaria era uma cooperativa administrada por Ci-Ci e os irmãos dela. A floresta era protegida por guardas contra desmatamento e caça ilegal. Os arrendatários cuidavam das próprias colheitas. Ela facilitara bastante para que os aldeões alugassem e comprassem terras e construíssem nelas. Os turistas foram chegando aos poucos a essa ponta da ilha, como aqueles ianques outro dia. Lugar infernal, sim, sim, antes e agora, e, ao contrário de outros plantadores, ela sabia o tamanho do pedaço de terra que os Rain haviam arrancado: oitocentos hectares dos quais restavam quinhentos e pouco. Era uma terra que ela conhecia intimamente, de menina para mulher, terra na qual viera a entender os pecados hediondos dos homens brancos antes dos antepassados dela, e depois os pecados deles, a severa barbárie das beatas almas cristãs, e a crueldade climática também. Ela aprendera a se conformar com o fato estranho de ser uma mulher branca com uma cadência crioula na boca. Ela conhecia bem um certo tipo de amor naquelas colinas, e isso a transformara em mulher quando tinha apenas 15 anos, o tipo de sexo que a fazia estremecer e suar e seu coração se abrir e se expor a esse mundo complicado, o tipo de sexo que ensinava uma mulher a se conter e esperar.

David concluiu que a melhor coisa a se fazer era dar ré com a caminhonete no pátio em frente à casa e abrir a porta da cabine. Assim, a ex-sereia talvez entendesse que eles estavam indo a um passeio. Ainda não tinham nomes próprios um para o outro; secretamente ele se dirigia a ela com muitos nomes para doçura e carinho, e eles estavam atolados na língua dele: *dou dou*, amor, amiga, querida. Ela havia inspirado um surto de cavalheirismo em seu coração, algo perigoso, verdade seja dita, caso corresse solto. Esse tipo de paixão por uma mulher pode arruinar qualquer homem. Ela havia feito seu coração acordar, libertar-se das amarras da desconfiança. Seu esplendor e sua inocência lhe apresentaram aquilo pelo qual ele ansiara a vida inteira; o estranho silêncio dela dissolvera a habitual indiferença dele para com as mulheres. Ele estava acostumado com as mulheres de Santa Constança, que o conheciam bem demais, que já tinham seus méritos e defeitos marcados, que gostavam de xingar e criticar e usavam formas mais diretas e terrenas para despontar seu sexo. Todos os homens conheciam todas as mulheres por ali — de todas as maneiras que havia para conhecer. Esta mulher era diferente e tudo nela o fazia olhar para si. Não era só o sangue dele que fervia, não, não era só isso. Uma admiração tomara conta dele. O povo dela havia morrido, quem quer que fossem. Agora ele enxergava quem eles eram. Era como se ela tivesse aberto uma porta no universo, mostrando-lhe as primeiras pessoas que tinham vivido há muito naquelas ilhas. Seu coração se compadecia ante a solidão da mulher que ele havia resgatado, algo que David nunca esperara sentir por ninguém.

Quando ele mostrou a caminhonete com a porta aberta, ela gritou e correu escada acima.

"*Dou dou!*", exclamou ele, "Não, não, tá tudo bem, querida." Ele a seguiu e viu o corpo dela num montinho sob os lençóis, enrolado e se esforçando à beça para desaparecer.

"Vem cá, *dou dou*. Não fica com medo." Ele se sentou na cama e tentou imaginar o que ela devia estar pensando. Levou meia hora sentado ali antes que ela espiasse do lençol. Ele estava perplexo diante da tamanha paciência que tinha para com aquela mulher. Tudo com ela levava muito tempo.

Quando chegaram à casa da srta. Rain às três horas da tarde, Reggie correu para recebê-los. E ficara um pouco decepcionado por eles terem chegado tão atrasados. Também estava apaixonado pela sereia. Ela era diferente, assim como ele. Reggie abriu a porta da caminhonete e seu rosto foi luz de puro deleite na saudação. Ele e Aycayia se afastaram da caminhonete, atravessando o gramado, Reggie gesticulando com as mãos e tagarelando e a sereia absorta em seus gestos e no que ele estava dizendo. A confiança fluía entre eles enquanto caminhavam juntos. Os pavões desfilavam na dianteira, varrendo o gramado com suas opulentas caudas brilhantes. O pássaro branco, alfa e territorial, exibiu-se do topo do muro do jardim.

A srta. Rain observou enquanto se aproximavam. Estava de pé na varanda, com um nó na garganta. Reggie nunca conversava daquele jeito com ninguém, nem mesmo com ela.

"Obrigada por terem vindo", disse a srta. Rain. "A gente ainda não comeu o bolo."

David subiu as escadas até a varanda, hesitante. Apesar de ser da família, raras vezes havia entrado na casa.

"Entra", acenou a srta. Rain, e ele a seguiu até uma grande sala com piso de madeira polido, um salão onde as pessoas talvez tivessem dançado tempos atrás. Tinha sido pintado de um tom verde pálido e lá dentro era iluminado. As janelas escancaradas eram protegidas por finas persianas de bambu e dois velhos ventiladores de teto giravam silenciosamente, misturando o ar. No centro da sala havia um círculo com sofás e poltronas, dispostos em forma de ninho; uma das cadeiras era de balanço, curvilínea de vime. Tapetes velhos estavam jogados no chão. Para um espaço tão grande, era bem aconchegante. A srta. Rain tinha feito uma espécie de sala dentro de uma sala ali. Mas foi a parede de livros que o surpreendeu. Ela os colecionava e tinha milhares deles. Individualmente, pareciam robustos; colocados juntos, pareciam um vasto penhasco de tijolos coloridos pintados à mão.

"Vem pra cozinha", chamou Arcadia. "Vou colocar a chaleira no fogo."

A cozinha também era grande. Os armários de madeira tinham cortinas sobre o vidro. As superfícies brancas laminadas estavam lascadas e soltando. Havia uma longa mesa de madeira no centro e, acima dela, uma faixa retorcida de papel pega-mosca pendia do teto, já com muitas moscas grudadas nele.

Havia um bolo na mesa, em um suporte apropriado. Era fofo e verde e tinha dez velas cor-de-rosa. Tinha sido decorado com miçanguinhas prateadas, pedaços de fruta cristalizada e granulado colorido.

"Reggie que decorou", disse ela. "Senta. Somos só nós, de qualquer maneira. Ci-Ci não conseguiu vir. Melhor assim, talvez."

David puxou uma cadeira.

Arcadia encheu a chaleira e a colocou na boca de gás. Ela se virou e encarou David com um olhar distante, tentando se concentrar em uma coisa que ainda não sabia como dizer. Vida era tio de David. David era primo de Reggie e, no entanto, aquela verdade de alguma forma tinha sido negada. Para alguns dos aldeões, era como se Vida não tivesse existido e Reggie não tivesse um pai de verdade. Arcadia não se manifestara. E nem David. Era esse o caminho de um lugar pequeno e cheio de famílias entrelaçadas. Desde o nascimento, as pessoas desenvolviam a habilidade social necessária de serem dúbias. Seja educado e cuide da sua vida. Nunca diga coisas que seja sincero se isso não for ajudar; na realidade, a verdade muitas vezes só faz piorar as coisas. O presente já era complicado o suficiente. E a história? Bem, essa era a tragédia por trás de tudo. A verdade costumava ser muito dolorosa; terminaria em conversas sobre crimes hediondos. Então ninguém se dava ao trabalho de tocar no assunto.

Mesmo assim, agora que olhava para aquelas dez velas, Arcadia gostaria de ter feito as coisas de maneira diferente.

"David", disse ela. "Cê já se perguntou sobre o seu pai?"

As sobrancelhas de David se ergueram. "Não com frequência, dona."

"Pelo amor de Deus, me chama de Arcadia."

Ele olhou para ela como se não quisesse.

"Quero dizer, já se sentiu próximo dele?"

"Não."

"Acha que algum dia vai ter seus próprios filhos?"

"Claro."

"Já tem algum?"

"Não que eu saiba, dona."

Ela lhe lançou um olhar.

"Quero dizer, Arcadia."

"Me lembro bem do seu pai, sabia. Leo. Homem quieto, humilde. Como se nunca estivesse aqui e ainda assim tava sempre por perto."

"Aham."

"Sente saudades dele?"

"Não. Na verdade, não. Não cabe a mim sentir falta dele. Foi minha mãe que criou a gente."

Arcadia assentiu. Os homens de Concha Negra vagavam, as mulheres ficavam em casa. A única ocasião em que homens e mulheres se reuniam em Santa Constança era para puxar a rede de pesca no final da tarde, beber uma ou duas doses de rum na Ci-Ci ou entrelaçar as coxas no crepúsculo.

"Família é uma coisa difícil, às vezes", comentou David. "Muita gente pra conhecer e gente muito diferente. Acho que é sempre melhor manter distância pra manter a família."

"Os meus partiram faz muito tempo", disse ela, e pensou na mãe de David, que havia falecido dois anos antes; era uma padeira de mão-cheia e vendia pão da janela da cozinha. Arcadia quase era capaz de sentir o cheiro da fornada da srta. Lavinia, como se sua alma vivesse no aroma fantasmagórico de fermento recém-cultivado.

"Sente saudade?"

Ela revirou os olhos. "Não. Família é choro."

A chaleira assobiou e ela a tirou do fogão.

Um silêncio caiu. Arcadia queria falar mais. Talvez tivesse chegado o momento em que poderia dizer "basta". Marcar um limite. Seguir em frente.

"Onde tá meu filho?", perguntou ela.

David olhou pra trás.

"Daqui a pouco os dois vão se perder e a gente vai ter que mandar os guardas pra encontrar eles no mato."

"Num se preocupa, Reggie não vai se afastar muito."

Nesse momento, um reggae alto, melancólico e sentimental explodiu no cômodo ao lado.

"Merda, cara", exclamou a srta. Rain assim que a música trovejou no corpo deles, nas cavidades torácicas. David sorriu.

Ela ergueu a cabeça, como se quisesse farejar o cheiro do filho. Não adiantava gritar. A música alta dizia *Isso é o quanto eu sou surdo*. Eles saíram da cozinha para ver o que estava acontecendo.

Dezenas de discos de vinil tinham sido retirados das capas e estavam espalhados pelo chão. Um pavão havia voado para dentro e estava empoleirado na cadeira de balanço. Aycayia estava parada ao lado do toca-discos com os olhos fechados, parecendo perdida nos devaneios. Seu cabelo caía para trás e balançava em torno dela em cordas longas e aglutinadas. Ela estava acenando para o alto, dando passinhos juntos, pisoteando levemente no chão de madeira, como se para assegurar de que cada pisoteio deixaria marca.

"Que diabos", murmurou a srta. Rain.

Aycayia se movimentava em pequenos círculos, os braços erguidos, no cômodo feito para valsas de salão. David, Reggie e a srta. Rain ficaram observando a sereia e sentiram um nó no estômago, uma agitação n'algum lugar quase inalcançável dentro deles, uma sensação palpitante de que aquela era uma dança ritual para além de sua compreensão.

A srta. Rain virou-se para David e disse, em voz alta, por cima da música: "Sabe, Reggie realmente não tem muitos amigos".

David assentiu.

"Ou poucas pessoas conseguem ser legais com ele."

David assentiu.

"É como se ela começasse do zero, de novo. Reggie já tá ensinando pra ela a língua dele..."

"Aham."

"Sabe, eu poderia ensinar pra ela a nossa língua, a fala de Concha Negra. Como ensino pro Reggie."

Pela primeira vez desde que havia visto aquela sereia nas rochas denteadas da Baía da Desgraça, David teve a sensação de estar ouvindo uma ideia sensata.

"Se ela vai participar da vida aqui, vai precisar aprender a falar, sabe."

Aycayia estava requebrando sua dança solitária e comovente. David já havia sonhado com ela dançando nos penhascos de outra ilha. Ela era de uma ordem diferente das coisas. Poderia se encaixar em Concha Negra? Ele sempre achara o lugar meio parado e silencioso, mas ela lhe mostrara o contrário. Concha Negra era o presente e era complicado.

"Isso seria bom pra ela", concordou ele.

A srta. Rain saiu do cômodo e voltou com o bolo verde, as velas cor-de-rosa acesas e dançando com pequenas chamas. Ela sinalizou para Reggie abaixar o volume da música.

Quando Aycayia viu o bolo, olhou com intensa curiosidade.

"Feliz aniversário, Reggie", disse a srta. Rain em voz alta e sinalizou: "Faça um desejo".

Reggie fechou os olhos, respirou fundo e soprou todas as velas de uma só vez. Assim como sua mãe, ele nascera no andar de cima daquela casa e nunca estivera em outro lugar além de Concha Negra, mas agora tinha a sensação de que alguma coisa havia começado. Enfim o início de sua vida, como ele sabia que aconteceria. Tinha 10 anos, atingira a maioridade, com a grande bênção de uma mãe feroz.

Os quatro sentaram-se nas cadeiras formando aquele ninho circular e começaram a comer o bolo verde, fofo, confeitado e com chocolate dentro. Aycayia comeu com as mãos palmadas, enfiando pedaços e migalhas na boca e balançando a cabeça, pensativa. Ninguém disse nada.

Aycayia não estava mais tão assustada. Havia reconhecido muitas coisas na ilha: o cheiro do lugar, os sons noturnos, o tipo de luz diurna pela manhã, o padrão de calor ao meio-dia, a maneira como as pessoas caminhavam, leves, sem fazer barulho, a forma como olhavam umas para as outras com acenos de respeito. Além disso, havia os pássaros e as plantas, as árvores ao redor, a terra cálida; tudo isso trazia um turbilhão de lembranças, seu mundo de deuses vivos.

Aycayia sentiu que poderia estar em casa de novo e, no entanto, sabia que o lar havia se dissolvido em sua memória. Ela queria estar com aquelas pessoas, sendo que uma delas não conseguia ouvir nada e falava com as mãos. Elas vinham sendo gentis com ela, incluindo o pescador com o violão. Contudo, havia outro chamado. Um ímpeto no centro, no ventre, um sentimento de perda, e o tal impulsionantemente vinha do mar que ela conhecia havia muitos séculos. Sabia que ele a estava esperando e, no entanto, tinha perdido a poderosa cauda. O que havia acontecido? A maldição das mulheres havia chegado ao fim? Seria porque aquelas mulheres já estavam mortas havia muito tempo? Ela havia cumprido o tempo determinado no exílio? Então era como se outro tipo de maldição tivesse vindo e ela desconhecesse as novas razões. Homens a tiraram do mar, onde estivera segura, porém solitária. Agora estava tendo que enfrentar outra vida, uma com reggae, pavões, bolo e pessoas que usavam roupas. E havia a maneira como David a observava; isso a fazia se sentir conectada a ele; dava um frio na barriga e provocava sensações entre as pernas. Ela colocou a mão lá para esconder essas sensações e se perguntou o que seriam. Tanto tempo dentro daquela cauda. Agora isto. Ela comeu o bolo, ansiando por algo que não conseguia nomear.

✺

Diário de David Baptiste, junho de 2015

Me senti muito estranho quando saí da casa da srta. Rain. Depois daquele dia, voltei muitas vezes lá, mas foi preciso uma sereia pra me convidarem pra entrar. Primos, ela e eu, mas nunca pareceu que eramos até então, por mais que a gente se cruzasse muitas vezes. Muitas coisas tinham nos mantido separados, pode chamar de tempos de servidão, pode chamar do que quiser, mas foi preciso uma sereia pra eu me misturar com uma parente minha aqui na ilha de Concha Negra. Saí pensando que, bem, imagina só, uma sereia é mesmo revolucionária. Mas sei que a srta. Rain tem as próprias complicações. É por isso que ela sempre foi indiferente e distante. Eu era só um pescador trabalhador, menino e homem. Fui educado em Santa Constança e na Cidade Inglesa; sabia quem eu era e de onde vinha. O mar me dava o meu sustento. Percebi naquela época, e ainda agora, que o mar me deu a minha maior lição com Aycayia.

No caminho de volta, ela adormeceu e começou a roncar. Gosto desse som. A verdade é que depois de algumas semanas, após ela ter começado a andar, ficou mais difícil lembrar dela como uma sereia. Eu só via a Aycayia como mulher. Deixei ela na cabine da caminhonete e entrei pra arrumar a casa. "Família é choro", a srta. Rain tinha dito, mas acho que a verdade é "Mulher é choro". No que antes era a minha cama encontrei o que ela tava guardando: colheres, garfos, elásticos e até uma concha velha que ela deve ter pegado da varanda. Também encontrei outras coisas — um toco de vela, saquinhos de chá. Coloquei um lençol limpo. Sacudi a colcha. Varri o chão. Assim que achei que era hora de recuperar minha cama e meu quarto, ela apareceu no topo da escada e me lançou um olhar que me deixou tão triste. Deixei o quarto quieto, quieto. "Dorme bem, *dou dou*", falei pra ela.

Eu nunca sabia o que ia acontecer a seguir com ela naqueles primeiros dias. Com o quê eu posso comparar? Eu dormia no andar de baixo no que parecia ser uma cama de pedra. Eu, um homem jovem, inquieto pra transar, ansiando pra estar lá em cima com ela nos braços, mas nada nela dizia "vem". Eu tinha que me acalmar, pensar a longo prazo. Não é todo dia que um homem tem a chance de conhecer uma pessoa como ela. Pensei que a srta. Rain ia ensinar ela a falar e Reggie ia ensinar a língua dele, e aí as coisas iam melhorar. Acho que eu também ia poder ensinar palavras pra ela; todo mundo ia ajudar de uma forma ou de outra. Pensei que agora Aycayia tinha amigos em Santa Constança. Talvez pudesse sossegar ali, na verdade. Pequena aldeia no fim do mundo. Por que não? Ela tem as pessoas certas do lado. Pensei então que ela podia ser a minha esposa. Coisa louca, eu sei, mas tive essa sensação bem no meio do peito. Eu me casaria com ela se ela dissesse "sim". Ela já tava na minha casa! Eu pensava em todas essas possibilidades grandiosas naqueles primeiros dias com Aycayia. É fácil prum homem se confundir quando se trata de uma mulher. Meu Deus, a gente não entende nem metade, e ainda assim foi ela quem me ensinou o que é uma mulher e o que um homem deveria ser.

Na hora de dormir, percebi que não me sentia tão bem comigo mesmo há semanas. Durmo e sonho com o oceano e com a ilha Concha Negra muito antes de o homem chegar. Nada de ser humano; nada de Adão e Evelyn ou história da Bíblia. Sonho com um lugar tranquilo, natural, e com uma ilha onde nenhum homem — vermelho, marrom ou preto — viveu, com a Concha Negra antes de ter qualquer pegada humana nela. Tem apenas mato e nada que estrague ela. Nenhum homem é seu dono ou cultiva coisas nela. Ainda não.

Acordei com o barulho do mar trazendo o novo dia. Me senti tranquilo, tranquilo na alma. Lá em cima, Aycayia roncava. Preparei um pouco de chá e disse pra mim mesmo que ia ver o que aconteceria a seguir. Meu barco precisava de cuidados, então desci pra cuidar dele. Depois de semanas, deixei Aycayia finalmente sozinha, caminhei até a aldeia, lar de toda a minha vida, e ainda assim tudo parecia diferente, as pessoas até me olhavam diferente. Elas diziam "oi", mas me observavam como se soubessem que alguma coisa tinha acontecido.

≈

Parte de mim ainda sozinha
De volta na terra e ainda assim uma
    estranha pra essa ilha
Não consigo usar linguagem
Garoto me ensina a língua dele primeiro
e aprendo bem rapidinho a usar
    minhas mãos pra falar
O menino é meu primeiro amigo
    em Concha Negra
David é um homem
Diferentes situações

Imagino que Guanayoa ainda tá
    no oceano esperando
Vivi com ela também antes do furacão chegar
e as ondas levarem a gente pro mar

E se um próximo furacão vier?
Pego a grande concha da varanda de David
pra chamar ela uma noite
pra ela saber que estou viva
Ninguém além dela sabe quem eu sou
Eu era humana de novo, tentando aprender rápido
Não tinha certeza se isso era meu
   sonho tornado realidade
Me sentia sozinha, sentia falta do mar
Sentia falta da minha solidão
Eu tava tentando entender tudo
Coração confuso
O homem David fazia eu me sentir confusa

Todas as tardes, por volta das três horas, David deixava Aycayia na casa da srta. Rain para as aulas. Ali, à mesa da grande sala com piso de madeira, sentava-se uma indígena do Caribe, amaldiçoada pelas próprias irmãs a ser uma sereia, cujo povo quase havia morrido inteiramente, massacrado pelo almirante castelhano e seus iguais; uma mulher que, como sereia, foi fisgada do mar por ianques que queriam leiloá-la e, se não fosse isso, empalhá-la e guardá-la como troféu; uma mulher que foi resgatada por um pescador de Concha Negra; uma sereia que voltou a viver como mulher do Caribe outra vez. Ela estava sentada em um silêncio confuso enquanto aprendia uma linguagem de novo, com outra mulher em quem não sabia ainda se poderia depositar sua confiança. Aquela mulher era branca, salpicada de sardas, e não importava o que não era, ela era do tipo que havia exterminado seu povo.

Arcadia estava pouco confiante porque só falava o idioma de Concha Negra, uma mistura de palavras do opressor e do oprimido. Essa linguagem era o linguajar que ela estava ensinando a Aycayia, bem como o idioma padrão escrito.

Elas ficavam sentadas por muitas horas naquelas primeiras semanas, hesitantes e indiferentemente maravilhadas uma com a outra e com a tarefa à mão. Lá fora, a estação das chuvas chegava com tudo e se derramava em lâminas prateadas. Os pavões grasnavam e, de vez em quando, entravam na casa. Os vira-latas ficavam encolhidos debaixo da mesa. Os uivadores também podiam ser ouvidos, grunhindo na floresta. Muito serenas, elas se sentavam juntas por horas aprendendo o alfabeto, a estrutura de uma frase e palavras como "mesa", "cadeira", "maçã". A srta. Rain notou que Aycayia tinha outra maneira de formar frases e deduziu que em algum momento a sereia tivera outra forma de organizar as palavras e que isso ainda estava ali, em seu conhecimento.

Reggie ia e vinha; suas aulas na escola eram pela manhã. De vez em quando, ele dava a Aycayia seus fones de ouvido para que ela pudesse ouvir o poderoso Bob cantando "Slave Driver". Foi uma época tranquila, junho e julho de 1976. Não aconteceu muita coisa em Concha Negra naqueles meses. A chuva caía forte. Todos que avistaram a sereia no cais em abril a haviam esquecido muito tempo atrás; ela havia se dissolvido no folclore local.

Aycayia absorvia as novas línguas que estava aprendendo, a Língua de Sinais Americana, o dialeto de Concha Negra e o idioma escrito em livros. Ela absorvia tudo como uma esponja do mar; estava há tanto tempo com a boca seca para falar, sedenta para conversar. Devagar, devagarinho, tudo começava a se encaixar. Um dia, ela ergueu os olhos dos livros, lançou um olhar duro para a srta. Rain e disse: "Eu danço pra querer". O rosto dela ficou radiante.

"Ótimo", disse a srta. Rain. "Bom começo."

Depois disso, novas palavras se multiplicaram e mais frases embaralhadas dispararam da boca dela, cada vez uma surpresa e cada vez tornava a srta. Rain e Aycayia um pouco mais seguras naquela parceria. As próprias palavras dela também começaram a se soltar. Quando estendeu a mão para o jarro, lembrou-se do nome, *jiguera*, e depois do que havia dentro, *toa*. A srta. Rain assentiu, com esperanças de que a língua perdida de Aycayia pudesse ser recuperada.

Ainda assim, seus olhos eram muito brilhantes na parte branca e as mãos e os pés ainda estavam palmados com uma delicada membrana cor de quartzo rosa. Apesar disso, ela andava com um andar inclinado e observava tudo e todos com uma expressão aberta e gentil. Mergulhava em devaneios, com o rosto voltado para cima, como se estivesse observando alguma coisa em outro lugar. Olhava para o mar, com frequência. Ainda tinha aquele forte aroma de mar salgado. Vestida com as calças e camisetas de David, seus tênis Adidas tamanho 40, era antiga e moderna, uma mulher indígena que também se tornava uma mulher birracial de Concha Negra. As tatuagens nos ombros falavam de um povo que tinha uma conexão sagrada com pássaros e peixes, luas e estrelas. Seu rosto brilhava. Ela estava "vindo a ser" como diziam em Concha Negra. Com o tempo, quem saberia o que podia acontecer, se ela conseguisse "passar" de novo por humana.

Então, naquela mesma manhã, enquanto David foi cuidar do barco, Aycayia estava sozinha em casa quando avistou Priscilla pela janela. Ela se abaixou, mas a mulher a vira assim mesmo. Aycayia ficou tremendo de medo, de costas para a parede, tentando ficar quieta. Ela sentia o cheiro de amônia da urina conforme uma gota quente escorria pela coxa. Queria voltar para o reino do mar para se esconder, para ficar sozinha de novo, sem outras mulheres. Ficou imóvel ali por vários minutos. Então colocou a cabeça para trás para espiar; Priscilla ainda estava lá, olhando pra dentro. As duas permaneciam ali, frente a frente, apenas uma parede e uma janela aberta entre elas.

"Quem diabos é você?", perguntou Priscilla.

Isso Aycayia entendeu. Não respondeu, mas fechou a persiana na cara da mulher e se escondeu de novo, encostando na parede, respirando rápido.

Priscilla reabriu a persiana com um pedaço de pau.

"Tá bom, tá bom", disse ela, sentindo-se com a razão. "Prima? Isso que você é? É? Senhorita Vesga? Prima, até parece. Não me vem com essa, não."

Aycayia não saiu do lugar.

"Eiiii, sei que cê tá aí. Só quero te conhecer. Ei, moça? Moça dos olhos engraçados."

Aycayia tremia. Já estava acontecendo de novo? Há quanto tempo estava em Concha Negra? Semanas, nem mesmo dois meses? Ela respirou fundo e voltou para a janela.

Elas ficaram se encarando. Aycayia concluiu que daria uma surra naquela mulher se ela tentasse entrar. Embora viesse de um povo que praticava a paz, havia uma hora para a autodefesa e houvera guerreiros em sua tribo. A própria mãe tinha sido uma, a esposa de um cacique. Ela daria um tapa na cara de Priscilla se fosse preciso.

"Tô aqui", disse ela pela janela, com a voz suave e forte. Tinha sido famosa por sua voz doce. Mas aquelas palavras, para Priscilla, soaram estranhas, um sotaque difícil de entender.

A mulher a examinou com atenção e Aycayia a deixou olhar, mas, após isso, abriu a boca e soltou um grunhido arrepiante de séculos atrás.

Priscilla recuou, como se tivesse visto uma assombração nos olhos prateados da mulher. Aycayia lhe lançou um olhar que dizia *fica longe de mim*.

Ela se afastou, cambaleando e murmurando pensamentos maldosos. Que tipo de mulher David preferia a ela depois de todo aquele tempo como vizinhos? Uma louca? Ou ela era retardada? Por que ele a estava escondendo? Ninguém mais ouviu a comoção, mas Priscilla foi embora tramando. Ela nasceu apoquentada, ou era isso que as pessoas diziam.

David tinha um pedaço quadrado de espelho no andar de baixo da casa que ele usava para se arrumar. Aycayia o havia evitado até então. Depois de ter certeza de que Priscilla havia ido embora, ela decidiu se olhar nele. O mar nunca lhe dera muito reflexo, então ela se aproximou com apreensão. Olhou pra ele por vários minutos. Os olhos começaram a sangrar lágrimas; foi um choque ver a si mesma. Aycayia não tinha envelhecido nada desde a última vez que fora mulher. Mesmo assim, não era a mesma, não era aquela garota com seis irmãs, todas afogadas, aquela que já tinha sido feliz uma vez, mas por pouco tempo. Viu uma versão de seu eu mais jovem, viu que sua longa e solitária vida no mar havia deixado marcas em seus olhos. Encarou por um longo tempo, tentando se lembrar dos dias antes de ser banida. Os pretendentes que a perseguiam agora eram um borrão, cada rosto se fundindo em um. Ela não tinha se entregado a nenhum deles. Alguns a queriam como uma segunda esposa, ou mesmo uma terceira. Um tentou subornar o pai dela com terras, outro prometera a ela uma casa própria nova. Ela se mantivera firme; estava muito triste com a morte das irmãs. Mas ainda assim chegaram aqueles homens, ardentes, insistentes para que ela escolhesse um deles, oferecendo-lhe tudo. E apesar disso ela dançara. Não tinha entendido o poder que exercia sobre eles e o ressentimento das outras mulheres. Então o grande furacão apareceu do nada, feroz em sua ira, trazendo consigo os séculos de exílio dela. Aycayia olhou para seu rosto jovem, antigo e triste, cumprimentando-a de volta, dizendo uma nova palavra repetidas vezes, lentamente, como se lançasse um feitiço: lar.

Diário de David Baptiste, junho de 2015

Bem, bem cedinho, antes do amanhecer, levei minha piroga pro mar, pras mesmas rochas da Baía da Desgraça. A água tava calma e um pouco de chuva caía. É tipo o meu lugar para ir e rezar. Soltei a âncora e fiquei sentado por um tempo. Num posso realmente sair pra pescar. O mar tava escuro e o céu também. Nada se compara a estar sozinho num barco à noite. Terra à vista, *oui*. Ali, fantasmas visitam na brisa, vindos de séculos passados, de uma época antes de todo mundo se misturar e se perder. Embora eu sempre tenha sabido quem eu era em Concha Negra, a história da família não vai muito longe. Essa memória foi apagada por causa da maldade da escravização. Baptiste é o nome do dono da plantação, nome do homem francês de muito tempo atrás. Cê acha que tô feliz com isso? Sei que meu nome verdadeiro nunca ia ser conhecido por mim, um mistério. Me senti encher de dor, com a perda antiga daqueles dias. Isso vem do nada, de vez em quando. O sentimento vem como uma mensagem ao vento, ou é assim que me pega. Antes e agora. Principalmente, quando eu tava sozinho no meu barco. Foi aí que conheci a minha amiga de alma, a mulher-sereia de tanto tempo atrás que ela também num se lembra dela mesma. Nós dois éramos pessoas perdidas. Senti um aperto no peito, sentado no meu barco. Esse sentimento era por ela ou por nós dois?

Eu sabia que os fantasmas vinham do mar pra terra. Dava pra sentir eles lá. Sentei ali e me perguntei que tipo de homem é assassinado aqui nessa baía e por que razão?

Os homens brancos chegam de longe e depois navegam de volta pro lugar de onde vieram. Sempre imagino que são os sentimentos de insegurança que fazem alguém querer tirar dos outros. Os que vinham aqui eram cheios de espírito assombrado, sempre inquietos. Fantasmas entram na baía, fantasmas de homens brancos, e homens vermelhos e homens pretos como eu, que vêm como uma correnteza trazendo desconforto e nervosismo. É só minha humilde opinião. Mas é isso que os homens brancos trazem aqui pro Caribe: problema. Antes e agora, eles estão sempre de olho e aí levam alguma coisa.

O amanhecer chegou lento e gentil. Olhei em volta e vi alguma coisa na água à frente. Senti um pavor na barriga, como se outra mulher fosse levantar a cabeça no meio das ondas. A última coisa que preciso. Bem nesse momento vi uma grande tartaruga-de-couro partir pra superfície. Ela veio na minha direção, nadando devagar. Nenhuma outra criatura viva à vista, apenas eu e aquela velha tartaruga-de--couro, como se ela tivesse indo direto pro meu barco. Me levantei e fiquei olhando ela vir; coberta de musgo, parecido com um pedaço de terra nas costas, e então surge do nada o pensamento de que ela tem alguma coisa a ver com a sereia. Acelero o motor, porque num quero ser possuído de novo. Puxo a âncora e saio de lá rapidinho, rapidinho, e deixo a tartaruga lá, tão grande, coberta de cracas. Acho que ela também conhece o motor do meu barco. Não, cara, tempos estranhos. Voltei pra casa justo quando o sol nasceu e os outros pescadores tavam saindo. Me perguntei o que mais havia no maldito mar para os homens pegarem.

A srta. Rain me ensina a língua da ilha Concha Negra
Ela disse que era um tipo de linguajar
Ela me ensina como ensina Reggie
seu próprio filho nascido sem linguagem
então a gente tinha isso em comum
Eu tinha esquecido a minha
língua de milhares de anos
desapareceu da minha boca
A srta. Rain me contou que o filho nasceu surdo
quando ela pegou sarampo
Semanas se passam aprendendo
    palavras como dar e receber
como pavão, rampeira e zombaria
como tudo que essas coisas significam
Falar é liberdade
Começo a falar o máximo possível
Não tem como me calar, disse a srta. Rain
Lhe faço muitas perguntas
Como é feita a sua casa?
Com madeira e cimento
Quem é o chefe aqui, o cacique?
Ela me disse, eu sou
A srta. Rain não é uma cacique
Ela me conta que sua família é dona de
uma parte da ilha Concha Negra,
mas isso não é a mesma coisa que cacique significa
A srta. Rain me ensina muitas coisas
e novas palavras também

filho da puta
em resumo
mesa
cadeira
coração
wajang

Eu pergunto por que todo mundo em
    Concha Negra tem a pele preta
Ela me contou como os negros vieram
Pergunto pra ela onde estão as pessoas
    de pele vermelha como eu
Ela me disse que estavam quase todos
    mortos e enterrados, assassinados
Aprendo muito com a srta. Rain
como o almirante castelhano
ASSASSINA todo o meu povo em
    um tempo muito curto
Meu povo morto há muito tempo
Chorei
Ela me disse que muitos negros
    também foram assassinados
Pergunto se os cristãos espanhóis são
    os donos de tudo agora
Ela disse que não mais e ficou com o rosto vermelho
como se tudo tivesse acontecido em pouco tempo
só quinhentos anos quando o
    mundo é muito velho
Isso tudo acontece rápido

Minha família é dona de toda essa
       parte da ilha, diz ela
A terra não deve ter donos, falo pra ela
Forte puxão o tempo todo longe da
       terra de volta pro mar
mas eu nunca quero voltar
Quero continuar sendo meu eu mulher
mesmo aqui quando meu povo tá
       morto há muito tempo
Quero estar aqui na terra novamente
mas no fundo sei que ainda
       tem alguma confusão
Ainda sou meio a meio
metade mulher e metade mulher amaldiçoada
amaldiçoada ainda neste novo lugar
Igual, igual em todo o lugar
O mar é uma atração forte
mas quero continuar humana

NOVAS PALAVRAS:
mamoncillo
dança
cão
bolo
porque
quebrado
amor
manga
boa noite

6

Chuva de peixe

À noite, Aycayia não conseguia dormir. Um futuro com a possibilidade de possibilidades a mantinha acordada. Um profundo senso de conhecimento de muito tempo atrás despertara nela. Tinha a ver com ser mulher e com tudo que significa ser mulher, viver como mulher.

    Ela estava deitada na cama de David no andar de cima, uma das mãos no coração e a outra no ventre. Durante séculos ela viajara pelas águas frias do oceano, procurando a possibilidade de um companheiro. Mas não havia união com a própria espécie; nenhum tritão apareceu em todo aquele tempo. Ela tocou-se lá embaixo e se perguntou sobre David. Ela o estivera observando, observando-o observá-la. A sensação lá embaixo, entre as pernas, era intensa, como uma força própria. Isso a estivera mantendo insone à noite e ela sabia que tinha a ver com ele. O pescador cheirava bem, um cheiro de homem, cheiro de pele, de lar, seu corpo cálido. Enquanto estava deitada em sua cama, ela podia ouvi-lo respirando ruidosamente no andar de baixo. Estava escuro lá fora. Ela cantarolava uma melodia suave sobre as irmãs. Eram mais velhas do que ela, todas de rosto bonito. Tinham todo tipo de segredo — Aycayia sabia disso — e os haviam escondido dela, a caçula, como se fossem mistérios que ela só viria a compreender mais tarde, quando fosse mulher, com idade para se casar. Mas ela tivera muitos sonhos sobre casamento, e neles, o casamento sempre envolvia sua morte. Ela jamais havia gostado da ideia. Em vez disso, pusera-se a cantar e dançar suas canções. Aycayia, "voz doce", era um nome que lhe fazia jus. Ela atraía os homens, não conseguia repeli-los, mas ao mesmo tempo não aceitara nenhum deles. Não queria se casar: um casamento mataria uma parte dela, por isso não aceitava homem algum. Então suas seis irmãs morreram afogadas, em um acidente de canoa, e ela ficara sozinha. Os homens ainda a perseguiam e faziam ofertas a seu pai. Mas ele estivera muito abatido pelo luto para deixá-la ir, sua última filha, e assim ela fugira.

A aflição entre as pernas parecia maior do que ela, do que os medos de casamento e morte, e fluía de sua metade inferior por conta própria. Isso emanava um calor pelo corpo até o coração, fazendo-a sentir-se estranha e cheia de tensão. Ela se revirou, sem entender o que era essa aflição, por que a ocupava e era tão exigente. Talvez tal inquietação estivesse presente na pélvis por algum tempo, talvez desde que vira David pela primeira vez na Baía da Desgraça. Será que Aycayia tinha começado a voltar a ser uma mulher desde então? Um pescador. Ele a acendera e Aycayia se mantivera nos arredores da costa de Concha Negra por causa dele, distraída, com as entranhas doendo. Talvez tivesse carregado uma aflição consigo por todos aqueles séculos. Então foi pega, içada do mar. Ela ouviu a respiração pesada de David e se apavorou com os pensamentos a respeito dele, as mãos, as partes secretas. Ah! E, no entanto, também se perguntou como seria deitar-se ao lado dele.

Em silêncio, levantou-se da cama e desceu as escadas. Um lampião iluminava a sala, então não estava totalmente escuro, e sim, cheio de sombras. David estava dormindo no canto; deitado ali, um braço acima da cabeça, o outro caído para o lado.

Aycayia aproximou-se, temerosa, mas também compelida a olhá-lo. O peito dele subia e descia com a respiração. Ela chegou perto e se ajoelhou. A coberta fina em cima dele tinha escorregado. David estava nu, exceto por uma cueca boxer amarela. Ela estava com a sensação de que, se ele acordasse, seria o fim dela, o fim de algo, ou mesmo o início de sua vida de mulher. Ele iria estender a mão e tomá-la nos braços. Aycayia pressentia esse sentimento entre eles, que David também notara, e que não era uma coisa que eles poderiam continuar ignorando. Como ela desejara estar com um homem e como os temera. Ela ficou observando o peito dele elevar e baixar. Observou a pele macia e suave, pele de homem, preta como tinta de lula, como o mar mais escuro, a maciez esticada ao longo de todo ele. Ela estudou seus antebraços e suas mãos — fortes, fortes. No peito, um punhado do que pareciam ser tufos de grama, curtos, como penugem.

Ela queria tocar ali, mas não ousava. O rosto dele estava quieto, os olhos fechados, como se estivesse em paz; a respiração era profunda, não roncando, apenas profunda e alta, e isso a fez sorrir. Sobre o que seriam seus sonhos? Estava sonhando bastante, com certeza.

Ela queria se deitar ao lado dele e se encaixar em seu corpo. Suas irmãs escondiam segredos e ela gostaria de conhecê-los agora. O que fazer? O que dar a um homem? Como estar com um? A srta. Rain tinha dito que "homem" era chamado de muitos outros nomes: pai, filho, menino, amante. Amante era uma coisa doce, dissera a srta. Rain e seu rosto ficou triste ao falar aquilo. Ela, Aycayia, tinha sido amaldiçoada, selada dentro de uma cauda pesada, banida para águas onde não havia outras criaturas semelhantes a ela. Lá não era mais um risco para as outras mulheres da aldeia. Suas irmãs não podiam mais lhe mostrar nada. Ela teria que se virar sozinha.

Ela estudou o rosto de David com atenção por um bom tempo. Queria beijá-lo nos lábios. Queria segurá-lo pela mão. Logo, sabia que seria o destino deles. Viu a forma longa e lisa em suas cuecas e sentiu que aquela era a parte mais forte dele, e estava adormecida também. Era o que mais a atraía e o que ela mais queria olhar — e era ainda o que ela temia também. Era vida e morte. Seria como uma longa espada capaz de matá-la. Era o segredo que todas as mulheres plenas conheciam. Ela teria que enfrentá-la, aquela coisa comprida, a parte secreta dele, como uma cobra na mata de suas coxas. Havia sido moldada, deduziu ela, para dar prazer a ambos. Mas, também, para matá-la, levar à morte da donzela. No entanto, era a porção dele que Aycayia mais queria explorar, aquelas partes escondidas, as colinas e encostas lá embaixo. Ela e ele, seriam os dois exatamente como os golfinhos que ela reparara no oceano, atracados, dançando, montados um no outro? Ela sabia que era um jeito de se unir. Era assim que as coisas funcionavam.

Aycayia ficou admirando David até o amanhecer, até os joelhos doerem e ela precisar dormir. Sentia todo tipo de coisa por aquele homem: logo, logo, isso aconteceria. Ficou segurando a barriga enquanto olhava para ele. O ato a transformaria em outra coisa. Essa era a informação secreta que as irmãs haviam ocultado. Estava tonta e desequilibrada. Queria segurar aquela parte longa e secreta de David, acariciá-la bem, bem suavemente, pressioná-la entre os seios. Principalmente, queria colocá-la na boca.

Os dias se passaram, uma distância tranquila entre eles. Indo e voltando da casa da srta. Rain para mais aulas, David indo consertar o motor da piroga. Refeições mais tranquilas à mesa. Ele notou que ela havia encontrado um pedaço de corda para amarrar o cabelo para trás, e seu rosto estava mais visível, mais brilhante e radiante. Ela gostava de vê-lo fumar.

Um dia, ele lhe ofereceu a ponta de seu cigarro e ela aceitou. David fez um gesto de sucção com a boca. Ela levou o cigarro aos lábios e deu uma tragada, de leve no início.

Nada aconteceu, então ela chupou com força e inalou uma grande baforada de fumaça. Arquejou e se engasgou com força, tossiu e cuspiu, apertou os olhos e então balançou a cabeça, lançando um olhar feio para ele.

"Desculpa, desculpa", disse David. O rosto dela ficou com uma estranha cor esverdeada e ele percebeu que eram os produtos químicos misturados ao tabaco que a incomodavam. Ela foi para a varanda e vomitou no quintal. Harvey ganiu e latiu para ele. Ele deu uma mordiscada no cigarro ofensivo.

"Meu Deus, desculpa, querida, mil desculpas. Não fuma de novo." Ela o encarou um pouco mais. Péssima jogada. Ela ficou deitada de bruços pelo resto do dia com a cabeça pendurada na varanda, vomitando bile. David esfregou as costas dela. Por que ele era tão estúpido em relação a ela?

Como um humilde pescador seduz uma sereia? Não lhe ofereça um cigarro e quase a mate com os produtos químicos. Não cozinhe peixe para ela. Não a cobice de forma alguma, nem um pouco. Desvie os olhos da nudez dela. Desvie os olhos quando ela sorrir, um sorriso que ilumina cada pedacinho de você. Não espere que ela goste de você, muito menos que o ame. Dê a ela sua cama. Dê a ela suas roupas. Ouça-a cantar à noite, canções de bela melodia. Ajude-a a andar outra vez. Ajude-a a encontrar uma linguagem, qualquer uma no início. Espere que as próprias palavras dela fluam em breve. Não fique aborrecido porque seu vira-lata fiel gosta muito dela. Não caia desesperadamente em uma tristeza agridoce porque seus sentimentos não podem ser correspondidos. Ela viveu por séculos no mar. Quem foram seus amantes anteriores? Houve algum? Quem ela deixou para trás? Será ela um dia capaz de perdoar os homens que a arrastaram para fora do mar, ou as mulheres que a amaldiçoaram e a fizeram entrar nele?

A chuva caía quase todos os dias, e forte. Eles se observavam. Ela experimentou legumes cozidos no vapor, comeu-os de forma quieta e graciosa. David havia entendido que não podia definir o ritmo. Persegui-la ou ir rápido demais a assustaria. Não podia esperar que nada fosse igual ao que conhecera até então com as mulheres. Seus dias ficaram mais iluminados desde que a encontrara; ele teria que esperar, e mesmo assim poderia não chegar aonde estivera antes. Ele não conhecia lugar mais doce do que o sexo quente e oculto de uma mulher. Não havia nada mais alegre do que colocar a cabeça dele ali, entre as pernas dela, nada mais prazeroso do que o sexo doce, doce no crepúsculo. O sexo tinha sido sua verdadeira vocação na vida. Não era ser um pescador, ou ser a porcaria de um cantor com seu violão velho; nada disso. Sua verdadeira vocação era ser amante de mulheres; ele sabia como lhes dar o que gostavam. Era um dom, uma verdadeira vocação, ser um doador de prazer. Ele se acalmaria e deixaria o ato acontecer em seu tempo; quando ela estivesse pronta.

A srta. Rain notou que Reggie tinha mudado desde a chegada de Aycayia. Ele nunca havia tido uma amizade assim antes. Sim, havia outras pessoas, além dela, na vida do filho.

Sim, ele havia conhecido outras crianças, mas a triste verdade era que só tinha conseguido se comunicar, com fluência e facilidade, com Geraldine Pike e ela. Agora, depois das sessões vespertinas de Aycayia, ela e Reggie passavam um tempo juntos no jardim, conversando com as mãos. O menino havia mostrado a ela a letra de "Get up, Stand Up", de Bob Marley, e eles cantavam juntos. Na verdade, ela estava aprendendo a língua de sinais com muito mais facilidade do que a falada, embora sua voz fosse diferente de todas as outras que já ouvira. Aycayia falava como se tivesse mel na boca. Voz bonita, de fato. De vez em quando, ela cantava uma melodia e a srta. Rain fechava o livro, sentava-se e a aula parava, temporariamente, até que ela terminasse a música. As canções vinham sempre que escolhiam surgir. Aycayia não conseguia detê-las; era como se estivessem presas dentro dela, esperando em uma longa fila, e de vez em quando uma surgia.

Antes da chegada de Aycayia, a srta. Rain e Reggie formavam uma comunidade pequena e fechada de dois. Ninguém subia à grande casa no morro, feita principalmente de cipreste e mogno — que estava sendo comida de dentro para fora por cupins. Os velhos degraus de pedra haviam perdido a maior parte da argamassa. A sacada da frente estava podre e coberta de mofo. O telhado havia perdido parte das telhas no último furacão e os pássaros faziam ninhos nas madeiras. Agora, eles eram uma comunidade de três. Todas as noites, Reggie ia para a cama animado e realizado. Uma amiga. Uma ex-sereia, uma jovem se transformando e aprendendo a falar a língua dele. Tão poucos, se é que alguém, poderia ter criado um laço assim com Reggie, o filho talentoso e bonito, a quem ela havia amaldiçoado.

Uma tarde, o vento aumentou e a chuva entrou na casa pela lateral. Quando isso acontecia, a varanda inundava e a srta. Rain e Reggie se escondiam lá dentro, tremendo e olhando com admiração para a selvageria de tudo. As chuvas de junho, especialmente ali na extremidade de Concha Negra, que despontava no vasto Atlântico e às vezes ficava no caminho dos furacões, traziam vida para o próximo ano, mantinham a ilha resplandecente para a estação de estiagem seguinte. A terra bebia até se fartar em quatro curtos meses, e então inchava, de barriga cheia. Às vezes, porém, partes das montanhas e árvores desenraizadas deslizavam pelas encostas de penhascos íngremes e barricavam uma metade da ilha da outra. O pessoal de Concha Negra sempre levava uma pá no carro na estação das chuvas. Homens rasta e ocupantes ilegais que viviam em barracos nas colinas muitas vezes precisavam reconstruir as moradias.

Para a srta. Rain, o rugido da chuva era ensurdecedor e a fazia refletir sobre como seu filho não tinha consciência dos sons de perigo. Ele nunca tinha ouvido trovão, tiro ou estouro no escapamento do carro — ou gritos de socorro. Uma vez ela tropeçou, caiu nas escadas, torceu o tornozelo, e ele não a ouviu gritar. Por fim, Geoffrey, o jardineiro, a encontrou. A srta. Rain estava sempre consciente de que precisava ficar de olho no filho na estação chuvosa e, no entanto, naquela tarde, emboscada pela chuva que entrava de forma lateral, com as persianas batendo, um grande vaso de buganvílias quebrado e os pavões voando para o abrigo e disparando insultos, ela não notara que Reggie e a nova amiga tinham desaparecido nos arredores do jardim. Havia um portãozinho branco que levava a um caminho que, por sua vez, seguia em direção à floresta tropical cheia de uivadores e cobras. A srta. Rain estava ocupada demais limpando a inundação para perceber que o filho e a pupila tinham saído para lá.

❋

A dupla se afastou, conversando, muito antes de o aguaceiro mais forte chegar. A trilha para a floresta, clara e aberta, era gramada no início, e então tornava-se mais íngreme e menos distinta. Logo a chuva começou e eles correram para se proteger na floresta. Aycayia fez o que deu com seus tênis Adidas tamanho 40. Seguiu Reggie, que correu para o abrigo da velha figueira gigante, Papa Bois, ou era assim que sua mãe a chamava. Embora a chuva caísse pesada, as árvores aparavam boa parte dela, principalmente as folhas da embaúba, que eram grandes como pratos. Mesmo assim, eles ficaram encharcados. Quando encontraram Papa Bois, a figueira gigante, Aycayia parou de repente e arquejou. A árvore tinha trezentos anos, contou-lhe Reggie. Ela acenou um "olá" para o rei gigante, e a árvore acenou de volta.

Eles se amontoaram nas raízes gigantescas, raízes que se erguiam do solo como um labirinto. Aycayia lembrou-se das florestas de sua outra vida, quando ela ficava diante do reino das árvores e cumprimentava todas elas. Tinha a sensação de que a tempestade era por sua causa, que a chuva vinha do mar, rosnando, querendo agarrá-la de volta. Eles ficaram parados, absortos em si mesmos, olhando para os cipós pendurados na árvore e as jorradas de água se desenrolando dos céus.

Em meio a tudo aquilo, Reggie não conseguia reprimir sua curiosidade e admiração; ele sinalizou uma pergunta:

Onde você morava antes do mar?

Uma ilha.

Como esta?

Sim.

Com árvores tão grandes?

Sim. Muitas árvores desse tamanho.

Esta árvore tem um nome, Papa Bois.

Tínhamos um nome para as árvores. Então aquela palavra veio, de repente. *Yabisi.*

Ele assentiu. Papa Bois é uma história, disse ele. Sobre um homem idoso.

Eu também sou uma história.

Reggie assentiu. Tudo no mundo tinha uma história. Ele tinha uma também. Escreveria ela um dia, e escreveria sobre a sereia.

Você está bem? Sinalizou ele.

Não.

Aycayia não havia conseguido expressar esse sentimento até então.

Reggie deduzira que ela não estava feliz. Não era uma simples questão de não estar em casa, ou não estar a salvo. Ele foi tomado pelo desejo de abraçá-la e o fez, a apertou com força.

Aycayia não era abraçada havia milênios. Lágrimas rolaram pelo rosto dela. Então, estrondos agudos de trovão irromperam, sons profundos e fluentes, como se os deuses estivessem jogando uns aos outros pra lá e pra cá. Ela percebeu que Reggie não era capaz de ouvir nada daquilo.

Deve ser assustador estar aqui de novo, na terra.

Sim.

Você é minha primeira amiga.

Aycayia assentiu e um fluxo de sentimentos inesperados surgiu dentro dela, fechando sua garganta.

Estou feliz por ser sua boa amiga.

Era solitário no mar?

Ambos pararam à palavra solitário. Reggie teve que fazer vários sinais para ela entender a palavra, até que Aycayia assentiu e seu rosto se anuviou.

Havia outra mulher comigo, sinalizou Aycayia. Ela era idosa. Ela se tornou uma tartaruga.

Aposto que ela sente sua falta agora.

Aycayia assentiu.

Como você sobreviveu?

O sentimento solitário?

Sim.

Foi difícil. Ainda é. Ainda sinto a solidão no meu corpo e no meu coração.

Reggie assentiu. Ele entendia.

Quando eu tiver 12 anos, vou pra uma escola para crianças surdas. Nos Estados Unidos.

Aycayia bateu palmas e sinalizou que ele tinha sorte; havia outros como ele. Ele iria encontrá-los.

Você encontrou outras sereias no mar?

Ela balançou a cabeça.

Sinto muito.

Aycayia estremeceu. O sentimento de solidão era uma coisa terrível de suportar. Mas o mar era outro reino; tinha coisas que ela havia visto, maravilhas, as criaturas com quem fizera amizade lá, os perigos à espreita, as orcas e os tubarões. O mar era um mundo silencioso, porém senciente. Ela havia aprendido a amar partes dele.

Foi então que uma cavalinha atingiu o solo.

Atônitos, eles ficaram observando o peixe se debater e se contorcer na margem lamacenta da terra. Tinha caído do céu, mas devia ter vindo do mar.

Aycayia soltou um grito, olhando para cima.

Outra cavalinha pousou, *vap*. Esta também se debatia e saltitava em um frenesi de choque. Eles ficaram olhando aquilo com horror, recuando contra a parede de raízes da árvore.

Outro peixe caiu. Em seguida, outro e outro, até que seis ou sete peixes prateados menores caíram do céu, por entre as árvores, e o terreno estava vivo com cavalinhas se debatendo.

Eles olharam para cima. Alguém as estava derrubando da árvore? Havia outra pessoa lá em cima, nos galhos? Alguém escondido? Essa pessoa estava tentando se fazer notar?

Mais peixes em cascata.

E, então, uma gargalhada inconfundível. O riso de muitas mulheres nos céus. Depois o céu se abriu. Centenas de cavalinhas prateadas choveram por entre as árvores.

Reggie gritou.

O céu estava tonto com peixes caindo, uma cortina de prata na frente deles. Como um barco de pesca esvaziando as redes.

Aycayia agarrou Reggie pela mão e correu, arrastando-o para longe da figueira gigante.

Ela correu com pernas incertas, como se a própria *diablesse* a estivesse perseguindo pelas encostas das montanhas e de volta para a grande casa.

Eles chegaram, peitos arfando, gritando que peixes estavam caindo do céu.

A srta. Rain sibilou com raiva. Tinha acabado de limpar a varanda e ficou irritada por eles estarem enlameando tudo de novo, até que viu o susto que ambos tinham levado. Reggie fazia barulhos altos e as mãos formavam muitas palavras ao mesmo tempo, rápido demais para ela ler, algo sobre peixe. Aycayia estava gritando: "PEIXE, eles vêm atrás de MIM". Ela estava dançando para cima e para baixo e chorando. Isso perturbou os pavões, que começaram a piar. A srta. Rain tapou os ouvidos diante de tal clamor.

Então eles viram. Uma nuvem de tempestade os tinha seguido. Pequena e alta, milhares de peixes caíam dela, como uma cachoeira de corpos prateados, descarregando no jardim. Centenas de peixes. O gramado, em geral verde e aparado, e careca aqui e ali, a grama dura e velha de savana, estava cheio de corpos de peixes prateados — cavalinha, agulha-preta e sabe-se lá Deus o que mais.

"Santo Deus do céu e do inferno!", gritou a srta. Rain, horrorizada. Então a pancada cessou.

"Que diabos...", murmurou ela.

Uma única cavalinha caiu do céu, ziguezagueando em espiral para baixo, como uma sapatilha de balé.

Nada mais. Nem sardinha, nem atum.

A srta. Rain ficou de queixo caído.

O que antes era um gramado, agora era um mar de peixes, debatendo-se. Então ela também ouviu. Uma gargalhada suave, acima dos ventos.

Aycayia estava chorando.

Reggie também estava, com meleca escorrendo do nariz, a boca tremendo.

"Putas", sussurrou Arcadia. Ela se virou para olhar para Aycayia, uma mulher cuja história ela só conseguia adivinhar. Haveria algum tipo de maldição sido lançado contra ela, por outras mulheres? Maldição esta que a perseguira através dos séculos? Inveja, talvez, ou algo assim.

Ela abraçou Aycayia, sacudiu o punho para o céu e sussurrou. "Arrá. Tá bem. Tá, vocês aí, certo. Tá entendido. A gente tá pronto."

❦

Demorou muito pra me acalmar
    depois da chuva de peixe
Poder da maldição não é pouca coisa
David veio me levar pra casa
Fui dormir por muitas horas
Sei então que a vida na ilha Concha
    Negra vai ser curta
Já não sou mais como era quando menina

Não tem como mudar pra uma maneira
   e depois mudar de volta
Sem esperança disso
Depois da chuva de peixe percebo que
   a maldição é forte, forte
Mulheres consultaram a poderosa Deusa Jagua
A maldição gruda em mim, mesmo elas já
   estando mortas tem muito tempo
Ser mulher jovem tá amaldiçoado pra sempre
Sem esperança de felicidade
Choro por algum tempo
Sei que tenho que voltar pro oceano
Pego a concha na varanda de David
pra chamar minha velha
   companheira Guanayoa
Ela vai estar esperando por mim igual, igual

Penso muito em David
Quero ser uma mulher completa
Ainda sou virgem e me pergunto
sobre essas partes secretas de um homem
Sonho com minha morte, eu morrendo
Penso em me matar
Minha própria morte
Começo a pensar nisso
Eu poderia me enforcar
acabar com a maldição
Começo a analisar isso

Num durmo desde a chuva de peixe
Sonho a maldição e a maldição me sonha
Me segue até a terra e me segue nos sonhos
Começo a planejar acabar com a maldição
me matar na ilha Concha Negra
Era aí que a maldição terminaria

***

Diário de David Baptiste, julho de 2015

Nada vinha fácil pra Aycayia. Mas percebo como as coisas mudam depois que a srta. Rain me conta sobre a nuvem de chuva de peixe que seguiu ela. Eu mesmo não vi a chuva, mas vi todos aqueles peixes no gramado, e foi difícil explicar isso pro jardineiro, Geoffrey, um camarada gente boa da aldeia, um nobre caladão. Pedimos pra ele num dizer nada. Carreguei Aycayia pra casa e depois voltei pra casa da srta. Rain. A gente colocou os peixes em quatro grandes sacos de lixo e jogou eles na traseira da minha caminhonete. Levei pro mercado na Cidade Inglesa pra vender; ninguém fez muita pergunta, me livrei deles rápido e ainda ganhei um dinheiro. Voltando pra casa, encontrei Aycayia dormindo profundamente.

Mais tarde, ouvi ela chorando, como se estivesse com muito medo. Como se alguma coisa ainda seguisse ela. Até então, eu achava que ela tava mais ou menos a salvo. A gente cuidaria dela, eu e a srta. Rain, e com o tempo ela ia poder andar pela aldeia e, devagar, devagar, todo mundo ia aceitar ela. Então — meu plano — eu ia pedir ela em casamento. Até imaginei nossa vida juntos, nossos filhos. Vida feliz — pra sempre. Eu tava me perguntando se deveria dizer o que tava na minha cabeça. Mas parece que ela tem um problema sério, como se ela tivesse trazido isso da sua vida de antes. E aquela velha concha da minha varanda acabou na cama dela de novo. Eu ainda tô dormindo lá embaixo, querendo que ela venha a si.

"Eu quero nadando." Estas foram as primeiras palavras pra mim. Ela disse isso depois da chuva de peixe. "Eu quero nadando."

Essas palavras são surpreendentes, acredite. Era de se imaginar que ela já tinha visto o mar o suficiente. Mas não tinha.

"Me leva pro mar", disse ela. Dois meses comigo e ela tava aprendendo nossas palavras. Então, no dia seguinte, com Harvey, eu levei ela até uma parte do mar que era quieta, e numa hora do dia tranquila também. Nascer do sol. Ninguém por perto. A gente desceu até a beira do mar e ela começou a chorar com a visão. Senti minhas entranhas confusas. Eu, um pescador, e ela minha amiga; o mar era o nosso casamenteiro. Até então, ela só vinha olhando pra ele da minha varanda, de longe. Mantinha distância. Depois, ela tinha perna, mas aí é como se não tivesse nenhum equipamento especial pra ajudar ela a nadar. Apenas o corpo de uma mulher, como qualquer outro.

Por sorte, ninguém tava por perto. Ela tirou o que vestia e os tênis e correu pro mar, com Harvey latindo atrás.

Eles eram camaradas, ela e ele. Eu entendia que os dois tinham algum tipo de linguagem secreta entre eles.

No começo, eu só fiquei assistindo. Por mais que eu consiga flutuar e remar, não sou nenhum nadador, nem antes nem agora. Imagina só, um pescador que não sabe nadar muito bem. Mas isso é normal por aqui. Então fiquei olhando enquanto ela e Harvey brincavam na parte rasa, perto da margem. Me senti feliz por ela. Eu não queria entrar, não no começo. Mas, de repente, me vi tirando as calças e entrando de cueca. Eu tava na água, até o peito, e ela, a minha sereia, Aycayia flutuava nua de costas. Tava sorrindo pro sol. Os longos *dreadlocks* flutuavam em volta dela, como cobras. As tatuagens criavam formas sob a água. Só então vi que ela tinha se transformado, inteira, como eu não tinha visto antes, como quando ela era uma sereia, meio a meio, com a metade superior saindo das ondas. Agora, ela era uma mulher completa e isso me tirou o fôlego. Eu tava com a barraca armada debaixo d'água — mas ela não viu. Fiquei feliz por ela e preocupado também, caso ela decidisse voltar a ser uma sereia ali mesmo e nadasse pra longe. Harvey nadou em volta dela, mordendo a água. Bem assim, me senti contente como nunca. Ela parecia ser minha família, como um pedaço de mim que tinha faltado toda a minha vida. Eu tinha encontrado ela e ela, me encontrado. Quando dei por mim, ela tava nos meus braços, flutuando como uma mulher que confiava e se entregava. Ela me deixou segurar seu corpo e fazer com que flutuasse no mar azul-turquesa. "Você não tá sozinha", falei pra ela.

A chuva de peixe também teve um impacto duradouro em Reggie. Ele não quis se matar nem nada — essa não era sua resposta para a exclusão —, mas acabou se intimidando. A sereia era sua primeira amiga e parecia que ela teria que ir embora. Ele precisava de respostas de sua mãe. Eles se sentaram à mesa da cozinha na manhã seguinte, um de frente para o outro.

Quem é ela, mãe?

Não sei.

E essa era a verdade.

A outra verdade era que Reggie não tinha ouvido as vozes das mulheres, a gargalhada distante.

Como todos aqueles peixes caíram do céu?

Arcadia fez uma pausa. Não sei.

De onde ela veio?

Não tenho certeza. Outra ilha. Tempos atrás.

Quanto tempo?

Muito.

Milhões de anos?

Não.

Milhares?

Talvez.

Como ela acabou com uma cauda de peixe?

Ela foi amaldiçoada. Por outras mulheres, acho. Não tenho certeza.

Por quê?

Arcadia sabia que Aycayia também havia enfeitiçado o filho.

Você me diz, sinalizou ela.

Reggie a observou e então olhou para seu cereal. Por fim, disse: por que meu pai foi embora?

Arcadia corou e sentiu um calor na espinha. Ele nunca havia perguntado isso tão abertamente.

Você sabe que eu não sei, não com certeza.

Ele foi amaldiçoado também?

Não.

Você o amaldiçoou?

Não.

Fui eu?

Não.

Esta casa é um lugar amaldiçoado?

Não!

Parece.

Por quê?

Não tem ninguém aqui além de mim e de você. Ninguém vem. Só a sereia e aí ela é perseguida por peixes... eu estava feliz.

Arcadia sabia o que ele estava tentando dizer. Algo tinha acontecido para criar uma conexão entre ela e a amiga dele. Algum destino havia interferido nela, como sua mãe, e em sua felicidade. O pai dele, Vida, a havia largado, abandonado os dois. Então a surdez veio para Reggie. Parecia que tudo fazia parte de algo maior, mas não era. Vida tinha partido por motivos próprios e Reggie ficara surdo por acidente, e a casa era apenas velha.

Você vai ser feliz de novo. Você era feliz antes.

Reggie fez beicinho, inabalável. Em geral, era tão cheio de luz, tão generoso de alma. Ela imaginava que Deus tinha cuidado disso. Ele tinha uma imaginação ativa que lhe servia bem, até agora. A sereia tinha sido seu primeiro amor e a chuva de peixes seu primeiro golpe.

Ela vai ficar aqui muito tempo?

Não sei.

Me conte sobre a sua infância.

Te contei! Muitas vezes.

Conte de novo.

Arcadia suspirou. Nasci no andar de cima, na mesma cama que eu durmo agora. Você também nasceu naquela cama.

Um sorriso lampejou.

Fui mandada para um internato, em Barbados, aos 9 anos. O convento das Ursulinas.

Reggie estava começando a se animar. Ele adorava essa história, a história de como seus pais se conheceram.

Eu já tinha conhecido seu pai naquela época. Sim. Nos conhecemos quando éramos crianças. Ele sempre esteve lá. Eu o conhecia desde antes da sua idade agora.

Você sempre o conheceu?

Sim.

Desde a minha idade?

Sim, e mais jovem.

Como ele era quando tinha 10 anos?

Era um desvairado. Mais do que você, ou tanto quanto.

Reggie sorriu, radiante.

Vocês têm a mesma cara. Éramos amigos, menina branca e menino preto. Não tínhamos preocupação alguma.

Como vocês se conheceram?

Nos conhecemos na escola.

Aqui?

Sim, antes do convento.

Me conte a história.

Você já conhece.

Me conte de novo.

Ele cortou uma das minhas tranças, na aula.

Reggie riu. A história era verdadeira. Vida cortou a trança de Arcadia por trás em um momento em que a professora saiu da sala. Arcadia deu um tapa nele e ele riu e depois ela chorou. Ela tinha 8 anos. Mais tarde, em casa, sua mãe cortou a outra trança para ajustá-la. Ela foi para a escola no dia seguinte com o cabelo curto. Menininha loira, cabelo de menino. Menininho preto com cara de travesso. Escola primária local na aldeia vizinha. Apenas quarenta crianças, e ela era a única criança branca. Então eles caíram na vida um do outro, aos 8 e 9 anos. Melhores amigos. Mais tarde, adolescentes, passavam horas na floresta, nus, conversando, e ele passava a mão nos cabelos dela e ria da trança que havia cortado.

Sou fruto de amor, sinalizou Reggie.

Sim.

Acho que ele vai voltar, sabe.

Ah? Por quê?

Ele deve lembrar que eu tenho a idade que você tinha, quando vocês se conheceram.

Isso não lhe tinha ocorrido.

Nunca se sabe.

A verdade é que ela fora despachada para a escola logo depois, com 9 anos. Mas a separação só fez intensificar os sentimentos de um pelo outro. Sete anos naquele convento: as calçadas escaldantes, a brincadeira de pular elástico, as freiras decrépitas — suas calçolas aparecendo quando se abaixavam para regar o jardim —, o borrão azul do mar barbadiano, brilhando muito além das janelas da sala de aula. Tudo ficava mais fácil pela noção de que ela um dia fugiria e se casaria com Vida. Não era uma ideia muito elaborada. Era assim que as coisas seriam.

E, no entanto, Vida sumiu.

Nunca disse adeus, ou que estava indo embora.

Coração gêmeo.

Em breve verei meu pai, previu Reggie.

Arcadia assentiu. Dez anos desde que ele havia ido embora. Dez.

Ok, então, hora da aula.

Pitágoras?

Não.

O quê?

Artes.

7

Barracuda

Arcadia Rain dormia com uma arma debaixo do travesseiro. Seu irmão August lhe dera um Barracuda de presente, um ou dois anos antes, um pequeno revólver de seis tiros com cabo de madeira, uma antiga pistola policial, leve na mão, fácil de carregar e atirar. Quando ela era jovem, esse irmão lhe ensinara a praticar tiro ao alvo, com velhas latas de achocolatado pregadas em uma cerca de jardim. Ela treinara e, com o tempo, tornara-se uma atiradora excelente. Até tinha licença, mas nunca andara com a arma por aí; era apenas válido tê-la por segurança. Arcadia era uma mulher sozinha e isso era melhor do que ter um homem por perto. Uma arma era uma arma; ponto final. Os vira-latas costumavam latir à noite, mas em geral era um carro passando na estrada que dava para as colinas. Nunca havia tido um intruso de verdade, mas ela dormia melhor sabendo que havia o Barracuda debaixo do travesseiro.

Durante dias após a chuva de peixe, Arcadia não tinha dormido bem. Em seus sonhos, peixes choviam das nuvens. Ela sonhou com armas nadando no mar. Acordou com uma sensação de solidão. Era uma solidão relacionada às noites no dormitório do convento das Ursulinas, que cheirava a rum e a freiras idosas; a essa casa de fazendeiro velha onde seus pais brigaram, muitas vezes; a quando seus irmãos partiram depois de o furacão de 1961 destruir a região; e, acima de tudo, a quando Vida sumiu. Era um sentimento que ela nunca mencionava; estava trancado a sete chaves para permitir que ela sobrevivesse naquele lugar infernal. Aycayia também havia visitado seus sonhos, pendurada de cabeça para baixo no cais, como contara David. Lembrou-se dos homens americanos que a pegaram — o filho virgem tomado por algum tipo de consciência e o pai que queria matar a sereia. Algo na chegada de Aycayia despertara todas as suas antigas perturbações.

Então, tarde da noite, bem depois da meia-noite... barulhos.

Uma algazarra lá embaixo.

O lento e inconfundível rangido de passos nas tábuas do assoalho. Os vira-latas ganiam, inquietos, mas não latiam.

Arcadia sentou-se ereta e escutou com atenção. Quem quer que tivesse entrado, havia parado. Tateou em busca do Barracuda e agarrou-o com firmeza na mão direita.

Um baque.

Saltou da cama e, de camisola, caminhou na ponta dos pés pelo corredor. Espiou Reggie; ele estava dormindo, o bumbum apontando para cima, como sempre.

Mais barulho no andar de baixo. Alguém estava se deslocando, caminhando suavemente. Ela apoiou a palma da mão na garganta. Onde? Na cozinha? A mão que segurava a arma latejava. Arcadia a usaria apenas em legítima defesa. Um único tiro na coxa. Deixaria o homem incapacitado, depois ligaria para Ci-Ci e chamaria a polícia do município mais próximo, embora eles nem tivessem carro.

Muito, muito silenciosa, ela seguiu, descalça. Mais baques, como se a pessoa tivesse tropeçado em alguma coisa. Ouviu um palavrão? A arma estava carregada: seis balas; Arcadia puxou o gatilho e o tambor girou. Uma bala encaixou no lugar.

A escadaria era estreita e fazia um contorno junto a uma parede. Ela se recostou no patamar abaixo e aguardou.

Ouviu a porta da geladeira abrir. Ouviu uma cadeira sendo deslocada. Seu coração estava na garganta. Reuniu coragem. Não tinha escolha. Ia atirar.

Em um instante, estava na cozinha gritando: "Não mexa nem um músculo!".

Ela apontou a pistola diretamente para a figura nas sombras, um homem sentado em uma cadeira à mesa. Sem tremer, nada; atiraria no sujeito se ele fizesse um único movimento. Mesmo na penumbra, conseguia atirar bem: um tiro, no ombro, para derrubá-lo.

A figura congelou. As sombras se fundiam ao luar, mas era um homem, de rosto ousado. Comendo de sua geladeira.

"Coloca a porcaria das mãos pra cima!", vociferou ela. Arcadia foi até onde o telefone estava, sobre uma pilha de listas telefônicas, embora soubesse o número de Ci-Ci de cor.

"Pra cima", ordenou ela. "Mãos no alto."

Devagar, o homem ergueu as mãos. Como se estivesse muito tranquilo com tudo isso, sem medo. Arcadia tateou a parede em busca do interruptor e acendeu as luzes da cozinha.

"Jesus amado", gaguejou ela.

❋

Diário de David Baptiste, agosto de 2015

Finalmente, quando ela veio até mim, foi doce. Eu sabia que seria. Ela veio enquanto eu tava dormindo. No começo, não sabia se ela era real ou se era um sonho.

Acordei de um sono muito, muito profundo, sentindo que alguém tava me observando. Abri os olhos e Aycayia tava ajoelhada ali, no chão, ao lado da minha cama. Como se estivesse orando por mim. Era o momento que eu esperava, o momento pelo qual esperei toda a minha vida. Um homem precisa esperar pela sua noiva; tem que esperar quieto, quieto pra ela escolher ele. Tem que ficar parado e ser paciente, pra mulher certa, e então pra hora certa. Observei ela me observando, como fazíamos tinha meses, desde a primeira vez que vi a cabeça dela se erguer das ondas.

Eu falei: "Vem cá, *dou dou*, mulher, vem pra mim, meu amor". Ela me surpreendeu. Se levantou e tirou a roupa. Bem, bem devagar, uma peça de roupa e depois outra. Então ficou na minha frente, e a luz ensombrada do lampião dançou em volta dela e ela me deixou olhar por algum tempo. Senti as lágrimas brotarem vendo ela ali tão nua. Ela veio até mim, e foi como se uma outra mulher tivesse entrado nela e ela tivesse deixado pra trás aquela garota inocente. Aycayia deu um passo na minha direção e eu fiquei tomado por ela; era como se centenas de mulheres avançassem junto, pra minha cama, pros meus braços. Eu tava esperando e, quando ela veio, foi uma força da natureza. Cuidado com o que você deseja. Quem quer que tenha falado isso tava certo pra cacete. Muitas mulheres montam em mim, muitas sentam no meu colo, jogam os cabelos sobre mim, e todo homem sabe que isso é ver uma mulher em todo o seu poder. Aycayia veio como um golfinho forte e sedoso. Ela veio em movimentos fluidos, se espalhou sobre mim, e olhou profundamente, profundamente nos meus olhos, na minha alma, e me beijou de verdade, na boca e eu disse pra ela: "Vem".

O quartinho no andar de cima tornou-se um espaço de admiração. Lá, a jovem taína, Aycayia, que costumava ser uma sereia e, antes disso, uma menina virgem, descobriu os segredos que suas irmãs nunca quiseram compartilhar. Primeiro segredo: como os homens beijam. Esses beijos, de David, boca a boca, línguas enredadas, davam lugar a ondas de calor que desciam e subiam, trazendo arrepios na subida, desabrochando dentro dela, o ventre, o coração. Essas ondas abriram seus olhos também, tanto que tudo que ela conseguia fazer era olhar para seu amante, David, o pescador do violão velho, enquanto os olhos dela vazavam luz prateada.

Aycayia se deixou beijar e retribuiu o beijo, tentando ao máximo copiar e ser ela mesma, sabendo que aquele beijo era o começo de tudo e que havia uma arte naquilo. Beijaram-se muito durante horas, boca na boca, depois outras partes também, boca nas mãos, pés, barriga, umbigo, clavículas. Canelas, dedões e dedinhos foram beijados. David beijou os dedos palmados, a pele rosa opala entre eles e isso enviou estremecimentos de prazer pro ventre dela. Os mamilos endureceram e então David beijou um, uma lenta sucção solene. Aycayia quase desmaiou de prazer. Ela não havia imaginado esse tipo de felicidade. Seus seios não eram grandes nem pequenos, mas nunca haviam sido tocados, muito menos acariciados ou beijados e o prazer era profundo. Ela se deitou de costas e os ofereceu para as atenções dele. Estavam cobertos por espirais do universo com tinta profunda. David dedicou-lhes carícias ternas e notou com prazer como a pele dela se arrepiava ao seu toque. Ele esperara muito por isso.

Na noite seguinte, eles subiram para a cama de David. Ela provocava nele uma ternura inédita. Ele a tinha amado à primeira vista e agora havia ganhado sua confiança. David estava em transe, e bem, bem lentamente explorou as maravilhas do corpo dela, as colinas, encostas e curvas. Bem, bem lentamente, entreabriu as pernas dela, local onde antes havia uma cauda de peixe, selada, banida e amaldiçoada por toda a eternidade. Devagarzinho, baixou a cabeça e enterrou a língua entre as dobras de seu sexo e fez aquilo que sabia fazer bem. Horas de adoração, ele lhe cedeu, um prazer que ela mal conseguia compreender, e seu corpo convulsionou de novo. Esse era o segundo segredo; os beijos que homens sabiam dar, *lá embaixo*. Era outra arte, outro segredo que as irmãs não quiseram compartilhar. Ela precisava ser "casada" para isso, então não havia conhecido esses prazeres. Cada um daqueles homens que havia mandado embora, todos querendo se casar com ela. Eles eram como este homem, David? Teriam lhe dado algo assim? Se tivesse escolhido um, poderia ter sido feliz e não amaldiçoada? Poderia ter ficado satisfeita, afinal? Ela se lembrou de quando as mulheres de sua aldeia foram consultar Jagua — a deusa mais poderosa que conheciam — depois que seu banimento da aldeia não funcionou, após os homens dessas mulheres ainda a procurarem, querendo vê-la dançar. Jagua havia convocado uma tempestade, e ela e Guanayoa foram engolfadas e arrastadas para o mar. Por todo o período de exílio, ela não entendera o porquê.

Naquela cama mágica, sabendo como seu corpo reagia à língua dele, finalmente entendeu por que havia sido expulsa. Foi por causa desse sentimento poderoso. Era isso que ela provocava em outros homens, homens de outras mulheres. Nunca havia entendido o motivo e a condição de sua maldição. Mas tinha algo a ver com isso. Era diferente de tudo que já tinha conhecido.

Então um terceiro segredo foi revelado. Sua coisa longa era macia por fora, a pele, mas depois ficou dura como uma torre, quando David deixou o sexo dela todo macio e molhado. Bem, bem lentamente, ele começou a investir dentro dela e romper um espaço. E iniciou um ritmo dentro-fora-dentro-fora e... os quadris dela requebravam com os movimentos dele, e ela começou a derreter. Desta vez, estava quase inconsciente quando tal sensação terminou. Agora entendia ainda melhor o motivo de sua expulsão. Seus arquejos eram sussurros fantasmagóricos. O corpo dela acompanhava o rastro dos impulsos do dele. "Ah!", exclamou ela, e então começou a falar fluentemente em sua antiga língua, como se esse grande poder entre eles tivesse destrancado os segredos do passado.

Para David, essa língua de outro tempo soava antiga e, ainda assim, familiar. Era doce e suave, igual ao modo como ela entoava suas canções.

Quando Aycayia subiu em cima de David, as longas mechas de cabelo caindo sobre ele, com o rosto iluminado e radiante, ele soube que havia encontrado sua parceira, sua companheira de vida. Em um impulso, ele se lançou dentro dela e ela recebeu seu corpo trêmulo, a aflição dele, sabendo então o quão solitário ele tinha estado também. Eles adormeceram, as pernas entrelaçadas, sua coisa longa agora macia, mas ainda dentro dela. As cabeças no mesmo travesseiro, sonharam o mesmo sonho, de outros tempos, quando as ilhas do arquipélago eram um jardim, uma época em que nenhum homem andava por ali e tudo estava em paz.

≠

Coisas que penso agora
muito tempo depois
como o sentimento do coração
é mais forte que eu

    mais forte que um ser humano
Fui banida dos humanos
então dada a oportunidade
pra entender o PORQUÊ da minha maldição
com esse homem da aldeia de Concha Negra
quando transamos com braços e pernas
    dentro e fora na cama dele
O mar me chamava
Guanayoa estava lá fora esperando
mas eu queria ficar
O sentimento do coração dura pra sempre
por mais que eu esteja escrevendo isso muito
    tempo depois de conhecer David
Passamos muito tempo juntos na casinha dele
Mas eu ouvia as mulheres
às vezes rindo baixinho, baixinho
Coração era um poder mágico também
Mais forte que elas
Afinal ainda sinto coração agora

Mais tarde, na pequena cozinha de David — uma geladeira e dois fogareiros a gás, uma gaveta cheia de facas, garfos e utensílios —, Aycayia tentou se fazer útil. Talvez não se enforcasse no fim das contas. Quem sabe pudesse ficar ali em Concha Negra com David; pudesse se misturar à comunidade, dado o devido tempo. Afinal, era uma mulher do Caribe; só tinha ressurgido em uma época diferente, em uma ilha diferente. O sexo tinha feito com que seu antigo eu falasse sua primeira língua; ela poderia voltar para lá, naquela cama mágica. O sexo havia destruído as eras de tempo que haviam matado sua memória.

Ela encheu a pequena banheira com água do barril que estava do lado de fora da porta.

Jiguera.

Toa.

Mais palavras em seu antigo idioma viriam. Indo e vindo, ela foi da porta à banheira e, um por um, recolheu os pratos e panelas que David havia deixado sem lavar na noite anterior. Pegou uma garrafa cheia de um líquido verde, espremeu o líquido na água e viu fazer espuma.

Em sua antiga vida, eles lavavam panelas de barro no rio e as mulheres cozinhavam em pequenas fogueiras. Os homens pescavam peixes e outros animais com lanças e armadilhas. A aldeia inteira compartilhava o que era pescado; eles comiam da terra e do mar. Colhiam ou cultivavam o que precisavam; não havia líquido verde nem pratos, caminhonetes, estradas asfaltadas, casas de concreto, lampiões a querosene, plástico, garfos ou facas de metal, nem reggae, nem som hi-fi ou fones de ouvido, nem tênis Adidas ou roupas — nada parecido com isto que estava vestindo. Ela notara como os navios mudaram ao longo dos séculos, mas não tinha visto líquido verde se transformar em nuvens de espuma. Ela lavou os pratos e as pesadas panelas de carvão com um sentimento de cuidadosa inquietação.

Por acidente, espetou-se com uma das facas afiadas de David, uma picadinha, mas tirou sangue. Ela olhou para o fluido carmesim que escorria da ponta do dedo. Também houvera sangue na cama; tinha escorrido de suas pernas, um pequeno fluxo. O mesmo vermelho corria do dedo. Ela o lambeu e se perguntou sobre ter voltado a ser mulher. Um sentimento novo surgiu nela, do nada, e ela entendeu que isso devia ter algum tipo de nome.

Mas também entendia que era uma mulher amaldiçoada — desde que Reggie a levara para a floresta, desde Papa Bois, desde que as cavalinhas haviam chovido das nuvens. Ela entendera ali que não ficaria na terra por muito tempo. Havia pensado em suicídio, uma corda pendurada. Agora, enquanto provava o sangue saindo do dedo, o próprio corpo vazando, sabia que havia outro problema para ela. Era uma sensação que acompanhara todos aqueles beijos nos dedos dos pés e o sexo dentro--fora-dentro-fora, suave e quente, mas também pesada e triste. Sentia-se feliz, mas também presa e abandonada no casebre de David. Os pratos e o líquido verde que virava espuma — essa nova versão de sua vida continha não apenas magia, como ainda esse novo sentimento no peito, forte, forte, um sentimento que ela questionava. O que era? Doía, mas era doce.

※

Diário de David Baptiste, setembro de 2015

Eu ainda era jovem e já tinha transado muito no meu tempo na terra. Nunca me considerei tão bonito de se olhar, mas de alguma forma as mulheres gostavam de mim. Eu achava que era hora de fazer uma escolha, sossegar com uma mulher só, e eu sabia que era com ela, Aycayia, depois que ela se tornara uma mulher completa. Ela e eu fomos feitos pra ser alguma coisa um pro outro. Eu tinha certeza disso. Observei bem, bem devagarinho ela decidir me escolher. Nunca me senti tão orgulhoso. Então bateu forte a necessidade de tomar a decisão de ser exatamente isso para ela. Eu queria proteger a Aycayia com a minha vida. Ela ia precisar disso. Guarda-costas, amante. Marido.

Supus a verdade sobre as mulheres que amaldiçoaram ela. Às vezes, à noite, ela acordava sem motivo. Perguntava: "Você ouviu isso?". Eu não tinha ouvido nada. "Vozes", contava. Ela ouvia as risadas, ainda. Eu queria manter a Aycayia segura, mas também desejava ela, talvez exatamente como aqueles homens de quem ela falava, na vida passada. Eu amava quem ela era e como ela fazia eu me sentir.

Certa manhã, quando ela tava deitada em cima de mim, nua, os olhos derramando luz na minha alma, o rosto iluminado com as maravilhas da nossa transa e o cabelo preso com flores de mussaenda que ela colhera das árvores do jardim, ela cantou pra mim. Soou triste. Fiquei ali, me sentindo feliz e arrependido, todo confuso. Depois, pensei em como uma verdade eterna vinha com a canção dela, em como as coisas tinham sido naquele tempo antes do tempo, quando o arquipélago era um jardim. Quando ela parou de cantar, me senti leve e com o coração aberto. Disse pra ela: "Por favor, quer se casar comigo?", falei isso sem pensar, com o coração mais puro, mas assim que disse essas palavras, o rosto dela ficou sombrio.

Não vi nada de errado em perguntar pra ela, mas, agora olhando pra trás, percebo que foi o meu grande erro. Eu tava pedindo demais. Tava pedindo que ela perdesse a liberdade, fosse amarrada de novo. Em pânico, eu tentava impedir que ela me deixasse, desaparecesse outra vez no mar. Eu tava impaciente, inquieto com aquela mulher que era tão difícil de entender. Eu queria manter ela segura, ou assim eu me dizia, mas talvez eu também estivesse me enganando; talvez "manter" fosse o problema. Aprendo as coisas de forma difícil e lenta. Cara, a gente tem que *dar* sentimentos profundos de carinho e cuidado, não guardar.

E assim, sentado em uma das cadeiras da cozinha de Arcadia, estava Vida. Sobre a mesa havia um pacote grande, embrulhado em papel pardo e barbante, bem à frente dele. Que tava igualzinho ao que era da última vez que ela o vira. Maxilar comprido, sorriso sagaz, olhos brilhantes. Na verdade, não estava muito diferente de quando tinha 30 anos e ia o tempo todo naquela casa, mesmo quando os pais dela ainda eram vivos. Havia entrado, como sempre fizera. Arcadia podia ter atirado nele ali mesmo. Podia ter matado a tiros aquele homem que a abandonara tão de repente, a quem ela tanto se dedicara desde a infância e de quem precisava como amante, amigo e pai para seu filho.

"Olá, querida", disse ele.

Vida ainda estava com as mãos ao alto. O rosto, alerta, encarava Arcadia, sem desculpas, como se a intimidade entre eles estivesse bem ali em seus olhos. Se lembra de mim? Sim, então ela viu, enquanto olhava fixamente para o rosto dele, um pouco de barba, com um tiquinho grisalho nela.

Querida? Ele tinha perdido a cabeça? Ela deveria atirar nele só por isso.

"Ei, não se mexa", ordenou ela. Mas o calor se acendeu no peito; seus olhos estavam úmidos, Arcadia sentia.

Vida assentiu, mas começou a abaixar as mãos. Por fim, ela apoiou a arma, ainda carregada, sobre a pilha de listas telefônicas. Puxou uma cadeira e sentou-se diante dele, de camisola. Para começar, tudo que podia fazer era observá-lo.

Não era justo.

Tudo que ela queria fazer era xingar. Um grande rubor de alívio no peito e um grande fluxo de ternura, ah, uma felicidade tão carinhosa, começaram a se misturar dentro dela e escoar de seus olhos, e ainda assim ela estava irritada. Lágrimas escorrendo pelo rosto, e ele as notou, mas não fez um movimento para tocá-la, não naquele momento.

"O que é isto?", perguntou ela sobre o pacote na mesa.

"É pra você."

Arcadia olhou para ele: por que ele não ligou? Ela poderia tê-lo pegado no porto da Cidade Inglesa.

Ele empurrou o pacote quadrado na direção dela. Era um cubo, uma caixa embrulhada à mão.

Ela começou a desatar os nós do barbante até se soltarem e caírem. Seus dedos arrancaram a fita adesiva. Arcadia era uma criança de novo, abrindo um presente que nunca havia recebido antes, nem no Natal nem nos aniversários, porque havia passado boa parte deles em Barbados, no convento. Ela puxou o papel pardo. Como podia xingar esse homem, dar-lhe o inferno por isso. Os olhos dele iam brilhando conforme o papel ia caindo em pedaços rasgados. Arcadia olhou para ele e depois para a caixa de papelão sem embrulho.

"Espero que isso seja bom", disse ela.

Na caixa, havia jornal velho rasgado. Então, quando ela enfiou a mão dentro, uma coisa dura e fria. Com ambas as mãos, Arcadia ergueu o presente. Era o busto de uma cabeça humana; era pesado e vermelho, vermelho como o ocre-vermelho do barro que descia a colina quando chovia. Ao examinar de perto, viu que era uma pequena escultura dela mesma, seus ombros, sua cabeça.

"É de bronze por baixo", comentou ele. "O barro foi colocado."

Arcadia pesou a imagem vermelha e fria de si; era tão pesada, o mesmo rosto que o dela, mas de outra tonalidade. Ela botou a estátua na mesa entre os dois. Por que ele não podia simplesmente pedir desculpas? Por que não podia apenas bater na porta? E se ela tivesse atirado nele?

O que uma mulher faz com um homem assim, hein? Ela ficou quieta por anos. E ao longo de todo esse tempo ele tava esculpindo um modelo de argila dela?

"Fiz isso uns anos atrás. Achei que o lugar dele era aqui. Trouxe de volta. Estava querendo fazer isso." Sua expressão era difícil de ler.

"Vem", disse ela.

Ele fechou os olhos e ela o viu ficar ciente de si mesmo.

"Vem, vai. Vem aqui."

Ele foi até ela e deitou a cabeça em seus braços, logo a puxou para si e eles se enlaçaram forte e suavemente. Vida sentiu alívio porque estava cansado de sua jornada e estivera sozinho por muito bom tempo. Foi o preço que pagara pela liberdade, uma solidão que não esperava sentir. Todas aquelas outras mulheres com as quais e nas quais ele tentara se perder — todas desvaneceram, uma após a outra. Vida havia vivido muito, uma década, sem o amor que conhecera por esta mulher. Nunca havia realmente confiado nela, uma branca, na verdade, não depois que se tornaram adultos; e ele também nunca confiara em si mesmo. As coisas mudaram quando os dois cresceram e ela herdou a casa e todas as terras ao redor. Ele sentiu a necessidade de se afastar de Concha Negra, longe dessa mulher branca e de tudo que aquilo significava. Era necessário deixar sua marca, descobrir suas possibilidades no mundo. Na ilha maior havia galerias de arte, teatros, atores, escritores, artistas. Ele queria conhecer aquelas pessoas. Queria ser uma delas. Mas não havia permitido seus sentimentos, que o incomodaram e persistiram durante todos aqueles anos, gostando ou não. Ao saber que havia uma criança a caminho, escapuliu, uma noite, na balsa. Sua única chance de uma nova vida. Uma criança significava que estaria ligado a Concha Negra e a seu lugar ali, não importava qual fosse seu plano; seria diminuído, relegado. Ela era branca de nariz empinado. Ele só havia entrado na casa à noite, evitando os pais e os irmãos dela; já estava na hora de ir. Jamais esperara que o amor por ela fosse atropelá-lo. Ele deitou a cabeça no peito dela e ouviu seu coração. Se lembrou de quem tinha sido, e de todas as vezes que transaram na floresta, naquela casa. Estava tudo misturado com o que ele sentia em relação àquele lugar também: Concha Negra.

Aycayia ficou intrigada com a pergunta de David. Ainda não compreendia bem o novo idioma que estava aprendendo, então não tinha certeza, para começo de conversa, se havia entendido. Se casar? O que isso significava nesses tempos? O mesmo que em sua antiga vida? Ela queria que as seis irmãs estivessem presentes para aconselhá-la. Nos últimos dias, vinha dando caminhadas pela aldeia pra esfriar a cabeça, principalmente à noite, andando um pouco pela longa estrada estreita em direção à aldeia vizinha; era um caminho solitário de asfalto quebrado e ela raras vezes encontrava outras pessoas. Essa pergunta a jogara em um caos sombrio. Precisava se distanciar de David para pensar.

Ela se levantou da cama, vestiu uma roupa dele, um par de óculos escuros para esconder os olhos do sol e calçou os tênis Adidas. Pegou um pãozinho e uma manga. Era de manhã cedo; a maioria das pessoas ainda dormia. O céu estava pálido e pairava perto de um mar escuro e de aspecto frio, com pequenas cristas brancas nas ondas. Ela saiu da aldeia pela estrada que contornava o litoral, subindo ao longo dos penhascos. Queria entender seus sentimentos. Nunca esperara nada daquilo: roupas, pernas novas, ser capaz de falar a língua de Concha Negra, fazer sinais de mão com Reggie — e um homem com quem ficar. Ela quase tinha voltado para algum tipo de vida.

Ela sentia falta do mar, no entanto. Sentia falta de como podia se esconder nele. Sentia falta da cauda. Tinha sido uma tremenda sereia. Mas havia alguma coisa em seu antigo poder que não a acompanhara, que caíra junto à cauda. Em terra, era uma mulher pequena. No mar, nadara ao lado de baleias. Como mulher, sabia que tinha uma aparência um tanto estranha, com aquelas mãos e aqueles pés; mas estava se virando, conseguindo "passar" de novo por mulher. Tinha Reggie e a srta. Rain como amigos. Tinha sido um peixe gracioso e agora era uma mulher desajeitada. Mas parte dela ainda era peixe: os dentes pequenos, o cheiro de sal. Não podia digerir carne. E não conseguia comer peixe; aquilo era como comer a própria espécie. No mar, alimentava-se de algas e plâncton, mariscos, lulas e pequenos caranguejos. Mesmo lulas ela raramente tocava pois eram muito inteligentes. Uma vez, ela tivera um polvo como amiga íntima, uma criatura enorme, fêmea, grande como um tapete, patas musculosas e uma boca capaz de triturar corais em pedaços ínfimos. Aquele polvo tinha vivido muito tempo também, nas profundezas, debaixo das pedras. Sendo assim, a única coisa que ela comia na terra eram frutas e legumes, um pouco de carboidrato. Era o suficiente. Não era a jovem taína de antes. Tinha a mesma idade, mil ou mais anos depois, mas havia o mar dentro dela; essa era a principal diferença.

Em uma curva na estrada, no meio da encosta da montanha, ela parou para observar o mar. O ímpeto queimava em cada célula de seu corpo. Era uma sensação profunda, satisfatória e hipnotizante. Ela havia visto centenas de marinheiros sozinhos, passando pela superfície aquosa da terra, a maioria homens desvairados, sem saber para onde estavam indo ou o que estavam fazendo. O mar era mais profundo do que ela sabia ou conseguia nadar. Seus pulmões não tinham capacidade de ir até o fundo do oceano. O tempo dela havia sido gasto principalmente na superfície do mar, na parte rasa, na parte quente. Ela pensou em sua antiga vida, no banimento, uma vida na qual foi colocada e depois tirada. Duas coisas eram verdadeiras. Ela havia superado aquilo. Mas ainda fazia parte daquilo.

O mar era sua casa e seu exílio. Ela sentia paixão por ele, além de outro sentimento, próximo à repulsa. Agora fazia parte de todo o arquipélago, terra e mar. Se pulasse de volta, seria submersa, iria se afogar, embora se lembrasse da luta interior quando foi pega com o anzol.

E agora esse novo sentimento poderoso em sua vida, por um homem chamado David e essa grande questão de "se casar", o que a deixava confusa.

Aycayia se sentou em um banco perto do mirante, na curva da estrada e mordiscou a casca da manga. Ela a puxou em uma tira benfeita, desnudando-a. Comeu a manga inteira, até chegar à pedra nua e cabeluda. Mastigou o pão. David o havia feito ele mesmo, no que chamava de "forno". Tinha aprendido a fazer pão com a mãe, ele lhe contara certa vez. Era semelhante ao pão de mandioca achatado que ela conhecia e comia na outra vida. O mesmo, o mesmo. Mandioca. Fruta. Coisas não tão diferentes em muitos aspectos. Terra ainda aqui; as pessoas ainda fazem pão. Mar ainda lá; os homens pescam.

Se dissesse "sim" para se casar, poderia cozinhar de um jeito novo, no forno. Já tinha reaprendido o que o calor era capaz de fazer. Sabia o que o fogo podia realizar com uma batata, um inhame, uma abóbora ou até mesmo com feijão-chicote. Agora ela sabia lavar a louça com o líquido verde espumoso. Sabia fazer sexo dentro-fora apaixonado em cima na cama. Mas, na última vida, os homens podiam ter mais de uma esposa; isso era normal. O próprio pai tinha tido cinco; ela era uma de seus muitos filhos. Teria que compartilhar David um dia? Talvez eles pudessem ser felizes juntos, mas só os dois por um curto período. O que aconteceria quando ele propusesse casamento a outras mulheres? Ela nunca teve vontade de se casar antes, então por que agora? Se não se casasse com David, seria punida outra vez? Os homens só queriam tomar posse da liberdade dela e mantê-la para si. Não, ela não se casaria com David; não gostava de como aquilo soava.

Então ela cantou uma canção baixinho, sentada ali, observando o mar subir e descer. Dentro-fora, dentro-fora. Ela amava o mar, sua segurança e sua prisão. Ele subia, dentro-fora, como transar. Sobe-desce, empurra-puxa. A única coisa que ela sentia era esse empurra-puxa dentro dela mesma. Sim. Não. Sim para o novo sentimento intenso e não para a parte do casamento. Era tudo empurra-puxa lá na terra? Quando a retiraram do mar, aqueles homens na *Destemor* a tiraram da solidão, mas também da segurança.

Diário de David Baptiste, setembro de 2015

Desde o momento que ela desapareceu naquela manhã, depois que propus casamento, nada mais deu certo. Foi a única vez que pedi pra alguém ser minha esposa. Nunca pedi isso antes, ou depois. Relembrando hoje, eu tava me antecipando. Ela saiu de casa com uma manga, um pãozinho e uns óculos escuros meus, dizendo que ia pensar em tudo. Acho que falei demais mesmo. Gosto tanto dessa mulher. Gosto do jeito engraçado que ela anda; em alguns aspectos, ela é graciosa e, em outros, desajeitada. Gosto de como ela se sente à vontade com a natureza, do jeito que parece saber coisas que eu não sei, como se a conexão dela com a terra fosse maior. Ela gostava de ficar deitada na minha rede na varanda, e eu sabia que ela já tinha se balançado numa rede antes.

Fiquei deitado na cama por um tempo, xingando minha boca grande e sentindo uma urgência no coração por medo de assustar ela. E eu tinha feito isso, assustado ela de verdade. Passei a manhã na varanda, consertando uma rede de pesca, o tempo todo pensando que talvez nenhum peixe precisasse ser pego por mim de novo. Talvez fosse hora de repensar como ganhar a vida se eu quisesse me casar com uma mulher que costumava ser uma sereia.

Eu tava pensando nessas coisas quando Perna Curta apareceu, tranquilão, na minha frente. Ele deu a volta na casa e entrou no quintal. Era um cara novinho, de não mais de 18 anos, magricela e com um pé torto. Acenei com a cabeça pra ele e disse bom-dia. Em geral, era um garoto tímido, que não falava muito. Naquele dia, parecia ter alguma coisa pra dizer. Sei que ele tava na *Destemor* quando pegaram ela. Sei, antes dele abrir a boca, que ele queria falar sobre isso.

"Desembucha", começo. Eu tinha uma agulha grande na mão e pilhas de rede nos joelhos e no chão em volta. Tentei soar casual.

Ele disse que sabia quem ela era, e eu senti um nó no peito. Dei um olhar que dizia pra ele continuar falando.

Perna Curta disse que via ela andando de vez em quando. Falou de como, naquela manhã mesmo, tinha passado pela casa deles, de como ele tinha reconhecido ela de quando...

Só fico concordando com a cabeça, mas mantenho os olhos fixos na rede.

Ele disse como a mãe dele contou que eu tinha uma mulher de olhos vesgos morando comigo. Eu não tinha medo de Priscilla, mas ela poderia causar uma baita confusão se quisesse. Perguntei pra ele o que ele respondeu, mas ele só ficou se mexendo com o pé manco. Perna Curta afirmou que não tinha falado nada, até aquele momento, mas logo veio e perguntou: "É verdade, então? Ela é a sereia que a gente pegou?".

Queria fazer ele ir embora de vez, mas ele tinha mais coisa pra dizer. Me contou como reconheceu o rosto dela, o mesmo rosto. Bonito. Tipo indígena. Não hindu, mas indígena vermelho. Ele me perguntou se ela agora sabia conversar?

Falei pra ele que tenho uma amiga que tá morando comigo, que ela não é uma maldita sereia, que veio da Jamaica e a gente se conhece faz muito tempo e que ela tava ficando na minha casa. Mas Perna Curta sabia que eu tava mentindo. Nós dois deixamos o assunto quieto um pouco. Imaginei que teria um pedido de suborno chegando. Depois, pra piorar uma manhã já ruim, bem naquela hora apareceu Priscilla, com o outro filho, Nicholas.

Eu me levantei.

Uma gangue, aqueles três. Nicholas, é claro, também tinha visto a sereia. Priscilla já tinha um olhar ardente de triunfo. Lembro bem que ela tava usando uns rolos cor-de-rosa no cabelo, um sutiã rosa combinando sob o colete. Tava com aquela cara dela de gente bem, bem ruim.

"Nicholas!", gritou ela, e deu um tapa nas costas dele, fazendo o menino se encolher. "Fala o que você acabou de dizer essa manhã. Vai, fala."

O rapaz parecia chateado. Era mais velho que Perna Curta, talvez tivesse 20, no máximo. Ele olha pra mim e depois pro irmão. Ambos parecem arrependidos.

"Diz pra ele o que você me disse!", berrou Priscilla. Mas nenhum dos meninos queria falar.

"Ah, pelo amor de Deus", exclamou ela, arrancando a rede da minha mão e me encarando com aqueles olhos ruins.

Ela disse que a mulher ficando comigo todo esse tempo era a sereia de quando aqueles ianques tavam lá.

"É quem ela é. Isso que eles me contaram essa manhã. Ela é uma porcaria de *peixe*. E tava com você esse tempo todo. E ela fede. Sempre soube que ela não parecia só estranha, mas que cheirava estranho também. Como peixe. Ela é a sereia que eles perderam. Cê roubou ela. Aqueles homens americanos vão pagar uma grana alta por ela quando eu contar que a gente encontrou a sereia."

✴

Na cozinha, Vida e Arcadia conversaram noite adentro até amanhecer. Quando Reggie desceu para o café da manhã, encontrou a mãe ainda de camisola, o que era incomum, uma arma perto das listas telefônicas e um homem estranho sentado à mesa. Ele tinha *dreads* curtos e uma barba com um pouco de pelo grisalho, meio como o grande Bob. Reggie piscou para o homem e foi até a cintura quente da mãe, abraçando-a. Ele soube no mesmo instante quem era o homem. Os olhos dos dois se encontraram e eles se encararam. Nenhum deles ia se permitir chorar, nada disso.

Vida se levantou e disse: "Olá, meu filho".

Reggie leu os lábios e assentiu. Mas não ia ficar animado com essa coisa de "filho". Ao contrário da mãe, ele já tinha certeza de que esse momento de sua história um dia chegaria, e tinha até mesmo ensaiado.

Não era sobre perdão. Era outra coisa. Uma década de sua vida havia se passado, sem pai, quando na verdade ele tinha um. Ele queria o homem chamado Vida, de quem tinha ouvido falar muito e que sabia ser importante para a mãe, mas pretendia que o outro descobrisse tudo sozinho. Queria que esse homem soubesse o quão incrível ele — Reggie Horatio Baptiste Rain — era, e o quanto ele se dera bem em sua ausência.

Reggie assentiu para o pai e sorriu um "tudo bem".

Ele teria muito o que fazer se planejasse ficar. E se essa visita surpresa fosse coisa de uma noite só? Não, não ia deixar o pai saber que seu coração estava aos galopes. Nada disso. Reggie olhou fixamente para Vida, absorvendo-o. Ficaria parecido com ele quando crescesse? Tinha o mesmo queixo comprido? Vida sorriu para ele e Reggie mal conseguiu sustentar o olhar. Queria gritar de felicidade, mas guardou tudo dentro de si — todo o desconhecimento, a perda e o mistério do paradeiro do pai. Vida era muito bonito; como se algum figurão tivesse entrado ali. Pelo menos, não era uma decepção de se olhar.

Por fim, Arcadia disse: "Bem, não vou ficar sentada aqui o dia todo... O que você quer de café da manhã, então?".

Panqueca, foi a resposta.

Isso significava uma ida ao mercado, então Arcadia pegou a arma e subiu para se vestir, lavar o rosto e pentear o cabelo. Deixou seus dois homens, que ela amava além da razão, sozinhos e em uma conversa entre homens, cara de um, focinho do outro, mesmo rosto, mesma magreza, mesma coisa tímida e quieta, mesmo charme. Um surdo por causa do sarampo, culpa dela, uma maldição para ele por toda a vida, o outro, a droga de um vagabundo. Ambos artistas de um tipo ou de outro.

Quando se viu no espelho do banheiro, arquejou. Parecia ter levado um choque. Os olhos estavam brilhando. Ela cutucou as bochechas com os dedos indicadores, mexeu nas maçãs do rosto, mordeu um dedo com força e gritou. Ele tinha voltado e o coração dela estava inflado de amor — seu coração fácil demais. A essa altura, a sensação de irritação havia se dissipado, embora Arcadia soubesse que poderia voltar a subir pela barriga.

Eles conversaram a noite toda, nada além disso. Era por isso que tinham gostado um do outro, antes e agora, tendo tantas coisas para dizer. Por isso ela sentira tanta saudade; ele era seu universo geminado, e sentira falta da conversa. Você não deve ficar feliz, disse a si mesma enquanto molhava o rosto. Não deve se antecipar; não deve ficar com ideias na cabeça. Ele havia chegado, do nada. Disse que tinha sentido saudades dela. E daí? Os homens eram capazes de sentir falta de qualquer coisa. Reggie estava fora de si, ela percebia. Ele iria surpreendê-lo. Reggie também era um milagre. Surdo ou não. Os abortos antes dele. O médico até havia comentado que talvez ela nunca pudesse ter um filho. Quadris estreitos e um útero propenso a prolapso. Reggie queria nascer.

Ela vestiu uma calcinha limpa e uma calça jeans. Olhou pela janela para o mar e lembrou-se de Arnold no cais, com o espadim de marlim na cabeça e a premonição de que a sereia traria problemas. Parecia que tinha sido ontem, no entanto, fazia meses. Na verdade, a sereia parecia ter trazido apenas coisas boas até agora, embora o significado sombrio da chuva de peixe a incomodasse no fundo dos pensamentos. E pensar que ela não tinha acreditado naqueles ianques. Ela estivera tão sozinha, sobrevivendo. E assim fez uma oração por seu filho e por Aycayia, pois sentiu que ambos precisavam de uma. Para si mesma, ela sussurrou *Boa sorte*.

Diário de David Baptiste, setembro de 2015

Bem, não tinha nada que eu pudesse fazer com os três parados ali. Dois deles podiam reconhecer ela facilmente. Passados tantos anos, parece absurdo escrever sobre isso nestas páginas. Foi um absurdo. Eu tava escondendo uma ex-sereia, fazendo exatamente isso, e não só isso, mas eu tava apaixonado por ela. Fui de menino a homem naquele ano, mas como ela podia ter se misturado com a comunidade? Aycayia nunca se passaria por humana em todos os sentidos. E aqueles dois garotos que tavam a bordo do barco dos ianques sabiam o que tinham visto. Quando os três vieram me confrontar, imaginei que planejavam dizer que iam informar a polícia.

Perguntei pra Priscilla, diretamente, o que ela queria.

Ela disse que eu devia estar na cadeia. Que roubei a sereia do povo, peguei ela e roubei deles.

"Eu salvei ela", expliquei. Ela não aceitava a verdade.

"Você roubou ela", disse Priscilla.

Tentei apelar pros bons instintos dela. Falei que a mulher que eu salvei era um ser humano. Mas Priscilla não tem bons instintos. Ela se pôs a gritar que a mulher que eu amava era a porcaria de um peixe, uma merda de meio-peixe enorme, e outra metade do que quer que ela fosse. Uma droga de sereia que valia um milhão de dólares e que foi roubada por mim. Que quem queria ganhar dinheiro era eu. Quando neguei isso, ela me chamou de mentiroso descarado.

Tentei explicar, dizer pra Priscilla que a cauda dela tinha caído muito rápido... antes que eu pudesse colocar ela de volta no mar.

Ela me deu um olhar ardente e disse: "Você roubou até mesmo a droga da cauda. Essa coisa vale muito dinheiro. Onde você escondeu?".

Olhei pra ela, incrédulo. As pessoas podem ser maldosas, sim. Elas podem querer ferir a felicidade alheia. Eu me levantei e baixei a rede. Eu tava irritado. Falei: "Priscilla, então o que você quer fazer, hein? O quê? Quer chamar aqueles ianques de volta pra pegar ela? Quer ganhar dinheiro? Hein? Acha que ela é esse tipo de coisa? Um objeto. Pra vender. Pra negociar. Ou é outra coisa?".

Eu sabia que Priscilla tinha mais de uma motivação praquele questionamento e ela tava armando.

Falei pra ela deixar a gente em paz. Até disse o nome da mulher, Aycayia, contei como ela veio de outra época e foi amaldiçoada por outras mulheres de espírito ruim, assim como ela. Foi um desperdício de fôlego.

Os olhos de Priscilla perderam o brilho.

"Aycay... quem?"

Mas quando acusei ela de querer me machucar porque ela acha que eu num posso ser feliz com uma mulher, a menos que seja com ela, vi seus olhos brilharem. Me olhou fixamente. Talvez por vergonha de ter a verdade revelada na frente dos dois filhos. Ela deu um tapinha nos bobes do cabelo, que criavam uma espécie de auréola cor-de-rosa, mesmo ela não sendo nenhum tipo de santa.

"A mulher tá visitando a ilha, é de outra ilha caribenha", continuei. "Ela é igual, igual, como eu e você, só um pouco fora do comum, parece um pouco diferente." Falei que ela não era droga de peixe nenhum e que, se eles fosse arrumar confusão pro meu lado, eu ia arrumar pro lado deles também.

Os três ofegaram.

Priscilla deu um passo pra trás. "O quê?" Ela parecia surpresa e enojada com aquela ideia. "Cê tá planejando se casar com um peixe?"

Nossa relação como vizinhos nunca foi boa, mas naquele instante eu soube que tinha problemas. Aycayia ainda tava fora caminhando pela estrada, e o pior que poderia acontecer era ela esbarrar na Priscilla no caminho de volta pra casa.

�֎

No caminho de volta da mercearia, Arcadia avistou a figura de uma mulher caminhando sozinha na beira da estrada; viu os longos *dreadlocks*, o andar estranho e desajeitado. Estava voltando para a aldeia. Era a metade da manhã e o sol estava forte e alto no céu. Ela parou o jipe e gritou para Aycayia, "Eiiii. Entra aí."

Elas dirigiram em um silêncio confortável, embora Arcadia sentisse que a outra tinha muito no que pensar. Ela se perguntava se Aycayia estaria farta de morar em Concha Negra, se estaria com saudades de casa, não do mar, mas da outra ilha e da outra época.

"Você tava dando uma caminhada?"

Aycayia assentiu.

"Você sente saudades de... casa?"

"Saudades?"

"Tá tendo lembranças de casa?"

"Penso no mar."

"E antes?"

"Sim. Casa... faz muito tempo."

"Tô feliz por você estar aqui."

Aycayia lhe lançou um olhar cuidadoso e tirou os óculos escuros.

"Eiiiii." Arcadia parou o jipe; estavam quase na entrada de Santa Constança.

"Chora não, querida. Isso vai levar tempo..."

Aycayia assentiu com a cabeça e perguntou: "Você... casada?".

Arcadia balançou a cabeça. "Não."

"Por que não?"

"Longa história."

"David... quer que eu..."

Arcadia assentiu, nada surpresa. Isso daria à outra alguma proteção. "E você?"

Aycayia enterrou a cabeça nas mãos. Havia coisas que ela sentia e não sabia expressar. A srta. Rain a observou por alguns momentos.

"Vamos lá pra casa", disse ela. "Vem comer umas panquecas."

"Panqueca?"

"Vou te mostrar. Reggie vai ficar feliz de te ver... Sobe comigo, toma café da manhã com a gente. Tenho uma visita também. Um amigo de longa data."

O rosto de Aycayia se iluminou. "Amigo?"

"Sim, de muito tempo atrás."

Vida ia gostar dela. Arcadia sabia disso. Na verdade, Vida teria a maior surpresa de sua maldita vida.

A chuva tinha começado, um aguaceiro no meio da manhã, então as duas mulheres correram do jipe para a grande casa, subindo os degraus da varanda. Dois dos pavões estavam empoleirados na balaustrada, encolhidos, tremendo. Às vezes eram bem frio lá em cima, na colina. A névoa começou a se assentar ao redor deles, cobrindo a casa. Reggie tinha aumentado o volume da música e Aswad estava martelando na sala de estar. Quando as mulheres entraram, foram recebidas pela cena de um homem e um garotinho dançando, um deles com um par de fones de ouvido. O coração de Arcadia ficou preso na garganta. Com a chuva, o reggae e os homens dançando, ela não conseguiu dizer muita coisa; ficou ali segurando o saco de papel pardo com a mistura para fazer de panqueca.

Aycayia ficou feliz ao ver Reggie. Ela se juntou aos homens, e os três ficaram curtindo, Aycayia com os óculos escuros de David ainda escondendo os olhos cor de mercúrio. Os vira-latas correram para as pernas de Arcadia, balançando o rabo, cheios de devoção. Era tudo por causa de Aycayia, a srta. Rain tinha certeza disso. Ela havia trazido consigo uma série de eventos, e Arcadia sentia gratidão e compaixão pela situação da outra. Ela não faria nenhuma apresentação formal entre Aycayia e Vida; eles iam se entender.

Ela levou as compras para a cozinha e começou a preparar o café da manhã: massa, café, choka de tomate. Talvez Vida ficasse mais de uma noite. Ou até algumas. Era preciso dar a ele espaço para chegar. Todos aqueles anos, segurando-se. O amor poderia aprender a sabedoria; poderia guiá-la, e guiá-lo também.

Arcadia ouviu um veículo parar na entrada. Era David, com um rosto profundamente perturbado.

"Entra!", gritou ela, e ele saiu correndo da caminhonete e entrou na cozinha, pingando.

Ele lhe contou sobre Priscilla e suas ameaças, que Aycayia havia sido identificada pelos filhos dela, que seria apenas uma questão de tempo até que todos soubessem que ela havia sido tirada do mar, que era a sereia que os ianques capturaram em abril, que valia muito dinheiro e que fora ele quem a roubara do cais.

"Bem, deixa as pessoas dizerem o que quiserem", retrucou Arcadia. "Ci-Ci, todo mundo, eles vão ficar numa boa. É só aquela Priscilla que vai fazer um escândalo e pode deixar que cuido dela. Faz tempo que ela cria problema pras pessoas aqui. Posso fazer com que seja mandada embora de Concha Negra. Ela me deve aluguel, pra começo de conversa. Ela acha que não me deve nada. Mas pode fazer as malas e sair daqui rapidinho. Tá?"

David assentiu, mas ainda tinha um sentimento ruim.

"Não se preocupa com essa velha antipática. Sou pior do que ela quando quero."

David entrou e arquejou. Jesus Cristo na terra, de onde tinha vindo seu tio Vida? Uma lágrima de alívio gotejou. Vida tinha voltado! Vida faria diferença. O que tava acontecendo? O que tava acontecendo naquela desgraça de aldeia?

A chuva batia tão forte que era difícil ouvir um ao outro durante o café da manhã. Os vira-latas se amontoavam sob a mesa da cozinha. Arcadia havia passado o ponto do choka, transformando a comida em uma pasta seca de tomate, mas ninguém notou ou reclamou. Quando Aycayia tirou os óculos escuros, o rosto de Vida mudou de uma expressão plácida para maravilhada. Quando ela pegou o xarope da panqueca, ele notou as mãos palmadas. Reggie sinalizou: ela costumava ser uma sereia. Foi pega por uns ianques. Em abril. Tio David a resgatou. Arcadia agia as vezes como intérprete. Vida assentiu, mas continuou a observar Aycayia com uma admiração que não conseguia esconder. Considerando tudo, havia um ar de acontecimento naquela manhã, com todos eles reunidos ali. Aycayia olhou para Vida, com a inocência calma e doce dela. Ele parecia ser importante.

Depois de duas panquecas, ela disse: "Quem você?".

Todos olharam para ele.

"Sou um homem de Concha Negra."

"Você nascido na aldeia?"

"Sim."

"Casa?"

"Sim."

Ela olhou para a srta. Rain, assentindo. Reggie tinha o mesmo rosto que Vida. Era muito perceptível.

"Qual é o seu nome?"

"Vida."

"Bom nome."

"Obrigado."

"Melhor que Morte."

"Qual é o seu nome?", perguntou ele.

"Voz doce."

"Legal."

Vida olhou para Arcadia, notando como ela havia amadurecido e se tornado uma mulher, então para o filho, seu filho poeta; ninguém lhe dissera que ele era surdo, ou o quanto eram parecidos. Ele observou a mulher que costumava ser uma sereia, tentando absorver tudo. As coisas realmente tinham mudado em Concha Negra.

"Você vem amar seu filho?", perguntou Aycayia.

"Sim."

"Nós somos amigos."

Vida assentiu e disse: "Obrigado".

"Ele me ensina a falar com as mãos."

"Espero que ele me ensine também."

"Bom." Aycayia sorriu. "Vai ter que ficar uns meses."

A srta. Rain deu a Aycayia um olhar que dizia "Chega".

Houve um burburinho em torno da mesa. A chuva incitava a ficarem todos juntinhos, os mantinha unidos. Reggie estava tonto diante dos novos sentimentos. Arcadia foi tomada por uma onda repentina de quase felicidade, porém ansiosa. A chuva parecia lavar alguma coisa. Final de agosto. Logo, porém, viriam as grandes tempestades e isso sempre a deixava nervosa.

David, no entanto, sentia-se inquieto. Com Priscilla e os filhos em pé de guerra, como Aycayia poderia sobreviver, quanto mais ser sua esposa? E se pegasse um vírus? Um resfriado comum poderia matá-la? O chá de rooibos poderia salvá-la? Ele queria segurar a mão dela debaixo da mesa. Quando ela olhava para ele, era difícil ler seus pensamentos.

Mas era bom rever Vida. Com ele ali, a srta. Rain agora tinha uma família. Mas Vida jogaria esse jogo? Se tornaria o verdadeiro pai de Reggie? Os homens não cumpriam muito o papel de pai por aquelas bandas. Vida poderia viver ali, naquela grande casa velha?

Um estrondo de trovão estalou no céu e os vira-latas ficaram em pânico sob a mesa.

Aycayia olhou para cima.

Todos eles sentiram.

Até Vida olhou para cima. "Que diabos está acontecendo aqui?"

Aycayia o encarou com seus grandes olhos pretos, prateados na parte branca, e disse: "Mulheres me amaldiçoaram".

Ele assentiu.

"Num posso ficar muito tempo aqui."

Vida olhou para David; ele estava diferente agora, mais velho, um homem. Parecia infeliz e não conseguia disfarçar o quanto estava enrabichado pela mulher-sereia.

A chuva começou a invadir a cozinha, de lado. Todos ficaram molhados e tremendo. Os cachorrinhos saíram correndo de debaixo da mesa, latindo, fugindo da chuva. Arcadia levantou-se para fechar a janela.

Aycayia estava olhando em volta e ficou nítido que ela sabia algo que eles não sabiam. Uma forte rajada de vento soprou pela cozinha. A janela que a srta. Rain tinha tentado fechar se abriu de novo.

Aycayia se levantou e gritou para o teto: "Para".

Mas a chuva continuou e o vento começou a uivar pela grande casa. Aycayia pulou na mesa da cozinha e ergueu os braços, gritando para o alto, na língua de seus ancestrais.

O rugido parou abruptamente.

A última gota de chuva caiu em um longo raio. O céu parou e secou. Aycayia continuou a olhar para cima.

Todos, exceto Reggie, ouviram o som seguinte. Bem, bem baixo e de mulheres.

Risadas.

Os vira-latas latiram para o som.

Vida olhou para cima e depois olhou para a mulher que costumava ser uma sereia. Finalmente tudo começava a fazer sentido: o mau tempo — não tinha parado de chover desde que ele tinha chegado —, aquela mulher incomum de dedos palmados que fazia parar a chuva com sua língua insondável; o filho, que não podia ouvir, mas que havia roubado seu coração no instante em que se conheceram; e o sentimento que tinha brotado no peito, na barriga, nos braços e nas pernas, instantânea e talvez até desastrosamente, por aquela mulher branca que ele conhecia desde que os seios dela eram duas protuberâncias rosadas, desde que ela usava aparelho nos dentes, desde que ele havia cortado sua trancinha. Ele a conhecia desde sempre, desde pequena, desde antes daquele grande furacão, desde os anos em que ela ia e vinha de Barbados, largando-o todas as vezes, duas vezes por ano, naqueles dias de ir e vir — ela, a menina rica, ele, um menino pobre. Ele a conhecia desde a época em que corriam um para o outro sempre que ela retornava, ela trazendo suas histórias do mar de Barbados, e aí faziam amor como deuses. Conhecia-a desde quando cresceram e fizeram um bebê, o filho deles, e ele a abandonara, egoísta, quando necessitou fugir e ser quem ele podia ser. Todo aquele amor, todo aquele tempo, crescendo nele. Era mais do que ele esperava, especialmente agora com a surpresa de Aycayia, e Reggie, seu filho, ser tão legal. Como se tudo tivesse sido organizado, o jeito como as coisas tinham se desenrolado. Empurrar e puxar. Seu coração ficou preso na garganta. O que dizer, hein? Talvez o amor tivesse caminhos e tempos próprios. Tudo que Vida sabia era que estava de volta.

8

Paraíso

Priscilla tinha um "amigo" em Pedra Pequena, a aldeia vizinha, que era policial. Bem, não era realmente um amigo, era mais um homem que ela havia encontrado muitas vezes para transar e cuja esposa tinha ameaçado matá-la na próxima vez, mas não importava. O superintendente Porthos John era um dos três únicos policiais na ponta norte da ilha, um dos sete em toda ela, e isso significava muito. Porthos passava as tardes jogando baralho atrás da delegacia de Pedra Pequena; todos sabiam que não deveriam atrapalhar o jogo. O jogo de azar era apenas uma das maneiras pelas quais Porthos John complementava o salário raquítico. Também havia corrupção; estava metido em toda e qualquer coisa que acontecia, mas não importava.

Quando Priscilla chegou, tinha tirado os rolinhos cor-de-rosa e escovado o cabelo, prendendo um cacho em um topete. Depois se ungira com colônia pós-banho Jean Naté e passara vaselina nos lábios. Era final da tarde e o jogo estava mais ou menos encerrado. Porthos não havia vencido nem perdido, as apostas estavam equilibradas e seu humor também. A atração por ele era a única coisa que era um problema. Ele era um sujeito gigante, ex-cadete do exército na ilha maior, e falava com uma voz de barítono que fazia seus seios saltarem. Em meio àquela voz e o uniforme, ela ficava perdida. Fazia muito tempo que eles vinham transando, de forma intermitente. David era outra coisa. Era um homem mais jovem, solteiro, um pescador local, nada mais. Mas Porthos? Não. Porthos era ela, cara. Fazia um tempo que Priscilla não o via, desde aquela coisa toda com a esposa dele. Porthos era um dos poucos homens capazes de adocicar seu temperamento ruim, fazer seu rosto corar de calor. Ele não era um típico sedutor de Concha Negra; era um homem com H maiúsculo, um homem da lei, desonesto, como todos eles, marido de outra mulher e pai de três filhos. Ele estava fora dos limites, mesmo para os padrões locais, então, para ela, Porthos era sexy como um pedaço de queijo com geleia de pimenta em uma torradinha fresca.

"Opa, opa", disse ele, quando ela apareceu, toda enfeitada e bem-vestida.

Os outros três homens na mesa sorriram. Um estalou a garganta em expectativa aos truques dela. Outro soltou um comentário para ela entre dentes. Eram nativos que a levariam para os fundos e a pegariam de jeito quando ela quisesse, e deixavam isso claro.

"Ei, pessoal, é hora de encerrar o dia", disse Porthos. Priscilla os encarou, como se tivesse vindo com a corda toda, como se fosse xingar cada um deles até deixá-los profundamente envergonhados, expor seus segredos mais íntimos se eles não vazassem.

Um por um, eles foram se levantando, cada um fingindo que tinha outra coisa para fazer, cada um se sentindo silenciosamente usurpado e curioso em igual medida. Priscilla parecia um mangusto selvagem no cio. A esposa ficaria sabendo disso, no mínimo.

"Senta", disse Porthos, arrastando para trás uma das cadeiras brancas de plástico. "Faz tempo que não te vejo, o que te traz aqui?"

Ela o olhou fixamente através dos cílios e ele gelou um pouco, ciente do efeito que ela lhe causava. Fazia dois anos que Priscilla tinha se afastado, como disse que faria. O que os olhos não veem, o coração não sente. Mas não tão longe assim. Aquela mulher, ele temia, tinha alguma forma rápida de se conectar com ele.

Ela puxou uma cadeira. "Tenho uma coisa pra compartilhar, uma coisa grande. Por isso que eu vim."

Ele pegou o isqueiro e acendeu um cigarro, olhando para o peito dela.

"Fala, né."

Ela lhe contou sobre a competição de pesca e o bacanal que tinha acontecido por conta de uma sereia pescada por dois ianques branquelos idiotas e que disseram ter sido roubada do cais, e como esses homens desapareceram depois — uma idiotice atrás da outra. Algo que ela não tinha interesse. Até que conheceu a mulher com os olhos vesgos que morava com o pescador, David Baptiste, rastejando no chão, como se não conseguisse andar, e então a viu vagando pela aldeia com óculos escuros e as roupas de Baptiste. O jeito dela de andar era todo desconexo, tipo na ponta dos pés, como se estivesse tentando alcançar alguma coisa no alto. Como se ela não fosse nada normal, nem fosse dessas partes, ou mesmo da Jamaica. E como seus dois filhos estiveram no barco dos ianques e viram a tal sereia, mas não tinham falado nada a respeito disso até o outro dia. Então eles viram a sereia andando pela aldeia, tranquilona.

Porthos tossiu. "Vocês todos têm fumado uma parada forte em Concha Negra ultimamente?"

"Não."

Ele observou Priscilla. Ela era capaz de inventar todo tipo de história; até agora aquela era a mais sem pé nem cabeça.

"Baptiste até quer casar com essa droga de sereia."

"O quê?"

"É. Ele disse que vai se casar com ela, até roubou a cauda dela. Talvez já tenha vendido. Ela vale milhões. Ele roubou ela porque quer o lucro sozinho. Disse que se casa com ela, mas roubou ela pra ser o único dono e vender ela algum dia. Fica só de olho."

"Priscilla, você sabe que isso tudo é absurdo."

"Faz muito tempo que coisas absurdas acontecem nessas bandas da ilha. Cê sabe disso."

"Você tá dizendo que ela é uma sereia, mas tá óbvio que não é mais. Como se tivesse voltado a ser mulher. A parte peixe já era."

"Não. Dá pra ver nas mãos dela." Ela abriu os dedos. "Como nadadeiras."

Porthos ergueu as sobrancelhas.

"Os olhos dela são assustadores, menino. Parece das antigas, como se fosse uma sereia por muito tempo, ou uma velha indígena guerreira do passado."

"O quê?"

"Tô te falando."

"E? Deixa ela em paz; não vale nada sem a cauda. É uma mulher agora."

"Nããão. É um peixe. Ou costumava ser. Acho que aquela vaca da srta. Rain tá até ensinando ela a falar."

"Bem, o que você quer que eu faça a respeito? Ela não infringiu nenhuma lei. Pode ser quem ela quiser."

Priscilla lhe lançou um olhar impaciente. "Cê realmente ainda não entendeu."

"Entendeu o quê?"

"Prende ela. Prende o Baptiste também, por posse ilegal ou roubo."

"Oi?"

"Ele roubou a sereia do povo. Aquele barco, *Destemor*, deve ter sido registrado na Cidade Inglesa na autoridade portuária. Todos os barcos americanos têm que ser registrados nessas águas. Nome, endereço, número de telefone. Tudo. Esses homens são fáceis de achar, uma ligação. Diz pra eles que a gente encontrou a sereia deles."

"E depois?"

"Deixa ela trancada com chave, aqui na prisão de Pedra Pequena. Diz pra eles que tem uma multa grande antes de soltar ela, meio milhão da porra dos dólares ianques. Ela pode se enquadrar como uma estrangeira ilegal ou alguma coisa assim, uma merda de uma refugiada ilegal. Meu Deus, pensa em alguma coisa! Baptiste tá bobo por causa dela. Eu não vou conviver com ela como minha nova 'vizinha' e fingir que não sei quem ela realmente é, né?"

Porthos ficou olhando para Priscilla e aos poucos foi entendendo, sim, por que ela estava ali. Garota esperta. Mulher má. Mal-intencionada, era por isso que ela mexia com ele, sempre. Policiais e ladrões. Ela era safada, uma ladra, e essa era a atração.

Priscilla olhou para ele e sentiu o sangue se agitar. Porthos era o pai do seu filho mais novo, Perna Curta, nascido com um pé virado para dentro e os olhos escuros e perscrutadores do pai. Ela nunca contou a Porthos porque ele nunca precisaria saber. Não ia bancar o pai pro filho dela; ele tinha três já, talvez mais. Ele era seu parceiro, pai de seu filho, seu amante, nada mais. Sua esposa era uma *dougla* da ilha maior, um capacho, uma dona de casa. Era ela e Porthos que eram amantes de longa data, paralelamente, muito antes de ele conhecer a esposa.

"Vou te mostrar onde ela tá. Viu? Prende ela. Liga pros ianques na Flórida. A gente divide o dinheiro meio a meio."

Quando David levou Aycayia para casa e Reggie seguiu para o andar de cima, Arcadia foi até a varanda para olhar as encostas íngremes de Concha Negra e suas casas. Aos 40, ainda era tudo que conhecia; isso e o convento de Barbados. Ela não tinha motivos para sair e nenhum lugar para ir. Ci-Ci e a família dela eram como a sua família, muito mais do que seus irmãos que nunca telefonavam, a quem ela via muito raramente, em geral, apenas quando voltavam da ilha maior porque careciam de dinheiro na forma de um pedaço de terra vendável. Sua casa era aquela velha casa e seu povo era o povo de Concha Negra. Um dia, seu filho iria embora e se juntaria a uma comunidade de pessoas com deficiência auditiva em outro lugar. Isso era certo. Reggie iria para o mundo. Mas, para ela, Concha Negra era ontem, hoje e amanhã. Em uma sala cheia de livros, em uma casa nas colinas, perto de uma floresta onde ela sabia que os uivadores eram inofensivos, ela viveria até a morte.

Vida juntou-se a ela para observar as mesmas colinas, a baía. Ele botou dois dedos entre as omoplatas dela e a acariciou, ela se assustou, mas logo relaxou. Vida se sentou em um dos sofás de estrutura de madeira que davam para o mar e deu um tapinha na almofada ao lado. Arcadia lhe lançou um olhar que dizia talvez, *se ele tivesse sorte*. Ele lhe retribuiu com seu olhar "tudo", um que tinha desde muito jovem, um que dizia "sou trapaceiro, amante, homem sábio, homem bom, tolo". Arcadia então se sentou ao lado dele e, por fim, colocou a cabeça em seu ombro. Uma brisa soprou, farfalhando os sinos dos ventos de bambu. Um dos vira-latas, metade spaniel, veio, se sentou na frente deles e ficou olhando. A cauda sacolejava com suavidade. O sofá era grande o suficiente para Arcadia se espalhar e ela fez isso, deitando a cabeça no colo de Vida. Ele acariciou seus cabelos loiros, cacheados, curtos — madeixas pelas quais havia passado a mão muitas vezes desde que decepara a trancinha. Tocou suas orelhas, seu nariz, acariciou suas sardas. O cachorro resmungou. Vida o empurrou com um pé e ele se deitou no chão.

Mais tarde, na grande cama de metal, que havia pertencido a uma tia, na qual Arcadia havia nascido e dado à luz o filho deles, os dois deitaram-se juntos. Vida beijou as curvas arredondadas da barriga dela, a cavidade do umbigo. Ele se sentia rendido ao desejo, à sua gêmea, sua única amiga de verdade no mundo. Seu lar eram os dedos, cotovelos e o torso dela; seu lar eram o rosto, os olhos, o encarar, a maneira como ela dizia as coisas, qualquer coisa. Ele havia estado tão entediado, tão à procura, em busca de qualquer outro lugar, menos ali. Não demorou muito para encontrar a eletricidade e o calor dela, uma sintonia fácil.

"Vem, vem aqui, vem cá", sussurrou ela e ele a beijou suavemente nos lábios, e então eles se reencontraram, enredaram-se nos membros um do outro, uma vida inteira de amor, de saudade, com a tristeza dos anos perdidos.

"Tô mais velha agora", sussurrou Arcadia, consciente das marcas de estrias mais intensas nos quadris. Os pés estavam mais chatos, a pele não era mais uma camada de cetim. O sol tinha salpicado seu peito, suas mãos. Uma década de solidão se assentara em algum lugar, mas agora aquele homem estava ali outra vez, com todos os seus dons.

Começou a chover de novo, forte. O quarto estava escurecido, exceto pelo brilho amarelo do abajur ao lado da cama. Sob as ondas cinzentas do mosquiteiro, as coxas de Arcadia se separaram e a boca dele recaiu nela. A mão desceu para tocar a cabeça dele. Os quadris se ergueram e ela olhou para o ventilador de teto, tentando se preparar para mais dele, e para mais uma perda. Um homem como Vida era grande demais para Santa Constança. Ele jamais permaneceria. Ela se ajeitou para se aproximar, para encontrá-lo. Lembrou-se de uma ocasião, bem no passado, na época em que o conhecera, correndo colina abaixo, um menino magro, olhando para ela, sorrindo, balbuciando as palavras: *Vem me pegar.*

✳

Certa manhã, Aycayia acordou em uma poça de sangue. O sangue era escuro e vividamente vermelho, e brotava de seu ventre. Sua menstruação havia recomeçado.

"Olha!", gritou ela para David, e mostrou-lhe o sangue nos dedos. Ela cheirou e depois passou no rosto. David riu com surpresa e alegria. Sua transformação agora estava completa. Era motivo de comemoração. Ela riu também e cantou uma canção alegre. Depois cobriu o peito dele com seu sangue. O sangue tinha um cheiro metálico e ele o reconheceu de imediato; como um amante de mulheres, David tinha sentido aquele perfume toda a sua vida. Ele sorriu para ela.

"Você voltou a ser uma mulher inteira agora", disse ele. Aycayia assentiu e se levantou, toda ensanguentada, e dançou para ele, chorando também, lágrimas de felicidade, tristeza e surpresa, tudo misturado. Isso significava que poderia ter filhos, David sabia. Será que agora precisaria tomar precauções com ela? E se ela engravidasse, tão jovem e fértil; e se eles fizessem um bebê juntos e logo? Ele mal conseguia evitar amá-la dessa maneira. Trariam uma criança ao mundo? David queria isso mais do que tudo. Seria o destino divino, um pescador ter um filho com a sereia vinda das águas de sua terra natal, as águas de Concha Negra.

✳

Diário de David Baptiste, janeiro de 2016

Lembro bem de quando Aycayia mandou a chuva calar a boca, e ela obedeceu. Também ouvi as mulheres rindo lá em cima nas nuvens e isso me assustou, assustou todo mundo. Levei ela pra casa e refleti muito sobre a nossa situação. Ela tava ficando comigo, sei lá, há uns quatro meses. Já sabia andar e falar de maneira meio fragmentada, mas, mesmo assim, ela não estava completamente normal. Ela era o que era. A menstruação, isso também voltou nessa época. Imaginei que agora ela podia pegar barriga; e depois? Eu também podia ser pai, e esse pensamento me deixava tanto feliz quanto assustado. O assunto de esposa e casamento caiu no esquecimento. A gente fazia amor por horas todas as noites naquela cama, a cama onde ainda durmo. Ela se encaixava em mim de uma maneira difícil de explicar, se encaixava no meu corpo e na minha alma. Falei pra Aycayia que ia manter ela segura, cuidar dela sempre, que a gente podia até deixar Concha Negra, se mudar pra uma parte próxima da ilha, ou até pra outra ilha, pra fugir de Priscilla e da maldade dela.

A manhã seguinte foi o começo do fim de tudo.

Aycayia me acordou, aos gritos.

Ela puxou as cobertas da cama. Não tinha sangue dessa vez. Nada pra comemorar.

Era como se uma alergia tivesse estourado. As pernas dela tavam cobertas de escamas, finas e brilhantes. Meu primeiro pensamento foi derramar um pouco de água do mar em cima delas, pra fazer as escamas desaparecerem. Achei que era tipo uma irritação na pele, como se ela tivesse ficado chateada e tido uma reação às nuvens que riram, mas Aycayia olhou pra mim com um entendimento terrível no rosto.

"Estão vindo atrás de mim", falou.

"Não, num pode, estão mortas", respondi. Mas ela tava assustada porque a maldição continuava viva, por estar se transformando de novo. Ela saltou da cama e vestiu uma roupa qualquer. E, antes que eu pudesse impedir, desembestou porta afora, disparando na direção das colinas acima de Concha Negra, pra floresta tropical.

"Não!", gritei atrás dela. Corri pro meu quintal, apenas de cueca, e olhei pra estrada, gritando: "Não vai! Pra onde cê tá indo?". Implorei, mas só consegui acompanhar ela desaparecendo na esquina.

Presumi que ela ia voltar, como antes. Devia ter corrido atrás dela, mas deixei que ela fosse. Imaginei que quisesse ficar sozinha. Imaginei que estivesse com medo. Eu também tava. Acendi o fogão pro café e fiquei imerso em pensamentos. As pernas dela tavam cintilando. Aquilo era escama de peixe que eu tinha visto. E se ela estivesse voltando a ser sereia? E aí? Como a gente lidaria? Como eu lidaria? Tentei pensar no pior cenário possível e isso só fez deixar minhas pernas fracas. Me sentei na varanda, olhei pro mar, no local do nosso primeiro encontro, onde aqueles ianques pegaram, golpearam e trouxeram ela de volta quase morta.

Mas ela não voltou. Por volta do meio-dia, eu tava preocupado. Peguei um facão, calcei minhas botas velhas e segui na direção das colinas e da floresta. Eu sabia que Aycayia tinha subido lá uma vez com Reggie, e que eles tinham visitado aquela árvore grandona e velha que tem lá em cima. Papa Bois. Tive um palpite de que ela tinha ido de novo lá, então subi pra floresta, tão antiga quanto aquela época antes de qualquer pessoa chegar de canoa do Orinoco.

✺

Nadar no mar sozinha agora
Reggie me mostra Papa Bois
Consigo falar com as árvores
Acho que a árvore pode me salvar
Cordas caem da árvore

Uma maldição dura pra sempre
Fazer uma maldição é fazer o mal
Nunca amaldiçoe o outro
Pensa em mim se você encontrar essa carta
e ler a minha história
Aycayia a sereia da ilha

em forma de lagarto
Fui amaldiçoada por inveja pra ficar sozinha
uma sereia sem sentimentos no coração
Fui banida antes de poder ser mulher de verdade
Sangue volta
depois escama de peixe
Mudança completa pra mulher
e depois mudança de volta pra peixe
Guanayoa minha companheira
Ela ainda está comigo hoje
Naquele dia tento me matar de verdade

Vou viver até que não tenha mais água no mar
Vou agora e pra sempre
Vou estar aqui o tempo todo
Eu, Aycayia Voz Doce

O sentimento do coração foi meu
    saber na terra uma vez
na ilha de Concha Negra
Eu era a sereia que viveu lá uma vez
Eu era a sereia de Concha Negra.

Quando o superintendente Porthos John e Priscilla chegaram à casa de David Baptiste na hora do almoço, no final de agosto de 1976, não houve resposta às batidas. Eles então foram até o quintal, pararam na varanda e espiaram.

"Ninguém em casa", disse Porthos.

Priscilla sibilou, irritada.

"Sabe de algum outro lugar onde podem estar?"

"Sim."

"Onde?"

"Só tem um lugar. Lá em cima na srta. Rain. Ela costuma ir lá todas as tardes. É onde devem estar. O homem da srta. Rain voltou pra Concha Negra outro dia mesmo."

"Quem?"

"Aquele homem de rosto comprido. O tal artista. Saiu daqui muito tempo atrás. Chifrou bem ela, deu um pé naquela bunda branca. Dizem que o menino surdo é filho dele."

Priscilla observou a reação dele, mas não houve nenhuma.

"O Vida? Você quer dizer Vida, aquele selvagem das bandas de cá?"

"Isso. Ele. Homem de rosto comprido com grandes ideias. Faz muito tempo que foi embora."

"Como você sabe que ele voltou?"

"É Concha Negra, né. Ele apareceu aí outro dia. Difícil não notar um homem como ele chegando. Ele foi beber na Ci-Ci, dizendo que ia ficar só uns dias. Deve estar na casa da srta. Rain também, conhecendo o cara como conheço."

"Eu conhecia o Vida."

"É? Você e todo mundo por aqui."

"Acha que eles estão lá em cima?"

"Vale a pena conferir."

"Nunca estive naquela casa."

"Nem eu. Aquela vadia fica lá em cima se achando toda poderosa. Olhando do alto pros súditos."

"Ouvi dizer que ela não é tão ruim assim."

Priscilla lhe lançou um olhar feroz, carregado de ódio.

"Calma, mocinha", provocou ele.

"Calma?"

O ardor dela era palpável. Era o que ele mais gostava nela, aquela natureza apaixonada. Ela podia ser mais cruel do que uma ressaca em um dia de calor, mais azeda do que um cajá-manga maduro, mais maldosa do que a maioria dos homens maus que ele tinha conhecido, e o ódio por gente branca era sua parte mais malvada de todas.

"Vem cá", disse Porthos. "Vamos fazer uma visita à senhorita Toda Poderosa." E ele lhe lançou um olhar que dizia: "E mais tarde eu vou te fazer uma visita também".

O rosto de Priscilla se abriu em um sorriso maior do que ele mesmo. Entraram no pequeno Datsun Sunny marrom, emprestado não oficialmente a longo prazo à delegacia, o único carro de polícia da ilha. Ele tinha uma faixa de acrílico verde na parte superior frontal do para-brisa na qual estavam escritas as palavras *Natty Dread*.

Quando Aycayia alcançou a figueira gigante com raízes tão altas quanto muralhas, ela se sentou ao lado da árvore e põe-se a lembrar. Do pai, o grande chefe, a mãe, a terceira esposa dele, a aldeia que ela havia conhecido durante toda a sua curta vida, a grande casa quadrada onde sua família morava, os zemís de seus deuses, o campo para jogos, os grandes banquetes, as irmãs e suas metades, as outras mulheres da aldeia e seus homens. Tinha sido há eras e ainda assim os rostos emergiam em sua memória. Seu povo não foi o primeiro do arquipélago. Na verdade, era originado dos pioneiros, nascidos de uma longa linhagem que chegara de canoa do centro das Américas. Se adaptaram à vida na ilha, embora houvesse grandes matanças antes mesmo da chegada do almirante espanhol, com suas armas e o desejo por ouro. Essas ilhas tinham sido povoadas e repovoadas mais de uma vez. Seu povo sabia viver em paz, em sua maioria, com os grandes reinos ao redor.

E, no entanto, ela fora punida. Fora amaldiçoada pelo problema do sentimento do coração, a magia dentro-fora da cama, aqueles sentimentos que agora conhecia com David. Mesmo as pessoas do passado podiam ser más. Podiam sentir inveja. As mulheres a selaram, jogaram-na no mar e a amaldiçoaram com a virgindade perpétua. Fique no mar. Fique longe do homem. Nenhum sentimento de coração no peito dela. Aycayia sabia que logo estaria de volta ao oceano, de volta à solidão. Já sentia o início de uma reversão nos átomos de sua carne, o regresso à sereia. O mar nunca havia sido lavado dela. O ímpeto estivera presente durante todos aqueles meses na terra. A maldição fora eficaz além da conta. Aquelas mulheres não fixaram um limite de tempo. Seu exílio era para a eternidade; essa tinha sido a intenção delas. Vá embora para sempre, até que o planeta se transforme em pó, como outros planetas, ou até que o oceano seque. David lhe contou que havia muitas histórias de sereias no mundo, mas para as pessoas agora eram apenas isso, histórias. Ninguém acreditava que elas vinham da vida real. Mas todo homem e toda mulher na terra tinha uma vida curta. Setenta ciclos, talvez mais. Então, a humanidade, mesmo reunida, tinha memória curta. A morte vinha encontrar as pessoas de várias maneiras, a qualquer hora; a vida na terra sempre foi uma curta estadia. Nela, um homem ou uma mulher podia proferir uma maldição, mas o humano e a maldição morreriam. Essa, no entanto, não tinha fim.

Escamas brilhantes haviam surgido nas coxas dela, durante a noite, desde que ouvira aquelas mulheres rirem: eu-peixe voltando. Primeiro o fluxo de sangue e depois as escamas. Que bela piada. Aquelas mulheres eram traiçoeiras. Logo as pernas se fechariam de novo, a pele de mulher desapareceria. Quanto tempo? Dias? Semanas? Qual era a melhor forma de vencer o destino? Cipós grossos pendiam da figueira gigante. Não era difícil alcançá-los. Ela puxou com força um que balançava. Essa seria a melhor maneira, no entanto aquele cipó caía abaixo da altura da cabeça. Precisaria encontrar um mais alto.

Quando pararam em frente à grande casa, Porthos disse: "Você fica aqui por enquanto, tá?".

Priscilla sibilou, irritada, lançando-lhe um olhar que o devorou até a morte.

"Tudo bem", concordou ela, desviando os olhos.

A casa tremulava um pouco na fornalha do calor do meio-dia. A varanda derramava um fluxo magenta de buganvílias no gramado. As paredes estavam descascadas e lascadas com tinta mofada. O pavão branco desfilava pelo jardim e o superintendente Porthos John se preparou para a branquitude daquele antigo pedaço da ilha. Por mais deteriorado que estivesse, o local ainda mostrava que havia sido construído para dominar. Ele tinha ouvido de Ci-Ci e os irmãos dela, e de outras pessoas por aí, que a srta. Rain era gente boa. Eles se cruzaram muitas vezes na estrada, ela com o filho surdo no banco do carona do jipe. Outros homens da polícia também já tinham interagido com ela, vez ou outra. Ela possuía uma arma legalizada, disso ele sabia, e nunca houvera nenhum problema ali em cima; ninguém ousaria invadir, considerando que ela era dona de quase todas as malditas casas, terras e meios de subsistência das pessoas por quilômetros do perímetro. Que se dane que era... benevolente. Aquela piranha de merda era dona de tudo, branca de nariz empinado, assim como seus ancestrais. O tempo da escravidão tinha passado e ainda assim a casa ali em cima do morro, escondida, não era amigável a gente como ele, embora tivesse sido construída por negros, antigos escravizados. Tinha sido servida por negros, mas nunca tivera a droga de um negro dormindo sob seu teto, pelo menos nenhum que ficasse. Temperança era o seu nome, mas era um erro chamá-la assim, um delírio de algum velho branco.

Ele tocou a campainha, mas não esperou para entrar. Abriu o portão e os vira-latas se juntaram ao redor dele como um bando de ovelhas felizes. Porthos os empurrou para longe e endireitou o chapéu, partindo em direção à casa dos brancos. Na varanda, encontrou o lugar silencioso. O jipe dela estava estacionado ali perto, mas era como se não houvesse ninguém em casa, ou talvez todos estivessem dormindo. Ele bateu forte na vidraça e espiou lá dentro. A sala principal era maior do que toda a sua casa, e cheia de livros.

"Olá?"

Ele se virou e encontrou a srta. Rain parada ali, usando um vestido de ficar em casa e avental, descalça.

Ela o encarou. Era a primeira vez que um policial visitava sua casa. A merda do homem foi entrando sem esperar. Primeiro aquele ianque idiota, depois Vida entrando sorrateiramente, na calada da noite, e agora a polícia.

Porthos olhou para ela. Era baixa, até pequena. Não importava. "Estou aqui pra tratar de... assuntos delicados."

"Eita." O homem era grande, um gigante, mas e daí? A srta. Rain olhou para o carro dele, viu outra pessoa ali, mas não conseguiu distinguir quem era.

"Bem, é melhor não ser sobre nenhuma porcaria de sereia, tá?" Ela lhe deu o olhar mais severo que conseguiu.

Porthos John sentiu um certo calafrio nos ossos; sentia isso toda vez que farejava mentira. Era um apostador nato e sabia que aquela mulher estava blefando descaradamente.

"Então... Senhorita Rain."

"Arcadia, pelo amor de Deus."

"Um barco chamado *Destemor* chegou aqui em Concha Negra lá pra abril, dia 22, pra ser exato. Pra competição anual de pesca. Barco de propriedade do banqueiro americano Thomas Clayson."

"Nunca ouvi falar disso."

"Não?"

"Não."

"Dois homens brancos. Eles contrataram locais como tripulantes. Homens que você conhece."

"E?"

Porthos John a encarou, avaliando-a. Ela havia passado a infância em Barbados, diziam. Seus pais eram bêbados crônicos, ambos sardentos também, do jeito que os brancos do Caribe podiam ficar, mortos havia muito tempo de um câncer de pele que tinha começado no rosto.

Arcadia sabia que um suborno não funcionaria. Todo mundo podia subornar a polícia ali, mas não ela.

"Esses homens pescaram uma coisa incomum. Isso causou um rebuliço."

"Aham, ouvi falar."

"Tenho testemunhas."

Arcadia o olhou com afinco. Quem estava no carro?

"Os dois jovens a bordo daquele barco dizem que viram ela."

"A famosa sereia de Concha Negra? Sério? Que bom, então. Mas isso faz muito tempo, em abril. Talvez tenham pegado uma porcaria de sereia, mas ela voltou pra lá, ou alguém acabou com ela. Quem sabe a comeram ou deixaram ela ir embora, sabe lá Deus, e eu, na verdade, não dou a mínima."

"Minhas testemunhas disseram que viram essa mulher-sereia viva. Ontem. Viva, bem e morando em Concha Negra."

Um enorme nó feito de ar ficou preso na garganta dela. Foi então que Arcadia notou Priscilla atravessando o gramado como um foguete. Ela voou escada acima, parando ao lado do policial.

"David Baptiste tá escondendo a sereia que ele roubou", disparou ela. A mulher lançou um olhar de muita segurança da própria certeza em direção a srta. Rain.

"Baptiste andou escondendo ela em Concha Negra, esse tempo todo. Meus filhos viram ela naquele barco dos ianques e depois, outro dia, passeando pela aldeia. Pra todo mundo ver. Baptiste roubou a propriedade dos ianques. Agora ele desapareceu, e ela também. Pra onde ele levou ela? Hein?"

"Sai do meu terreno", disse a srta. Rain, de forma gélida.

Priscilla riu e imitou uma rainha de um país estrangeiro. "Seu terreno, né?"

Arcadia ficou irritada. Olhou para os dois. Era por isso que ficava na dela, para ficar longe daquela antipatia toda. História. O grande passado trágico. Sua família não tinha sido dona de escravizados, mas se beneficiou com a merda da coisa toda, gostando ou não; foi parte daquilo, e a casa, por mais que estivesse caindo aos pedaços, dizia tudo.

"A própria terra? É? As árvores? A porra dos papagaios nas árvores? As rãs? São seus? É?"

"Vai embora", sussurrou Arcadia.

"Não."

"O quê?"

"Vem cá me fazer ir."

Porthos John endireitou-se e ambos olharam fixamente para a pequena mulher branca que era dona de tudo desde séculos atrás.

"Você que tem que ir. Você e toda a porcaria da sua família. Por que não volta pra merda do barco onde todos vocês vieram, de volta pra In-glu-terra. Dá o fora da porra desse país."

A srta. Rain corou muito, se sentindo envergonhada.

"Cê não pode dizer pra gente pra onde ir, e o que ser, e o que fazer ou não com uma sereia. Tem um preço pela cabeça dela. Você tá dizendo pra gente não procurar por ela. Você? Com toda essa terra e dinheiro? Acha que é o seu papel impedir a gente de ganhar algum dinheiro também?"

"Não sei nada dessa sereia", disse a srta. Rain, decidindo que ia pegar a arma.

Porthos interveio. "Olha, se a tal sereia foi pega", disse ele, olhando ao redor, "e se ela ainda tá por aqui, então o mínimo que tenho que fazer é procurar por ela. Os americanos pescaram ela de forma justa. Quem quer que tenha levado ela, cometeu roubo. E quem tá escondendo ela, tá ajudando e incitando roubo de propriedade. Se for preciso, vou emitir um mandado de busca", explicou ele, examinando o rosto dela, "na sua propriedade. E um mandado de prisão pra qualquer pessoa encontrada abrigando uma imigrante ilegal ou propriedade roubada."

"Ela não é sereia mais", disse a srta. Rain, calmamente.

Porthos John a encarou.

"Ela é mulher de novo, como era antes."

"Cadê ela?", perguntou Priscilla.

"Não sei."

"Você tá escondendo ela?"

"Não."

"Você tá ensinando palavras pra ela?"

"Sim."

"Aqui?"

A srta. Rain assentiu.

Priscilla confirmou para Porthos, com um sinal. "Viu? Prende ela."

Mas ele estava hipnotizado. "O quê?"

"Sim, aqueles ianques pescaram uma pobre coitada criatura do mar. David Baptiste a resgatou e quis soltar ela de volta. Então ela ficou presa aqui. Em Concha Negra. Sem família. Sem nada. Sem jeito de voltar a ser quem era. Sim, a gente queria dar espaço pra ela voltar a ser ela, voltar a se transformar, do jeito que desse. Mas isso não é tão fácil. E ela não tá tão segura aqui em Concha Negra, no fim das contas. A gente esperava que talvez pudesse até se misturar com a comunidade. Mas nem todo mundo é tão... caridoso."

"Como isso tudo aconteceu?", exclamou Porthos. Até então, não estivera totalmente convencido da história da sereia.

"Ela foi amaldiçoada. Séculos atrás, por umas mulheres. Amaldiçoada por ser jovem, pela beleza dela; isso foi o que eu deduzi. Eu nem acreditei em nada, até que conheci ela. O nome dela é Aycayia. Ela vem de Cuba, ou de algum lugar lá de cima, e tá morando aqui há alguns meses, mas só Deus sabe por mais quanto tempo."

Porthos enxugou a testa.

"A maldição seguiu ela até aqui."

Priscilla não estava aceitando nada daquilo. Não sentia pena da sereia ou da vadia branca que a escondia. "Maldição?", disse ela. "Maldição?"

A srta. Rain assentiu.

"Deixa eu te contar sobre maldição." E ela apertou os olhos com força. "Eu amaldiçoo essa casa. Essa porcaria de casa de plantador, aqui no alto da montanha, construída por homens negros pra vocês, brancos. Amaldiçoo a madeira que usaram pra construir ela. Amaldiçoo as vigas que sustentam o telhado. Amaldiçoo cada pedaço de madeira e cada pedra que fazem dessa casa um lugar seguro pra você e pra merda da sua família viverem e governarem. Amaldiçoo sua casa. Amaldiçoo com vontade. Condeno essa casa ao inferno e que logo ela vai ser destruída e tudo com ela. Dane-se você, dane-se sua família e dane-se sua casa, srta. Branca do Nariz Empinado."

A srta. Rain estremeceu. "Sai", disse ela. Priscilla sorriu com sarcasmo e cuspiu no chão.

"Vamos", disse Porthos, balançando a cabeça; ele estava com medo e inseguro sobre como proceder diante dos desdobramentos daqueles acontecimentos; estava temeroso pela primeira vez na vida.

9

Operação Nauticus

Diário de David Baptiste, janeiro de 2016

Ainda vejo o corpo nu dela balançando num cipó naquela árvore gigante. Meu coração morreu no meu peito e eu gritei *Não*, correndo até ela.

Cortei a linha com um golpe de facão e o corpo caiu no chão. "Acorda, docinho, acorda!", gritei. Ela continuou ali, nua nos meus braços, entre a vida e a morte, de olhos fechados. Orei pra Deus por ajuda. O rosto dela tava quieto como o mar no amanhecer.

"Acorda, docinho, acorda", repeti diversas vezes. A árvore parecia estar chorando também, um pranto por nós. Um homem se depara com si mesmo apenas de vez em quando na vida, e aquele foi um desses momentos. Eu devia ter corrido atrás dela, devia ter cuidado dela melhor.

"Não, docinho, *dou dou*, céus. Não." Quando abracei ela pertinho de mim, senti seu coração ainda batendo.

Ela abriu os olhos. Me disse: "Não. Me deixa morrer. Me deixa vencer a maldição colocada em mim. Não vou voltar pro mar de novo. Me deixa morrer agora".

Merda, cara.

Eu tava acabado por ela e por nós. Aquelas mulheres seguiram ela com a droga da maldição.

Agora eu via que mais da pele dela tava voltando às escamas, brilhando ali, sob a árvore. Ela ficou repetindo: "Não". Eu me perguntei se tinha tomado a decisão errada. Um ou dois minutos depois e ela teria morrido. Mas estaria livre? Jamais vou ter como saber.

Me sentei por um longo tempo sob a grande árvore com Aycayia, Voz Doce, amor doce nos meus braços, sentada quieta, quieta, desejando que a floresta levasse a gente nos braços também. Desejei que a árvore pudesse nos salvar. Cantei pra ela as mesmas músicas antigas que eu cantava quando nos conhecemos. Um homem pode odiar outro homem, *oui*. Uma mulher pode odiar outra mulher. Mas a sensação suave que tinha dentro de mim era como uma força, e se manteve forte todos esses anos desde aquele dia terrível na floresta. Me pergunto sobre uma época em que ninguém morava nessas ilhas, quando as árvores e a natureza se mantinham isoladas. Cantei pro meu doce, doce amor. Cantei pra ela canções de harmonia com a terra e aguardei até que sua respiração voltasse e seu corpo se aquecesse.

❋

No dia seguinte, bem antes do amanhecer, quando todos ainda dormiam, o superintendente Porthos John chegou à casa de David com seis homens, fortemente armados com quatro metralhadoras e dois mandados de prisão. Eles estavam vestidos com trajes completos da s.w.a.t. Era tudo parte da Operação Nauticus, cujo objetivo era capturar a perigosa e malévola criatura metade-baleia que estivera escondida todo aquele tempo em Concha Negra, sem seu conhecimento, sem visto de permanência, sem comprovante de nada, uma ameaça à comunidade com suas doenças e o que quer que tivesse vindo com ela do mar. Ele a devolveria, uma vez que multas vultosas fossem pagas, ao banqueiro estrangeiro que a capturara, e então ela estaria fora da ilha, não mais sob sua responsabilidade. Porthos a eliminaria das proximidades. Não era como se estivesse vendendo alguém do próprio povo; ela não era de Concha Negra. Não. Sequer era humana. O pescador enfrentaria acusações por roubo e abrigo de uma estrangeira ilegal. A srta. Rain enfrentaria acusações por auxiliar, ser cúmplice e por perjúrio. O superintendente Porthos John levaria todos eles ao tribunal, com certeza, e logo.

Uma coisa de cada vez, no entanto.

A primeira coisa era levar aquele maldito peixe escorregadio de volta para a prisão em Pedra Pequena. Cinco da manhã. Operação na calada da noite. Ele teve que chamar três dos outros policiais da ilha. Haviam pegado emprestado as roupas s.w.a.t. de uma antiga operação de apreensão de cocaína do exército anos atrás. As armas eram antigas e duas estavam sem munição. Os caminhões eram veículos do exército aposentados, pneus carecas.

David e Aycayia estavam deitados nos braços um do outro quando uma forte batida soou na porta. Vozes na varanda, depois um estrondo e o som de homens entrando pelas duas portas. Tudo aconteceu rápido demais. Homens surgiram como raios no andar de cima, quatro deles em volta da cama, lanternas apontadas para a cara de suas vítimas. Os homens usavam balaclava. Um deles puxou as cobertas da cama. David e Aycayia estavam nus. Eles ficaram boquiabertos ao ver as escamas brilhando nas pernas e no torso de Aycayia; três recuaram. Mulher assombrada, ou algo assim.

Todos os três apontaram as metralhadoras para Aycayia. "Mãos para o alto", um deles conseguiu gritar.

Porthos John subiu as escadas e contemplou a visão da sereia nua. Seu estômago revirou.

"Vocês dois estão presos", ordenou ele.

Então ele se benzeu. Nunca em todos os anos de policiamento tinha visto uma coisa daquelas. Aquilo não era um dos truques de Priscilla, afinal de contas. Era a merda de uma aberração da natureza. Ele havia lido sobre aquelas criaturas em *Acredite se Quiser*! Agora estava vendo a aberração com os próprios olhos.

David e Aycayia saíram da cama e os policiais ficaram vigiando enquanto se vestiram. Porthos desviou o olhar.

"Coloque os dois na caminhonete", ordenou ele.

David conhecia Porthos, e lhe lançou um olhar mortal, olho no olho, homem a homem, um olhar que o acusava de traição.

Aycayia começou a chorar.

Todos os homens se sentiram culpados.

"Cala a boca", gritou Porthos.

A Operação Nauticus havia sido bem-sucedida até o momento. Em uma das caminhonetes, os suspeitos foram algemados, as mãos presas nas costas. Ainda estava escuro; ninguém tinha ouvido a baderna. Os dois carros saíram silenciosamente de Concha Negra. Porthos John estava sentado na cabine da caminhonete que transportava os prisioneiros, o coração batendo como uma cavala em uma rede. Botou a mão no peito para tentar pará-lo. Não esperava sentir o que estava sentindo. Como se *ele* tivesse sido pego. Mas não disse nada enquanto as caminhonetes avançavam pela estrada estreita e esburacada em direção a Pedra Pequena. Haveria ligações a fazer e papelada a preencher. A mulher-peixe assombrada não era o que ele esperava; era tão pequena e tão... jovem. Aparentava a mesma idade da filha mais velha dele, mesma cara tímida. Como a srta. Rain havia testemunhado, ela era uma mulher agora, uma mocinha. Mas estava evidente que tinha algo acontecendo com ela. Estava se transformando de novo, algo assim. Ele ia telefonar para aqueles ianques imediatamente, fazer com que retornassem a Concha Negra o mais rápido possível. Ninguém tinha visto seus homens entrarem e saírem na calada da noite, ninguém saberia que estavam mantendo a mulher e Baptiste nas celas do porão nos fundos da delegacia. Ele a tiraria da ilha, de suas mãos, dentro de 48 horas. Ganharia um bom dinheiro com isso e talvez até pudesse largar o emprego.

Mudar-se para o sul, para a Cidade Inglesa, comprar um negócio próprio, abrir uma loja. Durante todos aqueles anos, tinha brincado de ser policial quando não havia quase nada, nenhum crime para ficar de olho em Concha Negra. Aqueles jogos de cartas, seu salário minúsculo, o dinheiro extra que ganhava aqui e ali por fora — era uma ninharia. Ele tinha 45 anos, uma boa hora para se aposentar. Tudo que tinha que fazer era se segurar até que os ianques chegassem e tirassem a sereia de suas mãos, pagando um cheque gordo para ele ficar quieto.

~

Tento acabar com a minha vida pra
    acabar com a maldição
David impediu minha morte na terra
Papa Bois não me salvou no final

Aí somos pegos
A polícia quer me vender de volta pros ianques
da canoa Destemor
Eu e David trancados
Eu-peixe voltando
A história em poucas palavras
Meu curto período em Concha Negra logo ia acabar
David e eu sentamos nas celas olhando um pro outro
Foi uma noite sombria
Ainda me lembro de você David
Ainda nado passando pela sua casa

Ainda venho pra Concha Negra
Nada mais do amante com violão
Nada mais dos segredos de dentro e fora
Nada mais da srta. Rain Reggie e Vida
As vozes nas nuvens ficaram rindo
o tempo todo em que estivemos nas celas da prisão
A maldição é pra sempre
a sereia de Concha Negra é uma
    criatura amaldiçoada

Porthos John ficou observando os cativos por vários momentos quando o amanhecer começou a raiar: uma mulher pequenina voltando a ser uma sereia e aquele homem, David Baptiste, um pescador local. No fundo, nos seus colhões, ele sabia que tinha feito uma coisa injusta. A jovem era uma espécie de meio a meio; deveria deixá-la em paz, deixá-la ser o que era. Então se lembrou do dinheiro. Uma nova vida. Talvez pudesse se divorciar da esposa. Deixá-la em Pedra Pequena, recomeçar com uma coisinha jovem e bonita.

    Priscilla estava no andar de cima, em seu escritório; estava feliz. Miami estava uma hora à frente. Esperariam uma hora para ligar. Porthos subiu e a observou. Haviam feito algo grande. Um policial e uma criminosa, eles eram uma dupla e tanto. Então ouviram: um som como uma risada, lá em cima nas nuvens. Aquilo eletrificou os nervos dele, fez a pele se arrepiar de terror. Ele queria que os ianques tirassem a sereia da ilha imediatamente.

"Seja ela quem for, é encrenca na certa", disse ele com voz grave. "Quero essa mulher, peixe, ou o que quer que seja, fora daqui, tá? Fora, o mais rápido possível, antes que ela traga azar pra cima de mim."

Priscilla estava sentada em sua cadeira de escritório, uma perna em cima da mesa. Uma das mãos descansando na boceta. Ela lhe lançou um olhar das antigas, de todos aqueles tempos, um olhar ao qual ele não resistiu.

"Vem", disse ela.

Em segundos, estavam curvados sobre a mesa, unidos, as calças da s.w.a.t. no chão, arriadas na altura do tornozelo.

Ela era calorosa e profunda, e seus beijos roubavam a força de vontade dele. Ela não o amava e isso era uma maldade em si, irresistível, ser assim tão quente, intensa e sem amor.

"Cê é pura maldade", sussurrou ele.

Vida estava deitado na cama de Arcadia com a cabeça na barriga dela. Estavam fracos de tanto se amarem, depois de todo aquele tempo. Ela finalmente tinha se rendido e se deixado levar. Seu ventre era macio, o coração estava aberto e a cabeça pegava fogo com tudo aquilo. Não era possível se agarrar a nenhum tipo de "não" diante da ternura de Vida. Palavras de amor fluíam com facilidade entre eles, até chegarem à verdade de tudo: uma vida inteira amando e conhecendo um ao outro lá nas colinas, naquela casa e ao redor dela. Eram adultos maduros agora, com uma criança para provar o que sentiam. Até então, a natureza do retorno dele era um assunto que não deveria ser mencionado. Como? Onde? Um plano seria necessário e os homens de Concha Negra não se comprometiam com planos. Os homens de Concha Negra vagavam; as mulheres permaneciam. Essa era a regra, mesmo para uma mulher como a srta. Rain. Ela não ousaria pedir que ele ficasse; tinha as referências erradas. Era descendente de plantadores. Ele estava dormindo com o inimigo. Esse era o segredo implícito da atração deles e o motivo da partida dele também.

Vida se levantou e enrolou uma toalha na cintura. A luz do amanhecer entrava pelas persianas. Ela se deitou de lado e o observou.

"Você é foda", disse ela.

Ele estava procurando a cueca. Ele se virou.

"Eu sou foda?"

Ele se aprochegou e sentou-se ao lado dela, descansando uma das mãos em seu quadril, coberto pelo lençol.

"O quê?"

"Nada."

Ele olhou para ela com aquele rosto de maxilar comprido. Repleto de senso de identidade, de ser ele mesmo e estar sozinho.

"O quê? Fala."

"Fala o quê?"

"Fala o que é."

Agora ela estava irritada. Apenas se virou, dando as costas para ele.

Ele a observou e sibilou, incomodado. Acariciou a própria garganta e pensou em empurrá-la para fora da cama. A discussão já tava fermentando, e ele estava ali há apenas dois dias.

Então se levantou e vestiu a cueca. Não tinha trazido muitas roupas. Estava ficando mais tempo do que tinha planejado. Seu único plano era chegar lá. Não permanecer. E muito menos voltar. Ele voltou para a cama e se sentou. Aquela mulher o deixava confuso pra diabo.

"Você tá confusa?", perguntou ele.

Ela não se virou.

"Ei", disse ele. Vida deu um tapa na bunda dela. "Tô te perguntando. Você tá confusa?"

Ele viu o corpo dela começar a se agitar, de tanto rir.

"Não."

"Não tenho camisa limpa", disse Vida.

"Isso não é problema meu", respondeu ela, ainda de costas para ele.

"Eii, senhorita Lady. Minha cueca também precisa ser lavada. Posso dar pros seus empregados?"

Ela se virou e olhou com raiva.

"Estou brincando."

Ela cruzou os braços atrás da cabeça e olhou para o teto. Nunca havia se sentido tão encurralada.

"Sei o que você deve estar pensando."

"Ah, é?"

"É."

"O que eu tô pensando?"

"Vou ficar?"

Ela estreitou os olhos.

Ele sorriu.

"Não tenho empregados aqui", disse Arcadia. "Só Geoffrey que cuida do jardim. E Phillipa, que vem uma vez por semana para limpar o chão. Tem uma máquina de lavar na cozinha. Pode colocar suas roupas lá dentro."

"Você quer que eu fique?"

"Não."

Ele balançou a cabeça.

"Eu tava bem sem você. Nós dois távamos bem sem você. Pode ir embora quando estiver pronto."

Vida ficou triste com aquilo. A mulher sabia brigar e ser má como ninguém. As mulheres de Concha Negra eram assim: más.

Ele se levantou e se preparou para dizer uma coisa que precisava ser dita, mas não fazia ideia do que era. Todo o tempo transando tinha confundido sua cabeça. Os sentimentos por ela o haviam emboscado. O filho Reggie era uma segunda emboscada. Além disso, havia aquela sereia também. Tudo tinha desabado em cima dele. E agora ele estava vestindo uma cueca de dois dias atrás e não tinha nenhuma maldita camisa limpa.

"Eu te amo e você sabe disso", disse ele, apontando o dedo diretamente para Arcadia, como se ela fosse um alvo. "Mas não posso ficar aqui", e apontou o polegar para o teto, "nessa casa. Não aqui. Sabe?"

A srta. Rain sabia. Isso tudo já tinha acontecido antes: ela não podia deixar a casa e ele nunca ficaria nela. Ela não podia abandonar a fazenda, a casa, o terreno, a propriedade. Ele havia perguntado uma vez. Sua ideia era viver na floresta, ou ir para Porto Isabella, começar de novo. Ela recusara. Por isso ele fora embora. Ela o recusara muitas vezes. O que ele tinha a oferecer? Nada, exceto um poder que ela subestimara imensamente. No fim das contas, ele simplesmente evaporara; nenhum bilhete. Não precisava deixar um.

"Num sou preto doméstico."

Eles se encararam. A palavra foi como uma bola de demolição. A vergonha da expressão era a vergonha de Arcadia, sempre. A fúria de Vida.

"Nunca convidei você pra ficar aqui nesta casa comigo."

Ele assentiu. Sabia que podia machucá-la sempre que quisesse, mas quando o fazia, também sentia dor. Amar uma mulher branca era o tormento de sua vida.

"E não me vem com esse discurso de 'você tá livre pra ir embora' também", disse ele. "Num posso ficar em qualquer outro lugar nessa maldita aldeia porque você é dona de todas as outras casas também. Toda parte dessa droga de ilha pertence a você."

Arcadia se encolheu. Nada daquilo parecia importar quando eram crianças.

"Não pode ficar por causa do seu filho?"

"Vou ficar porque quero. Se eu quiser. Porque essa é minha cidade natal, mesmo que você seja dona de tudo. Cresci aqui... Não é a melhor situação prum homem como eu. Eu nunca quis isso."

"Já vendi muitas terras desde que você partiu. Dei por quase nada. Tem muito lugar que não sou mais dona. Muita gente cultiva, tem casa própria. Fiz questão disso. Quase não pego o aluguel. Cê me faz sentir como se estivesse ferrando todo mundo."

Vida pressionou a palma no peito. Um orgulho antigo; ele não se deixaria pisar pela "srta. Rain" e aquele tipinho. Era uma maldição amá-la. Muitas vezes ele desejara que fosse diferente. Uma vez, quando menino, até pensou em cortar o coração do peito com um canivete.

"Mora onde você quiser." Ela estava com os olhos marejados. "Não é minha culpa toda essa droga de situação. Também não preciso te amar. Vai."

Ela saiu da cama, nua, e procurou a calcinha e os sapatos. Sua bunda estava marcada e lágrimas escorriam pelas bochechas. Naquele estado de espírito, ela poderia muito bem dar um soco nele.

Ele se sentou na cama de novo e ergueu a cabeça para o teto, para o céu acima e depois para toda a merda do universo.

"Tá bem", disse ele.

Ela pegou uma calcinha de algodão limpa na cômoda e vestiu, depois os sapatos que estavam embaixo de uma cadeira de balanço — sandálias de solado de cortiça e tiras em T. Arcadia ficou olhando para ele, de calcinha e sandália, e disse: "A gente pode fazer melhor do que isso".

Ele olhou para ela. "Isso?"

"História ou amor. Um tem que vencer. Não posso lutar contra a história. Não posso. Você vence. Sou má. Sempre serei. Mas a gente pode fazer melhor do que deixar a história vencer o amor."

Ela estava pondo um vestido, o mesmo que tinha usado no dia anterior. Cor de malva, bonito. Quando a cabeça emergiu pela gola, ela fez uma de suas costumeiras expressões severas, um rosto que dizia que aquele vestido ainda servia, mas por muito pouco; um rosto que dizia "estou tentando manter a calma"; que dizia "tá vendo essa coisa de mestre-escravo? Pra mim, não dá mais. É uma coisa grande e difícil pra gente, e vamos conversar pra resolver isso de uma vez por todas".

"Vem", disse ela. "Vamos tomar café da manhã."

Diário de David Baptiste, janeiro de 2016

A gente tava sentado lá, ela e eu, nas celas frias do porão da delegacia de polícia, no final de agosto de 1976, um de frente pro outro, mas sem olhar um pro outro. Aycayia estava chorando. Tava voltando a ser sereia diante dos meus olhos. Como se o choque do seu segundo sequestro tivesse acelerado a mudança. Eu temia por ela. Entendia a trama deles, ligar pros ianques de novo pra que eles pudessem levar ela Deus sabe lá pra onde, um zoológico talvez? Porthos e Priscilla vinham mantendo tudo em segredo. Durante toda a manhã, gritei por socorro, mas as celas eram no porão por um bom motivo. Nada de janelas, nenhuma luz entrando; ninguém podia me ouvir. Ao meio-dia, Porthos desceu com uma jarra de água, copos, um pão e um pote de manteiga de amendoim. Ele não me encarou. Exigi que deixasse a gente ir embora, implorei pra que ele visse que o que tava fazendo era errado. Mas já tava de cabeça feita. Ele me disse que eles tinham ligado pros ianques e que logo eles iam vir buscar ela. Perguntei pra onde iam levar ela e ele disse que não era da conta dele, nem da minha.

Aycayia estava encolhida no beliche estreito, de costas pra nós dois. Tava pensativa e tinha parado de falar.

Implorei pra ele soltar a gente, disse que eu ia colocar ela de volta no mar onde a gente tinha se conhecido, mas ele só fez ficar olhando pra ela. Nós dois percebemos uma barbatana dorsal começando a subir por toda a espinha.

"Deixa ela ir", implorei, mas ele me encarou como se não soubesse quem ele mesmo era ou o que fazer. Parecia com medo e inseguro.

"Onde cês se conheceram?", perguntou ele, e vi seu maxilar estremecer. Até hoje me lembro de suas palavras e da minha resposta. "Isso é algum tipo de caso de amor? Cê tem trepado com um peixe?" Ele riu alto, com desprezo e isso me ferveu o sangue a ponto de dizer:

"E você trepou com aquela vadia escrota, antipática, do mal?".

A gente se encarou por alguns momentos, meio surpresos, para além da palavras. Ele deixou o prato de pão e a jarra ao lado da minha cela para que eu pudesse alcançar, trancou a porta e ficamos a sós de novo. Aycayia tava enrolada como se fosse uma bola; ela nunca mais ia ser a mesma, a mulher com quem eu queria me casar e viver. Tudo uma fantasia ridícula e idiota. Eu me empolguei sozinho. Me ocorreu que ela não era feita para este mundo;

era outra coisa, totalmente diferente; uma proibição tinha sido colocada em cima dela, danação pra eternidade. Sua verdadeira prisão era o mar. Eu tinha depositado nela todos os tipos de sonhos de homem. Quando os ianques chegassem, iam encontrar o que procuravam e haviam deixado aqui, em Concha Negra, meses atrás: uma rara e bela criatura, uma sereia.

❋

Naquela tarde, Vida e a srta. Rain souberam da prisão por Ci-Ci, que ficara sabendo por um vizinho que ouvira os barulhos da batida e visto que a casa de David estava vazia. Elas voaram até lá no jipe, encontraram as duas portas arrombadas, uma cadeira virada, um prato quebrado no chão. Reggie, que estava com elas, chorou ao perceber que a amiga havia sido levada. Eles voltaram para a grande casa com um humor sombrio. Ela precisava ser resgatada.

"Porthos veio me ver outro dia", disse Arcadia. "Vocês dois tavam em outro lugar. Eu devia ter impedido eles, daquela vez."

"Eles?"

"Porthos e Priscilla."

"Eles vieram aqui?"

"Sim."

"Aqueles dois idiotas. Um tão ruim quanto o outro."

"Você conhece eles?"

"É claro. Aquele homem, Porthos, preguiçoso e idiota. Gosta de apostar também. Rouba dinheiro e vende tudo que pode, por fora, ou pelo menos era assim quando eu morava por essas bandas. E aquela tal de Priscilla é irritação na certa, o tempo todo criando problema pra todo mundo."

"Os filhos dela tavam no barco quando ela foi pega, ou pelo menos foi o que ouvi do David. Eles identificaram ela. Aycayia tinha começado a caminhar pela aldeia. Era só uma questão de tempo."

Arcadia estava se lembrando da maldição de Priscilla. As pessoas eram capazes de pensamentos ruins, de dizer coisas ruins. Em seguida, coisas ruins aconteciam.

Reggie sinalizou que estava com medo.

A srta. Rain foi sua intérprete.

"Não se preocupa, filho", disse Vida. "Ela vai voltar pra cá, pra essa casa, até o final do dia de hoje. Em segurança."

Na calada da noite, sob uma lua cheia e intumescente, Vida e a srta. Rain dirigiram para Pedra Pequena, levando consigo o Barracuda, um par de alicates, um pouco de corda e uma lamparina. A delegacia estava escura, fechada, com um policial de plantão, dormindo em uma cadeira em frente à porta das celas do porão. Vida colocou a ponta fria da arma na têmpora do guarda e o acordou no susto. Os olhos do homem se abriram e ele levou a mão até a própria arma, que por sinal Vida já havia pegado. Ele se aproximou do rosto do homem e colocou um dedo nos lábios, dizendo: "Silêncio, agora".

A srta. Rain ordenou: "Coloque a merda das mãos atrás das costas". O homem obedeceu, um sujeito que nunca tinha precisado guardar nada importante na vida. Tudo aconteceu em segundos. A srta. Rain apontava as duas armas enquanto Vida amarrava as mãos do homem com a corda, amordaçava a boca, prendia os pés e pegava as chaves do porão.

Lá, também dormindo em uma cadeira, estava o superintendente Porthos John. Sua arma estava no colo. Em um instante, eles estavam em cima dele, desarmando-o e acendendo a luz. "Mãos ao alto!", gritou Vida, apontando a arma para o saco do policial, um homem que lhe devia dinheiro havia muito tempo, com quem tinha velhas contas a acertar. "Pra cima", disse ele. "Sem gracinhas."

10

Furacão

Na manhã seguinte, às seis horas, o céu estava cor-de-rosa. Os uivadores soavam como se as montanhas estivessem discutindo. Bandos de periquitos amarelos e turquesas voavam do dossel da floresta e rumavam para o sul. Um a um, os pavões do jardim entraram trotando na casa, para se empoleirar. Quando a srta. Rain bateu palmas para enxotar um deles, o bicho se esquivou dela e saiu trotando de volta. Ela se postou na varanda só de robe e ficou observando o mar. Podia ver as ondas cinzentas se formando ao longe, infladas de um poder indolente, e sabia o que estava acontecendo. Correntes de retorno estavam forçando o mar a se separar em alguns lugares. Ela estremeceu e voltou para dentro. David estava à mesa do café da manhã com uma xícara de café fresco, imerso em pensamentos.

"Tempestade se formando", disse ela.

"Acho que ela tá morrendo."

"Não, David."

"Acho que ela num vai conseguir. Não dessa vez. Ela num quer viver, nem voltar a ser sereia. Ela vai acabar se matando afogada se a gente colocar ela de volta."

A srta. Rain sentou-se na cadeira em frente a ele. "Onde ela tá?"

"Carreguei ela pra banheira ontem à noite. Depois que todo mundo foi dormir. A cauda tá voltando. Ela não consegue mais andar."

"Não."

"É o choque do sequestro."

A srta. Rain queria chorar.

"Eu amo Aycayia."

"Eu sei, e eu também, e Reggie. Mesmo Vida tá meio em choque." Vida havia levado Porthos para uma cabana abandonada que ele conhecia nas proximidades, amarrado como um caranguejo. Eles o manteriam cativo até o momento de poder soltá-la de volta ao mar. Assim como o filho, Vida ainda estava dormindo. Reggie não fazia ideia de que Aycayia estava escondida na casa.

"A gente num pode deixar que os ianques levem ela de volta", disse David.

"O melhor que posso fazer é manter eles fora da minha terra, por um curto período de tempo."

David estava com os olhos vidrados. "Ela tentou se matar."

"Não."

"Sim. Encontrei ela enforcada... anteontem, naquela figueira grande e velha na floresta, como se ela soubesse que era assim que parava isso. Ela num quer voltar. Ficar tão sozinha."

"Sinto muito, David."

"Eu não devia ter cortado ela de lá."

"Olha, tem tempestade chegando aí, e a cauda dela tá voltando. Agora é uma boa oportunidade pra ela... desaparecer. Os ianques não vão atrás dela numa tempestade. Os homens da aldeia vão recolher os barcos. Ninguém vai sair. Mas a essa altura já chegaram de Miami."

"Onde tá o Porthos?"

"Vida cuidou dele. Por enquanto. Assim a gente ganha tempo."

"Tempo?"

"Pra pensar. Não muito, mas tempo pra respirar. Hora de tramar um plano."

"Plano? Que plano? Pra colocar ela de volta?"

"Não era isso que cê ia fazer, de qualquer maneira?"

David tinha de admitir que essa tinha sido sua primeira intenção, meses atrás, colocá-la de volta no mar.

"Era um bom plano."

David olhou para o nada diante dele. Uma lágrima escorreu por sua bochecha.

"Por que mulheres odeiam tanto outras mulheres? Hein?"

"David, a gente tá bem longe de ter uma resposta pra isso."

"É porque a gente joga e põe uma contra a outra? É culpa do homem que as mulheres tratam uma à outra mal? É a gente que trata mal. A gente num gosta de ficar em casa, cuidar das crianças. Os homens são ruins, então as mulheres são ruins também?"

"Não, David. Às vezes, as pessoas só têm um temperamento malicioso. Não tem ninguém pra culpar a não ser elas mesmas."

"Cansei de jogo."

"Você e eu."

"Aquela mulher-sereia é a primeira vez que vejo de forma clara como ser um homem. Como ser eu mesmo, agir direito. É como se ela me ensinasse a estar do lado certo do bem. Num dá pra jogar com ela. Ela é tão inocente."

A srta. Rain assentiu. "Às vezes, nós mulheres não somos justas nem mesmo nos nossos próprios pensamentos sobre a gente. Vocês homens são nascidos de nós, ainda assim assumem o poder. A gente que dá esse poder. Você vê aquele homem, Vida? Aquele homem me faz esperar, me deixa paciente."

"Eu sei."

"'Amor' não é uma palavra boa o suficiente pra descrever o que sinto por Vida."

"Ele vai ficar?"

Ela deu de ombros.

"Você merece ser feliz."

Ela riu. "Vida num me faz 'feliz', ele me deixa irritada metade do tempo. Reggie e eu estamos bem, até agora. É como se agora, hoje, fosse o próximo capítulo entre Vida e eu. Cada dia é uma surpresa. Mas meu filho precisa dele mais do que eu."

David sabia que aquilo era mentira.

"Vida é um idiota se for embora de novo."

Eles se entreolharam, ambos tristes, com os nervos à flor da pele.

"Ela tá falando?"

"Não fala muito faz alguns dias."

"Tá comendo?"

Ele balançou a cabeça.

"Tá bem. Vou subir."

No andar de cima, no banheiro de ladrilhos cor-de-rosa, na velha banheira cor-de-rosa, Aycayia dormia. O peito pequeno subia e descia enquanto ela sonhava. Estava sentada ereta, encostada na parede. Não havia espelhos no cômodo, e a srta. Rain agradecia por isso. Notava pela parte selada de sua metade inferior que Aycayia estava sendo presa de novo. Virgem e voz doce, os homens eram incitados a olhar, a se perder, assim como David. Reggie também. As tatuagens de sóis, luas, peixes e pássaros, por mais desbotadas que estivessem, falavam de como seu povo fazia pouca distinção entre humanos e animais, de como, quando jovem, ela havia sido amaldiçoada a cruzar a tênue fronteira entre eles, a ficar sozinha, sua única companhia uma senhora transformada em tartaruga-de-couro. Mulher velha, mulher bonita, ambas marginalizadas. Ser mulher era um negócio perigoso se você não fizesse direito.

A srta. Rain aproximou-se e parou ao lado da banheira.

"Eiii", sussurrou ela.

Aycayia acordou sobressaltada. Pelo rosto, sombrio, corriam lágrimas e seus olhos eram ferozes estrelas prateadas. Ela agarrou a srta. Rain, passando os braços em volta do pescoço dela.

"Shhh, *dou dou*, shhh."

Aycayia choramingou, dizendo "casa" de novo e de novo. A srta. Rain tentava contê-la o melhor que podia, mas, na verdade, ela também estava arrasada com a ideia do novo banimento.

Depois de alguns minutos, a srta. Rain enxugou as bochechas de Aycayia com uma toalha e disse baixinho: "Vamos comer alguma coisa?".

Aycayia balançou a cabeça.

"Cê tá segura aqui com a gente."

"Não tô segura, nunca."

"Sim, cê tá segura aqui."

Ela balançou a cabeça.

"Uma tempestade tá se aproximando."

Ela assentiu. "Pra me levar embora."

Aycayia olhou pra baixo, para o que antes eram suas pernas. A cauda cresceria, cresceria, mais alguns metros pelo menos, uma aparição magnífica. Quando fosse sereia de novo, seria muito poderosa; e estava chegando.

"Preciso voltar pro mar", disse ela.

"Eu sei."

"Você vai me levar?"

"Se você quiser."

"David vai me levar?"

"Sim."

"Quando?"

"Quando for certo. Quando você quiser."

"Vou sentir sua falta." O rosto dela tremeu. "Preciso voltar. Maldição de mulher venceu. Vou voltar, nadar, nadar."

"Mas a gente vai te ver de novo."

Aycayia lhe lançou um olhar penetrante e assentiu. "Sim." E então começou a cantar, alto e baixo, suave e forte, lá na banheira da grande casa com estalactites de renda. O som de sua voz, doce e melancólica, ecoou pela casa a manhã inteira, enquanto os ventos aumentavam e sopravam do leste, as gangues de uivadores faziam coro em desarmonia fragmentada, os periquitos subiam e voavam para o sul, enquanto o oceano subia e inflava ainda mais.

Na hora do almoço, os ventos estavam a mais de 50 quilômetros por hora. O rádio anunciava a tempestade; um furacão, então categoria quatro, estava se formando ao longe e se dirigia diretamente para a ilha. Em geral, furacões atacavam mais ao norte. Costumavam passar pela cadeia de ilhas ao meio, em torno de Barbados — isto, ou fugiam para a enseada do Caribe e demoliam a Jamaica ou o Haiti, esmagando tudo em seu rastro, decapitando edifícios, arrancando árvores, arrebatando carros, animais de fazenda, demolindo escolas, hospitais, bairros inteiros, alagando terrenos, plantações, cidades, afogando cortiços e barracos. Furacão era uma coisa infernal. Chegavam naquela época do ano, embora às vezes não atingissem a terra ou se dissipassem, mas aquele não. Chamava-se Rosamund e seguia diretamente para a ilha de Concha Negra.

✳

Diário de David Baptiste, fevereiro de 2016

Mal sei o que dizer sobre a época de Rosamund, 1976. Ainda é a tempestade mais devastadora que já atingiu Concha Negra. Há quinze anos, pelo menos, não vemos uma tempestade como aquela. Daquela vez foi por causa da sereia. Tenho certeza disso. Veio pra reivindicar ela de volta. Durante todo o tempo no uivo dos ventos, eu ouvia aquelas mulheres gargalhando. Ainda ouço de vez em quando, como se tivessem entrado na minha cabeça, há muito tempo, e num consigo tirar de lá. O litoral de Santa Constança era protegido pela parte de trás da cordilheira, mas as próprias encostas foram atingidas, a floresta, as árvores antigas, a aldeia, boa parte do que havia na planície. Por dois dias, os ventos sopraram e a chuva caiu forte; éramos alvos fáceis. Não dá pra tirar uma ilha do caminho duma tempestade. Algumas pessoas saem e dirigem pro sul, outras bloqueiam as janelas com tábuas do jeito que dá. Uma tempestade tava dentro de mim também, pela perda do meu coração gêmeo. Ela viveu comigo cinco meses inteiros. O momento em que voltou a ser uma jovem mulher foi mágico, cheio da gente se conhecer melhor, ela e eu. Como se eu tivesse esquecido como a gente se encontrou, no mar, perto daquelas rochas pontiagudas; como se eu tivesse esquecido o que ela era quando salvei ela do cais. Ao longo desses meses, esqueci a parte do peixe.

Na noite em que távamos na cadeia, enquanto eu observava ela voltar ao que era, a espinha levantando uma barbatana dorsal, escamas brilhando na pele, só então me lembrei do que Aycayia tinha sido. Coisas ruins podem acontecer se você disser coisas ruins; sei disso agora.

Eu e Vida descemos até a beira-mar. As ondas fluíam, a chuva caía. Como uma guerra chegando. Os barcos balançavam e as correntes das âncoras arrebentavam. Tava muito revolto pra nadar até o barco. Um cara que a gente conhecia da aldeia tava ajudando as pessoas em um velho barco-táxi, um bote Zodiac. Subimos e aceleramos pra *Simplicidade*, que já tava cheia de água. Precisou alguma habilidade pra navegar nas ondas e arrastar ela pra terra, por trás da fileira de amendoeiras-da-praia. A gente levou Aycayia o mais longe que dava, sabendo o tempo todo que talvez a gente fosse ter que pegar o barco de novo, pra colocar ela de volta.

Todo homem tava levando seu barco. A baía tava vazia, exceto por grandes ondas escuras. Ci-Ci ainda servia rum e muitos homens se reuniam ali. Foi então que vi aqueles ianques de novo, os dois, bebendo rum, por volta do meio-dia, antes que a tempestade atingisse a gente. Meu sangue congelou quando vi eles. Tavam sentados quietos numa mesa, o branco velho e o filho. Nenhum turista chega nessa época do ano; o lugar ficava diferente. Agosto é a estação chuvosa, o início da temporada de furacão.

Vida perguntou se eram eles.

Assenti.

Um homem que ama uma mulher pode fazer a coisa certa. Foi quando soube o quanto Vida amava a srta. Rain. Já tinha tirado a sereia e eu da prisão; e aí, de repente, ele se aproximou daqueles homens, tranquilo. Vida é um preto do tipo guerreiro mandinga, do tipo que gente branca tem medo. Só precisa fazer uma caratonha pra assustar. Ele tem um jeito, uma confiança de como ele pensa; daquela vez ele não precisou interpretar nenhum papel; era muito fácil assustar os caras.

"Posso me juntar a vocês?", ele perguntou, sentando antes que dissessem não.

O mais novo começou a ficar ainda mais branco.

"David", ele acenou pra mim. "Traz uma cadeira."

Sentei também, então a gente encurralou eles. Atrás dos dois, era só chuva. Na frente deles, só a gente.

Vida perguntou diretamente pra eles o que tavam fazendo em Concha Negra. Ele mastigava um palito de fósforo e observava os ianques, com curiosidade.

O homem velho disse que não era da nossa conta. Disse pra gente deixar eles em paz.

As sobrancelhas de Vida se ergueram.

"Em paz?", provocou ele.

"Xô, sai daqui", insistiu o velho.

"Xô?", repetiu Vida, tranquilo.

"Deixa a gente em paz. Estamos aqui a negócios."

"Que tipo de negócio xô é esse?", perguntou Vida.

O velho ajeitou o quepe e olhou Vida com irritação, podia até levar aquilo pro lado de fora se não estivesse chovendo tanto. Velho é mau, às vezes; melhor não foder com nenhum velho, na verdade.

Vida riu. Cutucou os dentes. Olhou pro velho e depois pro filho idiota, e disse sem rodeio: "Você ainda tá procurando aquela sereia de novo ou o quê?".

O rosto do velho se contraiu e ele disse uma coisa que soou como um palavrão, mas ainda assim Vida continuou numa boa.

"David", ele disse para mim, "conta pra ele. Explica como você salvou aquela pobre mulher, como você que cortou a corda dela, resgatou ela."

Juro que aqueles homens brancos quase desmaiaram. Vida sorriu grande e devagar. "Conta pra eles, vai."

"Foi você?", gaguejou o mais velho. "Você roubou a nossa sereia?"

Menino, mesmo agora, só de pensar neles, meu sangue fica quente. E eu disse, orgulhoso: "Sim, tirei ela de lá".

"Seu filho da puta!", gritou o velho. "Você roubou a nossa propriedade. Vou mandar prender você de novo. Te deixar trancado de vez."

Eu teria travado o velho no chão se Vida não tivesse me impedido.

Ci-Ci tava atrás do balcão. Ela lançou um olhar pra um dos filhos, dizendo pra tirar eles antes que ela matasse algum deles. Num vou mentir, aquele sujeito mais jovem parecia pronto pra cagar nas calças.

Vida levantou a mão, como se dissesse pra ninguém se mexer, ninguém expulsar, ninguém matar eles. Ele tava pensando a longo prazo. Por isso que sei o quanto ele ama a srta. Rain; ele não tava tão ligado com Aycayia, era mais capaz de usar a cabeça, mais habilidoso pra jogar xadrez com aqueles caras. Ele tava fazendo aquilo por amor, pela mulher que ele amava e pelo filho deles.

"David", disse Vida, "conta pra eles a sua história."

E então tentei, da melhor maneira possível, contar como ela havia se transformado, como a cauda caiu antes que eu pudesse pôr ela de volta no mar, como ela começou a andar e como a srta. Rain ensinou a fala de Concha Negra e ela começou a fazer parte de lá, como conseguia ler os céus, conversar com as árvores, sabia fazer pão de mandioca. Da forma como tinha vindo de Cuba e como foi amaldiçoada pelas comadres, há muito tempo.

Mas não podia contar pra eles sobre a parte do casamento, ou como ela tentou se enforcar na figueira gigante. Não podia contar sobre a chuva de peixe.

O velho ouviu, mas como se não estivesse disposto a ouvir nada. Como se estivesse só esperando eu terminar.

"Não dou a mínima pra porra nenhuma de maldição de qualquer merda de lugar de onde você disse que ela veio. Não me importa se ela veio de Cuba, Venezuela ou Tombuctu. Não importa se ela sabe andar, falar, tocar violino ou dançar hula. Tá?"

Nós olhamos pra ele, chocados.

"Esquece tudo isso. Bela história. Que peninha", ele zombou da gente. Então repetiu que ela era deles. Eles tinham pegado ela, com a licença que compraram, ali mesmo naquele bar, pra pescar nas nossas águas e ficar com o que pegarem. Iam levar ela de volta pra Miami, naquele mesmo dia.

Quando gaguejei "Mas ela é humana", o velho bateu a mão na mesa. "Não, ela não é humana. Não pela última notícia que ouvi. Pelo que me disseram, ela tava voltando a ser o que era."

Homens podiam matar homens. Eu poderia ter assassinado aquele velho com as próprias mãos, ali mesmo. Vida me segurou; ele ainda tava jogando da melhor forma que podia.

Vida disse que ela não tava disponível pra eles capturarem de novo, pra eles levarem embora, manterem ou venderem. Isso fez com que o velho nos mandasse, todos nós, para o quinto dos infernos. Ele esperava que a tempestade acabasse com todos nós. O que era dele, era dele, capturado de forma justa. Ele podia fazer a merda que quisesse.

Todo mundo viu o que aconteceu a seguir. Priscilla apareceu com Porthos, e dessa vez ele tava realmente irritado por ter sido preso. Ela tinha ido procurá-lo, aí escutou os berros e o soltou. Ele caminhou direto para os homens que estavam brigando, sacou a arma e deu um tiro pro alto. A bala foi telhado acima, o buraco muito comentado até hoje. Quando Ci-Ci fica no clima para contar histórias, ela fala daquele dia em que todos aqueles grandalhões discutiram por causa de uma maldita sereia, quando o furacão Rosamund estava a caminho.

"Você", disse Porthos para Vida, "você tá preso."

Vida não moveu um músculo, não vacilou, porque tinha uma coisa a dizer para Porthos que ainda não tinha dito.

"Eu?"

"Sim. Agora mesmo."

"Por quê?"

"Por quê? Tá louco?", intrometeu-se Priscilla. "Por sequestrar um policial. Por invadir uma delegacia, por auxiliar e ser cúmplice de um homem que roubou uma sereia, por...", e ela parou, parecendo que ia estrangular Vida.

"Eii." Vida se levantou da cadeira. Então mostrou o quanto podia ser terrível.

"Eu, ladrão? Roubando o quê? Uma sereia? Este homem que é a porcaria de um ladrão", disse ele, apontando para Porthos. "Ele me deve dinheiro, pelo menos quinhentos dólares. Deve dinheiro pra cada merda de homem em Pedra Pequena e tem roubado a porra da força policial sem ninguém ver, roubando tudo e qualquer coisa que pode, desde o primeiro dia. Dinheiro, ferramentas, roupas, uniformes antigos, vendendo pra bandidos ou quem quer que seja; carros velhos, vendendo pras pessoas em Porto Isabella. Ele tem mais de um esquema rolando por fora. Passa isso e aquilo, aqui e ali. Tem uma palavra pra isso. Enriquecimento ilícito. Este homem venderia a própria avó pra quem quisesse comprar. Seu maldito ladrão de merda", falou Vida para Porthos, cuspindo o palito de fósforo no chão. Ele olhou em volta e todos na Ci-Ci estavam quietos. Ela assentiu e fez um estalo com a garganta.

Todos encaravam Porthos.

"Isso é calúnia", disse Priscilla.

"Essa é a porra da verdade. O homem tá roubando a força policial descarado e todo o resto ao redor também. E agora ele quer ganhar muito dinheiro com esses babacas brancos e a merda da sereia que eles 'pegaram' e querem vender."

"Eu não sou um babaca", protestou o ianque velho. "Retire o que disse."

"Cala a boca", ordenou Porthos. Ele apontou a arma para Vida e puxou a trava. "Vou atirar na porra do seu cu preto se você disser mais uma palavra."

"Não!", gritou David. "Não atira em ninguém. É essa maldita mulher, Priscilla, que causou tudo isso. *Ela* é a encrenqueira aqui."

"Eu?"

"Sim, você e sua cabeça ruim. Onde quer que cê esteja, tem problema. Problema é a sua especialidade. Você não sabe fazer mais nada além de fofoca com a vida das outras pessoas e prejudicar elas. Você é uma fofoqueira vadia. É verdade que Perna Curta é filho dele?"

Priscilla ficou olhando.

"O quê?", disse Porthos, abaixando a arma.

"Você é cego, porra?", perguntou David. "Quando todo mundo vê que ele tem a sua fuça. Ele é só uma versão menor de você, além de ter uma perna curta. Você e essa mulher se pegaram por anos, e cê tá me dizendo que num tem pelo menos um filho com ela?"

"Baptiste, cala a porra da sua boca", exigiu Priscilla.

"O quê, Perna Curta é meu filho?"

Priscilla se levantou, as mãos nos quadris, e lançou um olhar dos infernos para David.

"E vocês dois vão fazer o quê? Cobrar desses homens idiotas um grande resgate? Algum tipo de multa? Dividir o dinheiro? Meio a meio?"

"Ele é meu filho? Hein, mulher?" Porthos parecia furioso.

"Cala a boca", disparou Priscilla.

"Por que você nunca me contou?"

"Vai se foder, Baptiste", disse Priscilla, a voz presa na garganta.

"Mulher, me diz que é mentira."

Bem, toda a porcaria do bar estava paralisada. Priscilla olhou em volta, pra todo mundo, todas as pessoas que ela conhecia desde que tinha nascido. A verdade é que ela planejava usar o dinheiro do resgate para dar o fora daquele lugar tacanho; pegar os filhos, ir pra outro lugar, começar de novo, onde ninguém conhecia ela.

"Não é mentira."

O ianque velho levantou-se e gritou: "Pelo amor de Deus, alguém pode prender esse homem, Vida, ou qualquer que seja a porra do nome dele. Vocês e a porra dos seus nomes idiotas".

"Cala a boca", disse Porthos.

E o que aconteceu em seguida não foi brincadeira. Todos que estavam na Ci-Ci ouviram.

A chuva parou.

Os ventos diminuíram.

Então, por todo lado. Vozes, bem, bem baixas.

Rindo, mulheres rindo.

Depois, um rasgo no céu, como se um grande saco de papel pardo tivesse arrebentado e aberto.

Coisas começaram a cair na calçada e no telhado, e todos ouviram as pancadas duras e suaves. As pessoas olharam pelas janelas, se levantando das cadeiras para averiguar se seus olhos estavam enxergando bem.

Água-viva, caravela-portuguesa, caindo do céu, suspensos como em uma gelatina, e então batendo no chão. Como se o oceano tivesse sido virado de cabeça pra baixo de um balde. Estrela-do-mar, água-viva, polvo... todo tipo de criatura marinha estava caindo de algum tipo de buraco no céu.

"É Rosamund", afirmou uma mulher. "Ela tá nos atacando com peixes."

"É o maldito furacão", comentou outra pessoa. "Pegando peixes do mar mais a leste. Tá chegando agora."

"Caralho, Jesus", sussurrou Thomas Clayson, o velho branco da Flórida, banqueiro, jogador de golfe, jogador de bridge, marido e pai, péssimo em tudo que fazia. Ele não sabia amar; não podia fazer ninguém amar ele de volta. Esse tinha sido seu problema na vida. Havia escolhido errado e não tivera nada além de má sorte, sempre. Não amava o filho ou a esposa o suficiente. Entendia que voltar para Concha Negra seria um tiro no escuro. Mas não tinha feito nada além de sonhar com a sereia por todos aqueles meses, os longos cabelos pretos florescendo ao redor dela, sob o barco, aquela profunda e satisfatória protuberância nos flancos, com o arpão, aço na carne. Ainda sentia isso no saco. Ainda via os olhos dela cheios de ódio, e se lembrava de seu desejo de mijar em cima dela. Noite após noite, sonhara com aquela sereia vadia. Ela nadava em seus sonhos lá na Flórida. Ela o assombrara. Até a esposa havia percebido que ele vinha dormindo mal e por isso ela passara a dormir em outro quarto. E seu filho, seu filho maricas, leitor de poesia, também não era o mesmo. Eles haviam feito o oposto de "se conectar", de homem pra homem, desde aquela malfadada viagem de pesca em abril. Maldita aldeia de Concha Negra, malditos pescadores provincianos e seus parentes, todos casados entre si, todos inter-relacionados e atrasados, mentindo e enganando uns aos outros. E agora isto: chovia a porra de criaturas marinhas. Ele não ia embora. Não ia a lugar nenhum até que conseguisse o que queria. Tinha documentos pra provar que ela lhe pertencia. Não deixaria a ilha outra vez sem a sereia.

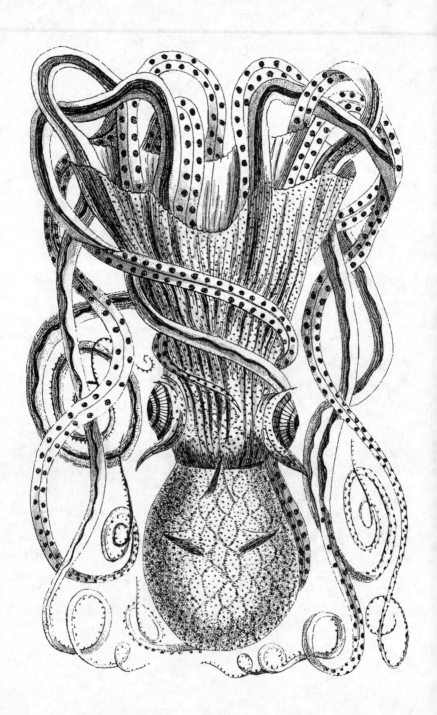

11

Rosamund

Maldição voltou
Rosamund o nome dela
Por que furacão recebe nome de mulher?
Rosamund veio me levar de volta pro mar
O sentimento do coração no peito
viria pro mar comigo
Sinto isso mesmo agora
muito tempo depois

Sentada numa banheira
cauda voltou a crescer
Parte de mim voltou pra mim
mulher-peixe

Não fique triste
se ouvir sobre mim
Aycayia a sereia

Não fique triste
Eu perdoo aquelas mulheres
quem me amaldiçoaram
Elas estão mortas há muito tempo

Eu poderia ter crescido pra ser uma mulher também
e amaldiçoar outras mulheres
Usar pensamentos ruins
Não tô triste
Não tô muito solitária dessa vez
Penso nos meus amigos em Concha Negra
Furacão
Me leva daqui
Embora, embora muito além de embora
David? Vi ele de novo muitas vezes
todos os anos, por quase 40 ciclos

Diário de David Baptiste, fevereiro de 2016

Mais tarde naquele dia, os ventos ficaram mais fortes. As nuvens tavam espessas e pretas como ferro, e a chuva tava intensa. A água desceu a colina e inundou as ruas. As ondas chegaram a dez metros na baía. O rádio informou que a tempestade tava a apenas 24 horas de distância da terra firme. As árvores balançavam nas colinas como vi apenas uma vez antes — o furacão em 1961, quando eu era novinho. Esqueço o que um furacão pode fazer, como é quando chega. É como uma fúria recaindo sobre nós. E sim, me pergunto se isso tá vindo só pra ela. Era uma vez uma jovem mulher, e uma grande tempestade levou ela pro mar; era uma segunda vez, havia uma jovem mulher, e uma grande tempestade veio pra carregar ela de volta pro mar. Isso foi o que ela me disse. Que a vida dela tinha que ser duma certa maneira, sem nenhuma mudança na antiga lenda.

Eu e Vida voltamos pra casa da srta. Rain. Tava chovendo tão forte, os limpadores de para-brisa só faziam jogar a água. Pânico no ar, pânico nos meus nervos. Ninguém mais tava dirigindo naquele tipo de clima. A gente pensou em voltar pra casa grande e se esconder por um tempo. Deixamos Porthos e Priscilla conversando sobre o filho recém--descoberto, e largamos o homem velho branco e o filho vulgar lá embaixo também, todos eles se embebedando.

Bem, nunca senti tanto susto como quando voltamos. Reggie e a srta. Rain tavam lá em cima com Aycayia. Tudo tinha voltado. Tava igual a quando resgatei ela todos aqueles meses atrás, lá na minha casa, na velha banheira que encontrei no quintal. A cauda tinha crescido de novo. Impressionante pra diabo. Agora a gente conseguia ver ela como metade-peixe, ou um enorme animal de caça, e dava pra ver por que o velho branco tava tão louco pra encontrar ela de novo. Era disso que eles se lembravam, uma grande sereia ducaralho: cauda longa, preto-prateada e estampada como uma barracuda ou um tubarão, pele reluzindo, mãos de volta a nadadeiras. O rosto tinha mudado de volta também, voltou a ser rosto de sereia, os dentes voltaram a ser bem afiados, os olhos bem brilhantes, tinha mais selvageria na forma como ela olhava pra gente. Ela me assustava agora. Imagina isso. Meu único amor verdadeiro... Ela me fez perder o chão.

Aycayia tava cantando. A srta. Rain tava sentada ao lado dela numa cadeira; Reggie tava no chão. Os três pareciam uma espécie de evento funerário. A sereia, como se cantasse uma solitária *Ave Maria* pra própria morte. Ela fazia sinais com as mãos pro Reggie. Vida tava chocado. Era aquilo que a gente tava escondendo o tempo todo. Ele também ficou sem chão. "Jesus Cristo", disse ele.

A srta. Rain assentiu. Reggie tava em prantos. A sereia cantava pra ela mesma, seu eu solitário, e pra gente.

Nós três descemos pra cozinha, pra conversar e traçar um plano. Reggie ficou lá em cima com ela. A gente tava em choque. A srta. Rain tava em lágrimas. Vida abriu uma garrafa de Vat 19 e se serviu de uma boa dose. Também bebi uma. Senti uma tristeza terrível chegando com aqueles ventos.

A srta. Rain perguntou o que a gente devia fazer, e Vida disse que agora o melhor era colocar ela de volta ou esperar até depois da tempestade. A srta. Rain disse que tínhamos que esperar, que a gente não podia levar Aycayia na piroga por pelo menos mais um dia.

Lembrei eles que os homens brancos ainda tavam ali em Concha Negra, e todo mundo tava agora procurando ela. Eles só veem notas de dólar e acham que têm a papelada pra serem donos dela, levar ela de volta. Perguntei o que a gente faria se eles subissem ali com mais policiais e encontrassem ela, porque Porthos John ia dar apoio pros dois. Ele também tava metido na história, e depois da tempestade poderiam ir e levar ela à força. Eu tava com medo por ela. Num tínhamos mais tempo sobrando pra ela morar com a gente ali. Um punhado de amigos não era suficiente pra proteger ela. Então tive uma ideia. E se a gente não levasse ela tão longe? Expliquei como podíamos levar ela de carro até a beira-mar naquela noite. Tarde. Como a gente faria pra colocar minha caminhonete de ré no cais; pra carregar ela em uma lona, todos nós. Largar ela no mar, ali mesmo. Então ela podia escapar.

Vida se serviu de outra dose de rum e a srta. Rain disse pra ele dar um pouco pra ele.

Eu tava com os nervos à flor da pele. Nunca acreditei que isso fosse acontecer, que ela ia ter que voltar pro oceano, voltar a ser quem ela era.

Vida olhou pra mim e depois pra srta. Rain. Todos nós bebemos uma dose de rum.

"Parece um plano", disse ele.

Então, à meia-noite, apenas algumas horas antes de Rosamund atacar, eles desceram para a costa. Reggie foi também. Ele não ia ficar sozinho na velha casa. Os pavões estavam todos lá dentro, apavorados, fazendo ninhos debaixo da mesa da cozinha. Os vira-latas estavam escondidos debaixo da cama da srta. Rain. Reggie não conseguia ouvir os ventos uivantes, mas via as árvores curvando para trás, as venezianas batendo, o céu escurecido em plena hora do almoço. Fez questão de acompanhá-los, para se despedir de sua primeira e única amiga. Aycayia estava enrolada numa lona na traseira da caminhonete de David, cantando canções de perda, pela perda de seu povo e da própria inocência ali na terra. Não estava mais excluída dos segredos das mulheres. Estava voltando, igual, porém diferente. Ela cantava por esse luto, que também era uma espécie de vitória, na qual pensaria por toda a eternidade. De alguma forma, havia vencido a maldição das mulheres.

A colina entre a casa da srta. Rain e a aldeia era íngreme e sinuosa. Eles avançavam devagar, com David dirigindo contra o vento. Ninguém falava. Apenas ouviam o canto de Aycayia, um som como a África, como os Andes, como velhos hinos Creole, como cantos xamânicos de uma época em que as pessoas se curavam com a simples sabedoria das ervas, quando compreendiam todos os reinos da terra.

"Meu Deus", sussurrou a srta. Rain.

Vida segurou a mão dela.

"É lindo."

Eles pararam na dobra da colina, olharam atentamente para a noite e viram ondas montanhosas no oceano, quebrando com intensidade, com fortes borrifos encontrando borrifos. Muralhas de mar.

"Merda", disse a srta. Rain.

David avançou com a caminhonete. Na curva da estrada, pegaram a bifurcação à direita para a praia. As ondas estavam passando sobre a estrada. A luz no cais brilhava alaranjada e mostrava a estreita faixa de concreto golpeada pelas ondas. Era a única chance deles. Agora ou nunca.

Eles se arrastaram em direção ao cais.

✳

Acima deles, na pensão no alto da colina pertencente a Ci-Ci, Thomas Clayson e o filho Hank se embebedavam. Estavam sentados à mesa com uma garrafa de rum jamaicano entre eles.

"Voltei tarde demais", disse Thomas Clayson. "Tarde demais."

Nos últimos meses, Hank tinha pensado muito na mulher que eles tiraram do mar — havia escrito sonetos para ela, tendo visto uma coisa que nunca pensou que veria. Um híbrido de dimensões míticas, uma criatura apenas descrita em histórias. Mas ela era verdadeira! Era o resultado dos poderes de uma antiga deusa, Jagua. Ele havia feito algumas pesquisas e encontrado a velha lenda em um estudo de contos populares e mitos da região. Era apenas um parágrafo perdido, mas mencionava uma sereia chamada Aycayia. Ela havia sido banida para o mar devido à sua beleza irritante. Então, no fim das contas, ela não era apenas uma história. Ele havia voado de volta com o pai na esperança de que pudesse vê-la de novo, mas também jurando que, se o pai tentasse capturá-la, ele o impediria. Essa era a razão pela qual estava ali, no meio de um furacão, no quinto dos infernos de Concha Negra, durante seu último período na faculdade de Direito. O pai tinha perdido o juízo. Seus pais finalmente estavam se separando e ele estava feliz com isso. A sereia havia sido a gota d'água. Quando sua mãe lhe contou, confidencialmente, que estava indo embora, "fugindo" tinha sido a palavra usada por ela.

Hank Clayson estivera pensando muito sobre como bancar a isca, para atrapalhar as tentativas do pai de recapturar a infeliz criatura. Tinha um palpite, depois da cena no bar naquele dia, que os homens da aldeia sabiam onde ela estava.

"Pai", disse ele. "Talvez ela simplesmente não seja uma posse sua para manter."

"Manter? O quê? Ela é minha. Talvez...", e Thomas Clayson, eufórico com o rum pesado — o tipo de álcool capaz de alimentar um isqueiro, descascar prata, servir de combustível —, lançou um olhar fulminante ao filho: "Talvez você simplesmente não goste...".

"Do quê, pai? De sereias?"

"Não."

"Do quê então?"

O pai bateu na mesa com o copo vazio e limpou os lábios com a manga.

"De mulheres."

Hank tinha 21 anos. Estava ficando muito bonito; amava muitas coisas: sua mãe, livros, poesia, amigos, sorvete de cereja, tomates frescos, Miles Davis, Ramones, outono, a sereia e, sim, mulheres, garotas, suas pernas, seus sorrisos, sua timidez e determinação e, sim, também, sim, sim... outros homens.

"Talvez eu goste do que gosto, pai", respondeu ele.

Os olhos do pai reviraram. "Talvez você e sua mãe possam ir pro inferno", disse ele de maneira arrastada, e então caiu sobre a mesa.

A caminhonete recuou lentamente ao longo do cais enquanto as ondas subiam e batiam nas janelas. Aycayia havia parado de cantar. David conseguiu posicionar o veículo quase na extremidade do cais; a ponta estava tão maltratada pelas ondas que se perdia nos jatos de água. Vida e David saltaram do carro e a srta. Rain e Reggie subiram na caçamba. Chuva forte. O som de mulheres rindo ecoava através dos ventos. A sereia estava imóvel, olhando pra eles, especialmente para Reggie. Fazia sinais com as mãos. A cauda e pele haviam ficado mais escuras, pretas como tinta e ela brilhava, como se estivesse camuflada com o céu e o mar. O rosto estava manchado de lágrimas. Aycayia estava resplandescente em sua tristeza, por seu exílio iminente, pelo que estava prestes a perder outra vez. Eles começaram a puxar a lona onde ela repousava; ao se soltar da caminhonete, virou uma espécie de rede. Então levaram Aycayia até a beira do cais. Foi ali, junto ao mar revolto, no mesmo cais em que a vira crucificada, e a resgatara, que David se despediu. Eles se agarraram um ao outro e David sussurrou em seu ouvido: *Me encontra de novo, doce amor. Me encontra de novo onde a gente se conheceu, naquelas rochas, no mesmo lugar, na*

mesma hora, ano que vem. Vejo você lá, vejo você de novo, querida amiga. Eles se abraçaram e então ela escorregou da lona para o mar, desaparecendo em um segundo nas ondas quebrando.

※

Diário de David Baptiste, fevereiro de 2016

Corremos de volta pra casa, a chuva abafando palavras e pensamentos, meu peito latejando com raiva de um jeito que eu nunca tinha sentido. A punição pra ela era pra mim também. E pro Reggie, coitado. Nunca vi ele tão desamparado. O amor por outra pessoa, mesmo que seja tão puro, tem suas regras e quem as inventa. As pessoas gostam de destruir outras pessoas; as mulheres invejam outras mulheres; os homens tratam mal as mulheres. Dirigi colina acima naquela noite com sentimentos ruins no coração. Esperava que ela tivesse ouvido as minhas palavras, que fosse ver ela de novo, quando a tempestade passasse, quando algum tempo passasse também.

Quando chegamos no topo da colina, sabíamos que a tempestade estava a apenas algumas horas de distância. Não tentei voltar pra minha casa; não tinha voltado lá desde que Porthos tinha ido com seus homens pra sequestrar a gente. Eu tinha certeza que ela ia ser levada. A casa da srta. Rain tinha um porão grande. Assim que voltamos, começamos a levar colchões, roupas de cama, lampiões e comida pra lá; levamos os cachorros pra lá e até os malditos pavões, todos os seis. Tudo que tinha vida na casa foi pro subsolo , pra onde era seguro. Devia ser por volta das duas da manhã quando todos nós nos amontoamos lá embaixo. Nenhum de nós falou sobre a sereia, mas acho que todos estávamos pensando nela. O inferno vindo atrás de nós, o inferno levando ela embora. Eu sabia que a minha vida nunca mais seria a mesma. Eu tinha 26 anos, mas entendia que a primeira parte da minha vida tinha terminado. No dia seguinte, tudo seria diferente. Eu tava certo sobre isso.

Rosamund atingiu a costa norte de Concha Negra na manhã seguinte, aproximadamente às seis da manhã, em 27 de agosto de 1976. Os registros dizem que foi, e ainda é, a pior tempestade do final do século xx a devastar uma das Antilhas Menores, um golpe direto. David, Reggie, Vida, a srta. Rain, os vira-latas e os pavões estavam todos no porão da casa grande. Os ventos chegavam a quase trezentos quilômetros por hora, uma tempestade de categoria cinco. As árvores nas colinas foram arrasadas. Caiu mogno, caíram antigos ciprestes, todas as velhas embaúbas na floresta foram devastadas em questão de minutos. Até a figueira gigante se partiu ao meio. Os ventos soavam como uma manada de cavalos selvagens trovejando. Era possível ouvir a casa se soltando de suas fundações. As antigas tábuas não tiveram a menor chance. Com mais de cem anos, lascaram e quebraram, voando com os ventos.

Venezianas voaram, inteiras. As telhas foram arrancadas e formaram um redemoinho de xisto. Cada uma delas havia sido pregada à mão nas vigas do telhado. Obliteradas pela tempestade que tinha vindo para a sereia, espiralando em um vasto vórtice de detritos. Era Guabancex em pessoa, Cacique dos Ventos, girando os braços, soltando sua raiva.

Por mais de uma hora, o furacão os açoitou antes que o olho estivesse sobre eles. O silêncio era mais aterrorizante do que os ventos.

"Escuta", disse Vida. Mas não havia nada para escutar. A srta. Rain abraçou Reggie com força. A sereia, Aycayia, já estava a quilômetros de distância, indo para o norte.

"Escuta."

Nada de ventos. E nada mais de risadas. Uma calmaria mortal. Como se o batimento cardíaco de uma alma humana tivesse sido silenciado.

Os poros nos braços da srta. Rain se dilataram. Ela fez o sinal da cruz e murmurou baixinho a única oração que conhecia: *Ave Maria cheia de graça...*

Reggie chorou em seus braços.

O silêncio durou cerca de vinte minutos enquanto o olho passava por eles, um buraco escancarado.

Então Vida soube, naqueles minutos de silêncio, que queria ficar ali, com sua família, a mulher e o filho, que nunca mais os deixaria. David soube que seria um homem solitário, sempre olhando para o mar, em busca de Aycayia. A srta. Rain soube que sua casa estava dizimada e sentiu um certo alívio. Sabia que não iria reconstruí-la. Ia se mudar, encontrar outro lugar para se instalar, perto dali. A tempestade estava varrendo as coisas em seu caminho; esse era seu grande desígnio, seu significado para todos eles. Ela venderia o máximo de terras que pudesse, até mesmo doaria; tudo que queria era ser deixada viva, em paz. Reggie agarrou-se ao peito da mãe. Ele nunca tinha tomado conhecimento de tantas coisas acontecendo tão rapidamente: uma amiga, um pai e depois aquela tempestade. Quando o olho passou e mais ventos vieram, soprando mais da grande casa para longe, derrubando mais árvores e derrubando mais casas nas colinas, todos ficaram quietos; introspectivos, esperando. Vida foi até Arcadia e a abraçou com força, em seguida deu um forte abraço no filho também. Esfregou o queixo e pensou na sereia, em como a vida dela havia afetado a dele e em como ela lhe mostrara como ser corajoso. Tudo havia mudado em Concha Negra e ele nunca esperara algo assim. Alguns lugares permanecem os mesmos, nunca mudam. Mas não ali. Não naquela extremidade de ilha despontando no mar, não em um lugar cheio de fantasmas de seus ancestrais, não em um lugar onde os deuses ainda riam e diziam: *Não tão rápido*. Esperaram a tempestade passar e, quando finalmente passou, subiram e saíram para a era após Rosamund.

Nota da autora

Este livro não teria acontecido sem a ajuda das instituições Arts Council of England, The Royal Literary Fund e The Author's Foundation, as quais propiciaram o financiamento que me permitiu tempo para escrevê-lo. *A Sereia de Concha Negra* nasceu de várias fontes: o famoso poema de Neruda, "Fábula da Sereia e dos Bêbados", uma estranha história verdadeira de um acontecimento após uma competição de pesca em Charlotteville, Tobago, em 2013, a descoberta da história de Aycayia e inúmeros sonhos, e até pesadelos, com uma sereia sendo fisgada do mar. A cena da captura é uma homenagem parcial à obra *As Ilhas da Corrente*, de Hemingway. Agradeço também a Anthony Joseph, cujos conselhos ouvi desde o início e que me indicou *O Afogado Mais Bonito do Mundo*, de Gabriel García Márquez. Mitos de sereias, sirenas, existem em todas as partes do mundo, muitas vezes descrevendo jovens amaldiçoadas por outras mulheres. Esta narrativa reinventa uma tentativa de reintegrar na vida moderna do Caribe uma mulher de antigamente e exilada. Obrigada a Hannah Bannister e Jeremy Poynting, da Peepal Tree Press, por publicar a primeira edição deste livro. Obrigada a Alex Russell, da Vintage, por levá-la adiante. Piero Guerrini e Yvette Roffey, novamente, obrigada por um lugar para escrever. Agradeço a Isobel Dixon, minha agente de muitos anos, por sua crença nesta sereia. Isobel foi fundamental para retirar essa lenda do mar. Um agradecimento especial e um gesto de humilde gratidão também para as mulheres que conheço e admiro, e que ajudaram a manter meu moral até aqui: Karen Martinez, Lucy Hannah, Alake Pilgrim, Hadassah Williams, Gilberte O Sullivan, Ira Mathur, Lisa Allen Agostini, Sonja Dumas, Anna Levi, Shivanee Ramlochan, Jannine Horsford, Jacqueline Bishop e Loretta Collins Klobah. Comadres de escrita, todas.

MONIQUE ROFFEY nasceu em Porto da Espanha, Trindade. É autora de seis romances e um livro de memórias. *A Sereia de Concha Negra* ganhou o Prêmio Costa de Livro do Ano e de Melhor Romance. Seus livros anteriores, altamente aclamados, são *The White Woman on the Green Bicycle*, *Archipelago*, *House of Ashes*, *The Tryst* e *With the Kisses of His Mouth*. Ela é professora na Manchester Writing School da Manchester Metropolitan University e instrutora do National Writers Centre.

DARKLOVE.

"No momento em que
escolhemos amar,
começamos a nos mover
em direção à liberdade."
— bell hooks —

DARKSIDEBOOKS.COM